KEY·可以文化

格非·作品系列

欲望的旗帜

The Flag of Desire

格非

浙江文艺出版社
Zhejiang Literature & Art Publishing House

目　录

九十年代初期的上海。一个重要的学术会议将在这里举行。由于某种无法说明的原因,知识界对于这次会议普遍寄予了过高的期望,仿佛长期以来所困扰着他们的一切问题都能由此得以解决。

第一章

预备会。代表们陆续抵达该市。在大会开幕前夕，发生了这样一件事。

1

秋末的一天。曾山在睡梦中被突然响起的电话铃声惊醒。他抓起电话，对方却已经挂断了。

时间已过了午夜两点。在这个时候，谁还会打电话来呢？屋外下着大雨，透过阳台的玻璃窗，他听见密密麻麻的雨点打在树枝上，落在花丛、遮阳布以及门房的屋顶上。一辆救护车冲开淤积的泥水，从楼下呼啸而过。在更远一点的什么地方，像是有几个人在雨中争吵，只是声音听上去不很真切。

作为哲学系副教授，曾山早就养成了凡事追根寻底的习惯。他知道这一习惯并非为学术研究所必需，而仅仅是智力活动遇到阻碍的明显征兆。那么,电话究竟是谁打来的呢?

他记得,从铃声响起到他拿起话筒这段时间的间隔并不太长,也就是说,对方很可能只是一时冲动,想通过电话聊聊天,临时又变了卦,因为时间毕竟已经太晚了。这样的情形是不难想象的,在他自己身上就常常发生这样的事。当然,不能排除电话线被大风刮断的可能,但曾山显然不太愿意做这样的假设。

还有另外一种情况。电话的突然中断预示着对方遭到了暴力的胁迫。屋外的狂风大雨使这样的联想获得了一定的合理性:歹徒跳窗而入,女主人电话呼救……这样的情形原先较多出现于好莱坞式的凶杀片中,但在目前的中国,类似的案例倒也并不罕见。

在知道他电话号码的几个人中,他第一个想起来的就是他读博士时的导师贾兰坡教授。身为这次学术会议的执行主席,为了应付烦冗的会务琐事,贾教授嘱咐他的几位弟子随时听候差遣。一周之前,曾山与导师之间发生了一件不愉快的事。当时,曾山将他精心准备的一篇题为《阴暗时代的哲学问题》的论文交给了大会筹备组,打算在会议上宣读。贾兰坡教授在读完这篇文章后,建议他"暂时不要将它公之于众"。师生二人为此发生了剧烈的争吵。曾山一怒之下便出言不逊,并声称他将不会参加这次会议。他的导师一时语塞,气得浑身上下直打哆嗦。“你以为你是个什么东西……”他从牙缝中挤出这样一句话来。至此,师徒二人原来小心翼翼维持着的微妙关系终于难以收拾。

昨天晚上,预备会议在图书馆二楼的报告厅如期举行。曾山没有接到任何通知,只得早早在床上躺下。虽然此前并无迹象表明那个顽固的斯宾诺莎的信徒会放弃自己的立场,曾山依然在暗暗盼望着导师通知他开会的电话。想到这里,他的心头掠过一阵从未有过的阒寂之感。

接下来,他想起了他的师兄宋子衿博士。近些年来,他几乎已中断了他的哲学研究,将兴趣转向小说写作,并渐渐地拥有了一批读者。与曾山相比,宋子衿与导师贾兰坡之间的关系则要亲近得多。这种亲近之感并非源于学术上的一致见解,而是他们各自躯体中流淌的血液有一种不可思议的亲和力。他的论文作为本次大会的中心论题之一,已被列入议程,因此,他理所当然地出席了昨晚的预备会。

如果刚才的那个电话是他打来的,那么几乎可以断定,预备会议上一定出现了妙不可言的趣闻。一般来说,子衿不会放过任何冷嘲热讽的机会。那些迂腐不堪的学究们从全国各地聚集到这里,除了成批地制造笑话与丑闻之外,难道还有什么其他的结果吗?

在曾山的记忆之中,子衿的电话或来访通常都与他身边的几个女人有关。对他来说，假如世上果真有天堂，那它一定是上帝原本不应毁灭的所多玛城。“只有与女人在一起，闻到她们身上的气味，我才会觉得安全可靠，”他常常这样为他疯狂的追香逐艳的行径辩解，“再说，你又何尝不是如此……”

作为本次大会会务组的临时召集人，老秦在深夜两点打来电话的可能性很小，何况，他们两人平时交往很少。当然，也不能完全排除这样的可能，比如说，某位代表由于在发言时过于激动，突发心肌梗塞，急需送医院抢救（救护车尖利的叫声在某种程度上支持了他的这一玄想）；或者，一位学者深夜驾到，被雨水困在了机场。再说，预备会结束后留下的数不清的烟蒂、果皮、茶杯总得有人清理……

几天前，老秦在校园里碰到曾山，曾悄悄地将他拉到一边，对他的论文被贾教授否决一事表示了慷慨的同情。接着，他向曾山透露了一个秘密：“我们几个人已经酝酿了一个大计划，准备在大会期间付诸实施，你一个人知道就可以了。万万不可外传……”曾山不知道他所说的“我们几个”指的是谁，他对那个计划也没有表现出相应的兴趣，只是稍稍敷衍了两句，便抽身走开了。

那么，电话究竟是谁打来的呢？

曾山知道自己已无法入睡了。他索性从床上坐了起来，点燃了一支香烟。他尽力使自己从这种无聊的自我折磨中解脱出来,但内心深处依然感到了隐隐的担忧。

用不了多久我们即可明白,曾山对电话的担忧并不是毫无缘由的。需要说明的是,他忽略了一个细节。也就是说,他最应该首先想到的那个人恰好被他遗忘了。这种情形至多暗示了这样一个事实:假如我们的大脑注定要将某一事件遗忘的话,其中一定存在着我们尚不知晓的奥妙。

2

站在寓所的阳台前,曾山不知所措地将视线投向窗外。他的目光难得在什么物体上逗留,而只有从中辨认出过去岁月的标记、痕迹或气息时,才会朝它凝神观望。

槭树叶泛出红色,预示着初冬的降临。网球场上杳无人迹,表明泥地尚未晾干,煤气厂高高的圆塔耸立在远处,在它四周堆积的厚厚烟尘为一阵西风所吹散,天空再次呈露出它浅蓝色的质地,衬托出由树木、楼房、肮脏的街道编织而成的尘世图案。

多少次,曾山就这样看着张末从阳光下走来。她绕过网球场的一角,绕过那排漆成白色的护栏,出现在他的窗下。

有过多少次这样的清晨,伴随着钥匙在锁孔里转动的声音,她轻轻地推开门,悄无声息地走进来,替他打开窗帘。他还没有来得及睁开双眼,亮晃晃的阳光就迅疾无比地照临到他的床头。

他一遍遍想象着这些残破的画面,吮吸着它的芬芳,徒劳地搜寻着它的踪迹,它所留下的嘈杂的回响。

张末来自一个医生的家庭。曾山认识她的时候,她正在哲学系读三年级。开始,他只是远远地注视着她,留意着她的一举一动,但在暗中却突然加快了与妻子离婚的进程。

他第一次见到她,就被她身上所散发出来的气味深深地打动了。那是一种消毒药棉的气息,它仿佛暗示了她的卓尔不群,却也证明了爱欲的存在。

可是,到了后来,他却不再喜欢这股气息,甚至感到了憎恶。实际上他是不太习惯张末对于洁净的苛刻要求。在张末被迫放弃了用药棉擦手的习惯之后,他觉得酒精的味道依然在她身上萦绕不去。

“这仅仅是你的错觉而已。”张末曾这样提醒他,“你的判断力受到了记忆的愚弄。”

在他的记忆之中,张末的手里总是捧着一本书,那是辛格写的《卢布林的魔术师》,可总也读不完。或者说,她舍不得将它一下子就读完。

她告诉他,这本书是她最喜欢的两部小说之一。

“那么,另一本呢?”

“《堂吉诃德》,非常可惜,我已经将它读完了。”

对于书籍,张末自有她的一套见解。似乎一本书的好坏,要看它是否能够激起睡眠的欲望。她总也睡不够。

通常,她一旦坐于桌前,打开一本书,书页便不再翻动。她的呼吸越来越匀称,眼皮慢慢垂落,目光游移,让人难以捉摸。过不了多久,便会一头栽倒在书桌上,沉沉睡去。

有一次,在她睡醒之后,曾山问她为什么如此喜欢辛格的那本不起眼的小书。她想了想,告诉他,她十分喜爱魔术师给他的两匹马所起的名字。

“它们一个叫灰尘,一个叫灰烬。”

“那么,《堂吉诃德》呢?”

“驽骍难得。”她毫不犹豫地答道。

他知道她喜欢马,喜欢冰块和柠檬,喜欢幽蓝色的小花以及那些透亮的虚幻之物。

当然,还有用灯芯绒布缝制的背带裤。

她曾不止一次地央求曾山陪她上街去买一条背带裤。她在很小的时候就梦想能得到这样一条裤子,可他们每次上街,每次都是空手而归。起先,他还以为她的犹豫不决是因为她尚未找到合适的款式。时间一长,他才渐渐明白,她也许永远也不会真正买下一条背带裤,她只是看看它。用她的话来说:“我知道它在那里。挂在玻璃橱窗的木架上……”

对她而言,愿望的意义仅在于反复被提及,生活只不过是一种无限延搁的快乐。

他们在一起的时候,很少谈论哲学。在她看来,它过于严肃了,谈起来不免显得做作,“就好像我们真的能拿这个世界怎么样似的”。曾山反问她:“那么,在这个肮脏不堪的世界上,你对于纯净和安宁的渴望难道就不做作吗?”

“一点也不,”张末答道,“歌德就曾经说过,一切的挣扎、一切的奋斗、一切的呐喊,在上帝的眼中,只不过是永恒的安宁而已。”

在他们相识六个月之后,她第一次同意与他做爱,但随后就变了卦。那是一个下雪天。他将她推向床边的火炉前,她依然感到畏惧。她的目光躲躲闪闪,再次向他发出央求,就像一只受了伤的小鹿。而他则装着没有看见,未予理会。

他很快就进入了梦乡。但他能够感觉到她一夜没有睡好。

天快亮的时候,曾山从睡梦中醒来,发现大雪在窗台上堆积了厚厚的一层,而炉火的灰烬早已熄灭。

借着拂晓的一缕熹微的寒光,他看见张末的枕下压着一册墨绿色的记事簿。他轻轻地将它抽出来,打开它。在第一页上,他读到了两行用歪歪扭扭的英文写下的诗句:

I'm yours

and my dreams are yours

他似乎隐约记得,这句话是从《卢布林的魔术师》上抄录下来的,但还是禁不住流下了眼泪。当时,他并未想到,这种喜悦的泪水同样是虚幻而不真实的,甚至是廉价的,仅仅是一种令人沮丧的错觉。

当曾山终于认识到这一点的时候,他和张末的婚姻已经到了崩溃的前夕。他像是从一场冗长的梦中醒来。生活又回到了从前的样子。正如卡尔维诺所说过的那样:一切都是静默的、暂时的、可替换的,树与石只是树与石。

但他还是牢牢地记下了这句话,并将它抄写在自己的日记本上。

我是你的。我的梦也是你的。

3

早上八点钟,宋子衿博士准时来到了曾山的房中。他们相约一起去学校的专家楼看望一位来自沈阳的代表。

宋子衿看上去显得十分疲惫,就像是刚刚生过一场大病似的。他一进门就向曾山抱怨,由于这些天忙于接站,他已经有很长一段时间没睡过安稳觉了。一百二十一位代表目前虽然只到了八十四位,但接待工作已经出现了空前的混乱。

子衿接着解释说,现在看来,纯粹依照代表的职称来安排接待规格,并非明智之举。这样会得罪那些学术界的耆宿。这些年来,学术界的变化很大,有些人不到三十岁便当上了博士生导师,而七十岁上下的退职副教授则大有人在。倘若兼顾年龄与职称,那么中年人则势必要作出相当大的牺牲。一般来说,他们中的许多人既无显赫的学术地位,又无相应的官职。事实上,这伙人并不那么容易打发。他们大都经历了“文革”残酷岁月的洗礼,看似憨厚朴讷,实则城府极深。

比如说,一位来自湖北襄樊的代表被安排在没有空调和浴室的招待所里,而他当年的学生、某社科院的副院长则偕同他的内眷堂而皇之地住进了专家楼的套间。昨晚的预备会结束后,这个湖北佬忍气吞声地到他学生的住处洗澡,刚走进浴室,就因心脏病复发而晕倒了。别人将他弄醒后问他哪儿不舒服,他却一迭声地说他想不通。

当然,还有另外一些事。这次大会共有七十八位代表预先递交了论文,将这些论文统统拿到会议上去讨论是难以想象的,这些年,由于经费所限,学术会议的举办要看赞助厂家的脸色行事,难怪大伙心里都憋足了劲。在决定大会发言者名单时,贾兰坡教授也为此伤透了脑筋。

“你知道,在如今这个年月,轮到学究们说话的机会毕竟已经不多了。”

“我托你打听的事情怎么样了?”曾山问道。

“我查遍了报到处的名录,没有找到她的名字,也许,她这会儿正在路上呢。”

听师兄这么说,曾山的脸上掠过一丝使人难以察觉的抑郁之色。随后,他想起了另外一件事。

“昨天晚上两点,你是不是给我打过电话?”

“两点?我那会儿正在专家楼帮那个湖北佬穿衣服呢。你不知道,他的袜子有多臭。”宋子衿停了片刻,又问道,“那么晚了,有谁还会给你打电话呢?”

“我也不知道,我听到铃声就拿过话筒,可对方挂断了。”

“也许是电话串了线。”

“我想也不会有什么事。昨晚的会开得如何?”

“我也正想和你说这件事。”宋子衿不安地看了曾山一眼,手指夹着一枚镍币在桌面上不停地转动着。

“这个会开得有些蹊跷,似乎在此之前发生了什么事情,也许是我过于敏感了。”

昨晚的会议本来定在六点开始。因为它涉及到未来十天的议题和议程安排,代表们都准时来到了图书馆二楼的报告厅。可到了七点半,大会执行主席贾兰坡教授还迟迟没有露面。有些代表等得不耐烦了,就早早退场,去舞厅跳舞去了。

大会的秘书长不时地看着手表。最后,他也失去了耐心,便将我悄悄叫到一边,让我去贾教授家中看看,是不是发生了什么意外的变故。我骑着自行车刚刚来到家属大院的门外,迎面碰上了贾师母。她正装扮一新,兴冲冲地赶往大礼堂。她是工会主席,又是校妇女合唱团的领唱,这阵子正在忙于元旦歌咏大会的彩排呢。

我拦下她,问她贾教授去了哪里。她听罢吃了一惊,诧异道:"这个死鬼不是去图书馆开什么会了吗?"我告诉她,代表们都已经在会议厅等了差不多两个小时了,可一直未见贾教授的人影。师母笑了笑:"我知道他去了哪里。不过咱们别管他,你来帮我看看,我穿这身衣服上台是否合适。"我告诉她,裙子的颜色亮艳了一些,不过也许可以出奇制胜。

我按原路返回图书馆,远远就听见导师已经坐在讲台上发言了。

你知道,导师平常是一个既练达又朴素,既谨慎又疏狂的人,也就是说,在不同场合扮演不同的角色是他的拿手好戏。可是这一次,在他讲话的过程中,我发现他的心智已经完全失控。好像他遇到了什么可怕的事情,或者一件十分棘手的难题。他说话语无伦次,以至于在引用斯宾诺莎的言论时,出现了一些不应有的错误。有好几次,他不得不中断发言,呆呆地坐在讲台上发愣,仿佛他对自己的心慌意乱全不在意,也不加掩饰。

过了一会儿,大会秘书长终于面红耳赤地来到讲台前,与导师耳语了一番。我想他大概是在问他是不是需要休息一会儿。因为秘书长本人也深深懂得这样一个道理,贾兰坡教授在这次会议上的表现将会直接影响到本校哲学系在全国学术界的声誉和地位。但贾兰坡先生用力推开了他,表明他能够应付眼下这种多少有些令人沮丧的局面。

大约过了二十分钟,贾兰坡先生突然中止了发言,并从讲台上站起身来,他说他要离开一会儿。

我们还以为他想要上厕所。可他这一走,就再也没有回到报告厅里来。

我记得,就是在那阵子,天空滚过了一道雷声,接着就下起了大雨。

曾山点点头,表示他也听到了昨晚的雷声。在与人交谈中,曾山一直保持着这样一个矜持的习惯。只有当他同意对方的观点时,才会微微颔首。他知道师兄在讲述某一事件时总有一种夸大其词的习惯,但他的话还是让自己感到不安。

宋子衿告诉他,预备会议结束后,他本打算赶往导师家中探视一番,却不料被会上几个多年不见的朋友拉到学校后门喝酒去了。后来,在他回宿舍的路上,他碰到了老秦。他不得不随他一起去了专家楼,料理那位突发心脏病的湖北佬。

"我看,咱们不如现在就去看看导师。"宋子衿向他建议道,"我知道前些日子,你与导师之间为论文的事出现了一些不愉快,但我想,他也许是担心你的论文会捅出乱子。你的观点毕竟是过于激进了一些。"

曾山犹豫了一下,勉强答应了。

4

他们下了楼,朝教师居住区的方向走去。学生们正在上课,校园里显得非常静谧。这些天在林荫道上修剪梧桐枝条的园工此刻也已不见了,几只梯子闲搁在光秃秃的树干上。他们沿途几乎没有碰上什么人,偶尔遇见一两个,也都是神色异常,行走匆匆。

曾山和宋子衿来到大礼堂附近,门口停放的几辆警车立刻引起了他们的注意。

"像是真的出了什么事。"宋子衿拉住了曾山。他们俩不约而同地将视线投向路边的两排布告栏。

布告栏下贴满了学生军训生活的宣传画、通知、剪报以及几张舞会或电影广告。从中看不出任何反常的迹象。只是，在教学楼三楼的露台上，一群女生正在举目远望，一边议论着什么，一边用手指指点点。食堂的几名青工在另一条林荫道上飞快地蹬着自行车，朝教师居住区疾驰而去。

曾山和师兄不由得加快了步伐。他们来到家属大院的门口，远远就看见了贾兰坡教授的尸体。

按照现场目击者、物理系的一位讲师精到的推测，贾兰坡教授显然是死于自杀。

大约在昨晚的后半夜（确切的时间有待于法医的医学鉴定），贾兰坡教授从十六层高的住宅窗户里跳了下来。在他的身体下坠的过程中，一定是受到了楼下那棵百年银杏树冠的有力反弹，最后落入了三楼一户住家的阳台上。这位讲师进而分析道，考虑到贾兰坡教授与三楼住户的阳台呈平行状，倘若没有外力的作用，他想落入三楼的阳台是不太可能的。即便是一个训练有素的定点跳伞运动员也难以做到。

三楼的住户是一名生物教师的遗孀。她的户籍刚刚从偏远的乡村迁入。无论校方的官员怎样苦苦哀求，她仍然固执地认为，倘若贾教授的尸体经过她的卧室运至楼下，那就会留下永远无法除去的晦气。“你们不如将它从阳台上掀下去得了，反正他已经死了，再摔它一次倒也无妨。”

匆匆赶来处理这桩突发事件的常务副校长还真的被她逗

乐了。他随后表示,即便在知识分子居住区,乡村的风俗和禁忌也理应受到尊重,何况尸体因摔击迸发出了满地血迹和污秽。

据这位遗孀回忆,差不多在早晨八点钟前后,她闻到屋子里有一股恶臭,她还以为自己豢养的一只白猫又在阳台上拉屎了。她推开阳台门,斜靠在门后的贾兰坡教授一下子就扑到了她的脚前,“就像活的一样”。

副校长只得命令两位年轻教师爬上三楼的阳台,打算用绳索将尸体吊下来。

当曾山和宋子衿赶到这里的时候,正好看到他们的导师被绳子系缚着在空中打转。贾兰坡的尸体因为那场大雨的浸泡而增加了分量,当尸体离地面还有一米多高的时候,楼上那两名教师眼看就吃不消了。最后,他们干脆撒了手,尸体“嘭”的一声摔到了泥地上,贾教授略带笑意的脸歪向一边。

“如果他径直从十六层落下来,现在的姿势应当是比较标准的。”物理教师在作了这一补充之后,结束了他的现场讲解。

从各方面的情形来看,尽管贾兰坡教授的自杀尚有一些可资玩味的背景等待着人们去揭示,作为本次大会的发起人与执行主席,他的突然死亡一定会给大会带来重大影响。不管怎么说,有一点是确凿无疑的,曾经在学术界显赫一时的贾兰坡教授此刻已经不存在了。

想到这里,曾山忽然有了一种如释重负般的快意,并长长地松了一口气。自从他与张末分手之后,他已经很久没有这种心情了。这种愉快之感并非源于他与贾教授之间曾出现的种种过节与恩怨,而仅仅是肉体的潜在期待。他期待着某件事的发生。且不管它到底是什么。他知道,肉体获得快乐的途径是神秘而隐晦的,它有着自己的直觉。

剩下的问题是,像贾兰坡这样的人也会自杀吗?

仅仅就在五六天之前,他还在为《哲学年鉴》一书主编的排名顺序与社科院的院长争吵不休;一个月前,他执意将一名三十岁的纺织女工调入本系的资料室,并立即闹出了桃色绯闻;这样的人也会轻易弃世而去吗?

曾山暗暗瞥了一眼他的师兄,后者的脸上虽然神情肃穆,但同样镌刻着重重疑虑。

就在这时,他感到一只柔软的手在他的肩上轻轻地拍了一下,让他吓了一跳。他转过身来,看见一位七十岁上下的老人正朝他微微颔首。

5

"曾山兄,你还认得我吗?"

常常会有这样的时刻,你碰到了一个熟人,却怎么也想不起他的名字,想不起曾在什么地方见过面。仿佛这个人的身上黏附了一层虚假的性质。曾山飞快地在记忆深处搜索着,终于记起,他是南京一所新建的佛学院的院长,法号慧能。一年前曾在紫金山下有过一面之缘。

“刚才专门去府上拜望未遇,后来我听说贾教授不幸离世,心想你一定是跑到这儿看热闹来了……”慧能慢条斯理地说。

“大师何时抵达?来前怎么也不发个电报,我可以去车站接您。”

慧能向他解释说,他于两天前就已到会务组报到。他之所以前来参加这次会议,完全是因为曾山的热忱邀约,另外,他在上海的佛学界还有些要紧的事办。“至于宗教和哲学问题嘛,还是应当留给大学教授们去研究。”

他一边这样说,一边朝那具尸体扫了一眼。这时,殡仪馆的运尸车已经到了,几个身穿白大褂的人正将贾兰坡教授往车上搬。

“这样一来,大会可能要推迟了吧?”

曾山不置可否地点点头。他向慧能提出,是不是找个僻静的地方坐坐,他还有些事要向慧能打听。

慧能神秘地冲他笑了笑:“我已经猜到你要向我打听什么事。的确,我这次来,也带来了一些你急于想知道的消息。不过,恕我直言,它大概不会令你感到高兴。”

曾山回过头去打算招呼宋子衿的时候,发现他已不在原地。他的目光掠过那些看热闹的人群,在一个自行车棚的边上发现了他的师兄。此刻,他正在给一个大学生模样的少女看手相。宋子衿捏住她的一只手,仔细辨认着她的掌纹,飞快地冲她说着什么。这个女孩个子不高,脑后梳着马尾辫,穿着一条印花格呢布裤。她虔诚地望着宋子衿,不时发出咯咯的笑声,脸色因激动而泛出红晕。

“我要向你介绍个人。”曾山向慧能院长说道。

6

他们来到了地理馆附近的一间咖啡屋,找了个靠窗的位置坐了下来。从那里可以看见体操房明亮的玻璃建筑、阳光下慵懒流淌的河水、凉亭,以及石桥在水面卧伏的倒影。

慧能院长对曾山提起,这间咖啡屋的格局使他想起了一年前他们在南京的见面。那是四月的一个午后,天空下着小雨,他们在紫金山南麓的一个竹亭里喝茶,聊了一个小时。

慧能依然像从前那样健谈。曾山留意到,他在说话的时候,眼睛却一刻不停地打量着宋子衿,仿佛他脸上的表情引动了他强烈的好奇心。

过了一会儿，慧能对宋子衿说，尽管他们目前还只是第一次见面，但由于他的小说被大量地搬上了银幕，他对宋子衿那些名噪一时的作品并不感到陌生。

“大师也喜欢这些世俗的享乐吗？”

“享乐恐怕说不上，电影倒是看了很多。”慧能坦率地答道，“不过，初见之下，阁下的法相却让我吃了一惊。”

他的话立刻使宋子衿感到很不自在。曾山向慧能院长解释说，师兄昨夜一晚未睡，脸上的气色看上去的确不太好。

慧能兀自摇了摇头，表示他说的不是这个意思。他的目光依然盯着宋子衿，然后问道：

“你近来是否遇到了很大的麻烦？”

宋子衿苦笑了一下，脸上复杂的神情似乎在向慧能院长暗示：他已经听懂了他的话外之音，但并不希望慧能在这件事情上继续谈论下去。他那略带讥讽的目光还夹杂着一丝恼怒，它仿佛在说：“我什么时候请教过你？”

慧能院长会意一笑，便随之聊起了别的事。接下来，他们之间的谈话自然而然地转移到贾兰坡教授自杀这件事上来。

慧能院长承认，他对贾兰坡教授的不幸去世颇感意外。在过去，他与贾先生并无任何交往，只是在学术刊物上读到过他的一些论述宗教问题的文章。慧能谈到，在贾兰坡先生最近那篇题为《轴心时代的终结》的长文中，他的论述涉及到了当代宗教的出路,并第一次暗示了佛学、孔教与基督教的伦理互为贯通的可能性。

“我一直在期待着能有机会向贾兰坡教授当面求教,就一些关键性的问题展开进一步的探讨,没想到刚一见面,他就是这副样子。”

慧能院长这样说,曾山与宋子衿都微微感到有些吃惊。

“贾教授的突然弃世让人感到十分不解,也许还要过一段时间,我们才能发现他这样做的具体原因。”

“他一定是遇到了一件十分棘手的事。”曾山说。

“不管你的导师遇到了怎样的难题,自杀毕竟不是一条正途。”慧能院长补充说,“你知道,世界上的一切宗教都是排斥自杀的。”

“但教会方面的理由却并不充分。”曾山说,“假如一个人所遭遇到的恐惧超出了他的想象力……”

慧能温和地笑了笑:“这就回到了康德那个最初的命题上。并不是因为教会禁止自杀,它才显得可笑,而是因为自杀首先是可笑的,所以教会才加以禁止。”

“不过,据我所知,公元前二世纪的斯多噶派似乎是标榜自杀的。”宋子衿插话说。

“斯多噶派所标榜的自杀并不是推荐给那些被人生征服了的人,而是推荐给那些征服了人生,既能生,又能死,并在生死之间作出自由抉择的人。我知道,你们的导师并不属于这样一种人。因为我来到上海不久就听说了有关他的种种传闻。他在某些方面涉世很深。"

"那么您相信贾兰坡教授是死于自杀吗?"曾山问道。

"我不清楚。"慧能院长说,"至少,在昨晚的预备会上,我并未发现他有任何打算自杀的迹象。"

"您也参加了昨晚的预备会?"

慧能院长点了点头:"我原想在会上就能碰到你,没想到你始终没有露面。"

这时,宋子衿从座位上站了起来。他提醒说,现在已过了午饭时间,是不是应该吃点什么,因为他的肚子已经饿得咕咕叫了。曾山要了两块夹肉面包,一杯咖啡。慧能院长只点了一杯清茶。

慧能院长回忆说,贾兰坡教授昨晚因为什么事比预定时间晚到了五分钟,不过后来的发言却十分精彩。"你的导师虽然已经年过六旬,但仍然机敏过人,逻辑严密,也不乏幽默感。可以说,他的发言与贵校作为学术重镇的地位显得极为相称。我相信,当时所有的与会代表都被贾教授的演讲深深地吸引住了,以至于他中途去了一趟厕所,大厅里依然鸦雀无声。"慧能院长说,他本打算等到会议一结束,就去贾教授家中拜访,没想到那会儿却突然下起了大雨。

一位侍者替他们端来了茶点。曾山这时才发觉，宋子衿已经抽身离开了。

应当说，曾山对于他的师兄平常惯于说谎的秉性并非没有察觉，可是他对于昨晚的预备会所蓄意编造出来的一套谎言还是让曾山感到迷惑不解。尤其是当他回忆起慧能院长在谈话开始时所说过的那句意味深长的话，曾山不禁暗暗替他感到几分担忧。

在告别了慧能院长之后，曾山一直在心里想着这件事。慧能院长究竟从他师兄的脸上看到了什么？

他不由得想起了他师兄平常最爱引用的法国作家让·凯罗尔的一句名言：假如我对你说谎，那是因为我想向你证明，假的就是真的。

7

曾山与张末的第一次见面，是在贾兰坡教授学术活动四十年庆典仪式上。那是一个星期六的下午，在办公楼那条半明半暗的楼道里，他遇见了她。当时，她正和另外一个女生将一只巨大的花篮抬向小礼堂的会议室。曾山听见她说，我的鞋掉了。随后他就看到了那只鞋，在一只废纸篓的边上。她们将花篮搁下，她踮着脚来到了他的跟前。他看见窗外的樟树上覆盖着耀眼的阳光,他的心像是被一把锋利的刀片突然割了一下。

曾山留意到她的袜子是白色的。脚踝处绣着绿色的图案,一朵梅花,或者一颗草莓。她对他毫未在意,而曾山却从花篮里美人樱馥郁的香气中,辨别出了药棉的气息,并由此记住了她的脸。

后来,他差不多有两个月的时间没再见到她。她的形象仿佛是一只南归途中的候鸟所投下的翅影,转眼之间便已消失不见。

在接下来的那段时间里,曾山副教授的身影频频出现在舞厅幽暗的灯光下,出现在礼仪小姐的训练课以及话剧团的彩排仪式上。他不时更换着吃饭的食堂,只是希望有机会再次遇见她。他发觉自己的行为颇有几分乖张,这种乖张之感仅仅来自于某一个午后的短短一瞥,来自于晦暗楼道中呆滞的空气和声息。他这样对自己说,即使能够再次遇见她,又能怎么样呢?他不知道。但他似乎看见了自己的灵魂在黑暗中闪闪发亮。他想看到她,看到她的脸,意识到她的存在。

寒假来临了。每一天都像通往天堂的道路一样漫长。他的记忆开始渐渐将她淡忘。只是在深夜被胃痛惊醒后,才会偶尔想起她来。第二个学期开始的时候,曾山给三年级的学生开设了一门选修课,讲授斯宾诺莎的《伦理学》。他刚一走进教室，却看见这个女孩就在他的教室里，坐在右边靠窗的第二排座位上。

“她就像一帖止疼剂。”

当天晚上，在学校后门的一个肮脏的小酒馆里，曾山向宋子衿描述说：“因为我一走进教室，我的胃立刻就不疼了。”“只不过是疼痛改变了一下位置而已，”子衿说，“它转移到了心上。”曾山对师兄的话没有表示异议。他的目光痴骇地盯着酒店墙角的一只鱼缸，不时用手指轻轻弹敲着它。他告诉子衿，这些年来，他一直试着从滑稽可笑的生活中找到一些不那么滑稽的因素，或者像卡尔维诺说过的那样，从地狱中嗅到一丝天堂的芳香……

“你扯得太远了，”子衿说，“也许仅仅是你的错觉而已，你只要与她在一起待上一个礼拜，就会发现她俗不可耐。”

“大概它的确是一种错觉。”曾山说。

“还记得你当年怎么向我谈起你的妻子吗？现在又如何呢？爱情有一种一夜之间就会消失无影的恶习。”

曾山沉默不语，他们喝着酒，反复谈论着这件事。临走时，子衿突然问他：“你打算拿你的妻子怎么办？”

曾山与妻子结婚两年后，生了一个女孩，而他们的相识则要追溯到七八年前。当时，在江西九江的偏远小镇上，曾山在一所县办钢铁厂当锻工，她却在一所民办中学担任音乐教师。

曾山在休息日去她那所中学的图书室看杂志，慢慢认识了她。后来，曾山约她出来散步，谈了三个小时的巴尔扎克，然后便在学校后面的一个黑黝黝的树林中做爱。没过多久，音乐教师便随着第一批返城知青回到了上海。曾山却命运未卜，留在原地苦苦等待。但她回城后并未就此抛下他，为了让曾山尽早返城，她几乎动用了一切可以利用的那点可怜的家庭背景，同时也耗尽了他们本来就十分稀薄的爱情资源。

曾山回到城里，等待着他的只是新婚之夜无休止的争吵。他们第一次看清了对方。他的妻子整整一个晚上都在不停地唠叨：她花了这么大的力气将他弄回上海，现在看来的确有些不值得。她这样说，只是想让曾山牢牢记住她为他作出的巨大牺牲，而曾山暂时还不知道如何偿还。

当时，我们的共和国在一夜之间就开了窍，它的臣民也已经朦朦胧胧地意识到他们的欲望毕竟不能为空洞的理想所喂饱。当他的妻子满脸酒气地从歌舞厅回来的时候，当她吼叫着将曾山赶往菜市场，在她一遍遍重复“我本来可以一走了之”这句话的时候，她的眼神都在明白无误地向他传递着这样一个信息：我有权这么做。

曾山知道，她的确有权这么做，这是未来向过去索要的起码报酬。

这种情形一直维持到曾山在办公楼遇见了张末。那天，他从学校的单人宿舍回到家中。他的妻子一边在厨房里洗菜,一边向他抱怨说,她已经受够了,如果曾山尚有一点自尊,他们最好明天一早就去法院离婚。曾山回答说,他明天上午还有课,离婚一事最好安排在下午。他这样说,自己也吓了一跳。他似乎感觉到,那个在办公楼遇见的抬着花篮的女孩已经暗中给了他有力的支持。他的喉头不禁一阵哽噎。他的妻子立刻就不吱声了。她手里捏着一个湿淋淋的洋葱,走进了卧室,出神地望着她的丈夫,那情景就像她不认识他似的。

接下来,他们俩谁都没有说话,婚后的生活第一次出现了令人不可思议的宁静。两个人都显得不太习惯。

晚上,他的妻子早早就在床上躺下了。可到了后半夜,她还是忍不住将曾山推醒了。还真的要离婚呀?她开始冲着他做鬼脸,用指甲挠他的后背,跟他讲起那些老掉牙的笑话。曾山长长地松了一口气,突然意识到他的妻子还是一个善良的女人。不过,对于他们曾经共同梦想过的家庭生活而言,这一切毕竟已经太迟了。

在一般人的眼中,曾山的妻子长得丰硕、漂亮,有着令人羡慕的身段,可是他总觉得她的身上有些地方使自己很不舒服。起先,他并不知道这种不舒服的感觉来自于何处。几个月之后,在法院的门口,当妻子眼泪汪汪地看着他的时候,曾山终于认清,她的下巴令人沮丧。它的线条轮廓分明,像是被刀削过的一样，充满了男性化的坚毅与决绝。在她流泪的时候，她紧抿的双唇使得这一特征更加触目。他不由得想起了张末。他的眼前立即浮现出她的嘴唇，额头，鼻子，眉毛和眼睛，但怎么也想不起她的下巴是怎样的。

曾山这样想，正因为她的下巴没有给他留下任何印象，那张脸才显得如此动人。

他与妻子分了手，回到了学校的宿舍里，并立即模仿康德给美所下的定义，在日记本上写下了这样一句话：

“可以被忽略的东西就是美的。”

8

正像慧能院长所预料的那样，由于贾兰坡教授突然去世，会议被迫推迟了几天，那些因交通不便而稍晚到达的外地学者，刚好来得及赶上贾教授的追悼会。

为了弄清贾兰坡教授自杀的真正动机，警方在案发后的两天里进行了周密的调查。然而，他们的侦讯并未取得任何实质性的进展，却在无意中发现了一些耐人寻味的疑点。

学校的主要负责人之一、研究生院院长汪秉昆曾私下对闻讯赶来的新闻记者们表示，虽然他本人对贾兰坡教授的自杀感到极为沉痛，但也说不上意外。

“如今这个年月,自杀难道还需要什么特别的理由吗?”他反问道,“何况,贾兰坡教授死前并非没有这方面的征兆。”

汪院长说,作为多年的老朋友,他与死者于两周前曾一起驱车前往市郊的湖边钓鱼。贾兰坡教授似乎对未来的学术会议感到忧心忡忡。他不止一次地提到,看上去他现在整日都在为会议而奔忙,实际上他已经在着手准备自己的后事了。

中午用餐的时候,在湖边的一块茂密的杉树林里,贾兰坡教授出人意料地提起多年前的一段往事。这件事情涉及到了一个不为人知的隐秘。考虑到事件的几个主要当事人如今尚在人世,谈话的具体内容暂时还不便向新闻界透露。

汪院长回忆说,贾兰坡教授在决定讲述这件事之前曾显得十分犹豫。甚至,他一旦开始讲述,脸上就呈现出后悔的表情,但依然滔滔不绝。仿佛不是他在说话,而是一种奇异的力量在他的体内寻找着迸泄之口。汪秉昆院长最后说,虽然他本人不能断定这次谈话与贾兰坡教授后来的自杀存在着必然的联系,但它至少也提供了某种颇可玩味的背景。如果有必要,他会在适当的场合,公布谈话的内容。

贾兰坡教授的遗孀对于汪秉昆院长的上述谈话没有表现出很大的兴趣。她只是冷静地对前来调查的警员们说:“不管出于何种原因,贾兰坡毕竟已经死了。那些一心盼着他早日归天的人总可以称心如意了。”

按照她事后的追忆,案发当晚,她恰好要去学校的大礼堂参加教工合唱团的排练。她刚刚走出家属大院,迎面就遇见了子衿。他是贾兰坡教授最为得意的大弟子。她知道那会儿预备会正在图书馆二楼的会议厅里举行,便问他为何没去开会。宋子衿的神色有些飘忽不定,一脸刚刚睡醒的样子。宋子衿愣了一下,对她说,他脑子里想着要去图书馆开会,却不知不觉地走到教师家属区来了。他自我解嘲般地笑了笑:"我大脑的神经树上一定是爬满了蚂蚁。"随后,他对师母的那条演出穿的裙子言不由衷地夸赞了一番,就返身匆匆离去了。"这段时间,不知出于什么原因,他总是显得有些神不守舍。"

排练一直持续到深夜。后来,那场猝不及防的大雨又将她们困了一个小时。她回到家里的时间,大约是晚上十一点。她记得,贾兰坡教授当时正在书房里看书。她去浴室洗了个澡,然后给丈夫端去了一杯热咖啡,并在他身边坐了下来。在平常的日子里,贾兰坡教授在做学问的时候,很愿意妻子陪伴在身边。她静静地在一旁打着毛衣,看些闲书,或者替他捶捶背。有时,贾兰坡教授也会从堆满典籍的书案上抬起头来,活动活动筋骨,跟她聊些有趣的事,偶尔也会哼上一两段《坐宫》。这种习惯已经延续很多年了。

出事的这天晚上,贾兰坡教授的行为的确有些反常。她向他打听会议上的情况,丈夫却显得很不耐烦。他冷冷地请妻子先去睡觉，让他一个人单独待一会儿。因为他"有些事情需要仔细地想一想"。

在晚秋的那场大雨中，她睡得很沉。直到第二天早上八点钟才被楼下的叫喊声惊醒。她听见楼下有人在叫着她的名字。她当时的第一个反应是，大概阳台上晾晒的衣物被大风刮到楼下去了。

警察在笔记本上飞快地记录下她的全部陈述，然后向她提出了这样一个问题："你刚才谈到，似乎有些人一直在盼望着贾兰坡教授死去，你指的是哪些人?"

贾夫人回答说，这牵涉到了学校当局尚未公开的一个内幕。她介绍说，贾兰坡教授是一个生活在过去时代的人，他的很多想法都已不合当下的潮流。这些年来，他一直在与校方进行着一场他注定不能获胜的战争。哲学系在这所大学俨然一个庞然大物。每年都占用着学校相当大的一笔经费。何况，哲学系已经连续三年招不满本科学生了。学校的负责人曾多次向贾兰坡教授试探，为了节省开支，能否将哲学系的规模予以压缩，或者干脆取消。一个比较可行的方案是，把哲学系作为一个研究所并入法政系。贾兰坡教授自然一口拒绝。他内心也十分清楚，哲学系最终被取消看来只是早晚的事，校方只是慑于他在国内外学术界的巨大声望，不得不有所顾忌。应当说，学校方面源于经济上的压力，不得已才出此下策，再说,这个提案也受到了全系绝大部分教师的赞同与支持,因为法政系雄厚的经济实力令人羡慕,它属下的一个法律咨询公司、五家律师事务所在这些年中积攒了大量的金钱。

她本人也曾经提醒过她的丈夫,倘若他固执己见,势必树敌甚多,只能自取其辱:“哲学也不是什么非要不可的东西。”贾兰坡教授听后勃然大怒:“倘若没有哲学,人与猪何异?况且猪也未必就不懂哲学。”

贾兰坡教授这样说,自有他的苦衷。哲学系是从马列主义教研室的基础上建立起来的,它能发展成今天这样的规模绝非易事,其中寄托着他的全部梦想。

“如今他突然撒手西归,许多人一定感到喜出望外。”

警察皱了皱眉头,旋即向她表示,他们只是例行调查,无意过问学校内部的具体事务。既然目前并未发现贾先生死于他杀或意外事故的明显证据,如果她本人没有异议的话,他们只能以“自杀”作为暂时的结论。

“在这样一个全国性的学术会议期间,我们也不希望节外生枝。”

9

现在正是午后时辰。屋外人声喋喋,阳光静静地洒满了窗台。曾山记不得有多少个这样的时刻,他从午睡中醒来,听到自己的心脏有节奏地撞击着他的肋骨,被褥里汗津津的。有个声音在他耳畔悄悄地说话。这种类似于耳语般的声音来自于他体内藏匿的一个精灵,一个忠实的提词者。一年又一年过去了,这个精灵从未忘记过自己的职责,也从未失去过耐心。它谦卑地提醒曾山,将他引向一连串重大的问题。唉,不要问,那是什么。是时候了,我们已无须等待,让我们放弃挣扎,追上狂欢者的队伍,赶赴一场盛宴……

贾兰坡教授的追悼会被安排在工会俱乐部的大厅里举行。宽敞、明亮的大厅此刻被装饰得庄重、肃穆。由于在此之前贾兰坡教授的遗体已经火化,墙上象征性地挂着一幅照片,四周被黑色的布幔环绕着,遗像的下方摆满了鲜花。贾兰坡脸上僵滞的笑容仿佛表明,他对于大厅的布置大致满意。

曾山睡眼惺忪地赶到追悼会场,心中难免感到几分不安。因为他担心自己在午睡中错过了追悼仪式。从现场的气氛来看,追悼会要么尚未开始,要么已经结束。为了保险起见,他还是向一位不相识的妇女低声打听了一番。他得到的回答同样是模棱两可、含糊不清的。这个妇女对他说:既然大厅内的人尚未离去,你就没有理由认为追悼会已经结束。

人们三三两两地聚集在一起,就像窗外花圃中冬青树投下的一簇簇阴影。他们说着话,神色凝重,声音被压得很低,与丧葬的气氛极为协调。嘤嘤嗡嗡的谈话声在大厅里回荡，但没人能够听清他们到底说了些什么。偶尔听明白一两句话，也是断断续续，言不及义。从说话者的脸色判断，他们似乎也不知道自己都说了些什么。

慧能院长身穿一身黑色的西服，这使他看上去不像一个僧侣，而是一个地地道道的学者。他面色红润，抱臂而立，正与另外几位学者谈论着一个严肃的话题。曾山知道，慧能院长保养得如此之好完全受益于那些寺院自产的蜂蜜。慧能曾向他提及，到了春天蜜蜂产卵的旺季，寺院还能剩下相当大的一部分，拿到市场上去出售。他们之间的谈话使曾山想起了那些娇小、可爱的小动物，它们在阳光里振翅而飞，攀附在寺院外的一棵紫荆树上，仿佛一心要将它的枝条压弯。帕斯卡尔。普鲁塔克。圣餐。瓦格纳。圣·乔治大教堂。慧能院长一边说着话，一边向从身旁经过的人点头致意。那么，佛罗伦萨博物馆的裹尸布又作何解释呢？慧能院长看上去在低头沉思，实际上他是在寻找脱身的理由。他的心里似乎还牵挂着另外一件事。

子衿和他的几个师妹待在一起。她们大多在本市或邻近的城市工作，导师的死给她们提供了相聚的机会。有一位姑娘似乎来自昆明，因为在她与师兄的谈话中多次提到了西双版纳。我是第一次坐飞机。她说。她们的打扮一律是黑色的。黑色的发髻。黑色的短大衣。黑色的短裙、长袜、皮鞋、绶带。甚至,其中一位的牙齿也是黑色的,不过,她显然不是有意为之。

子衿比任何人都显得心不在焉。他与师妹们说着话,不时转过身去朝四周张望,像是在寻找着一个人。

老秦的样子很有几分寂寞。他从一个谈话者的圈子走向另一个,一直没有找到适合于自己的位置。他游手好闲地在大厅里来回逡巡,丧失了起码的真实感。他来到一个正吃着棒棒糖的小女孩身边。他本来打算与她开个玩笑,却没想到将她吓了一跳。他冲着她笑,而女孩则迅速地逃开了。就在这时,老秦发现宋子衿正朝他这边张望,不过目光很快就移开了,这说明师兄所要寻找的那个人并不是老秦。但他还是决定回到师妹们的行列中去。她们正热烈地讨论着金三角的贩毒网和加入食物的罂粟壳。老秦瞅准机会插了一杠子。我就碰到过这样的事。他说。谁都没有注意到他。只有一个女人作出了反应:他的口臭使她不得不稍稍改变了一下站立的姿势。老秦最终抵达的那个地方看来还是比较欢迎他的加入,因为他很快就代替了慧能院长的位置,与几位外地学者接上了话。他飞快地说着,仿佛一心要弥补刚才的损失。渐渐地,他的举止恢复了往常的从容和自信,脸上也有了些许光泽。而慧能院长终于机敏地脱身离开了。

一个身材颀长的女人此刻正独自站在窗前。她背对着曾山。他看不见她的脸,可是他能看见她裙子棕色和杏黄色的拼花图案,在午后的阳光下格外醒目。她的一只手搭在窗架上,谛听着窗外的什么动静,从她落落寡合的样子来看,她极有可能就是贾兰坡教授去世前刚刚调入系资料室的那个纺织女工。也许是另外一个人。但她肯定不是张末。曾山的心里被什么东西刺了一下,同时,他体内的情欲仿佛顷刻之间就苏醒了。

在这个女人柔和的腰线之侧,曾山从敞开的窗户里看到了远处被阳光照亮的一片树林和草坪。他看见了那幢简朴而小巧的幼儿园的房舍,绿色的栅栏、树篱和尖尖的卫矛。几个小姑娘正在园内做游戏。她们唱着歌。丢呀丢呀丢手绢。钢琴的声音似有若无,不过还能被听到。在寂静中,他的心里感到暖融融的。

下午三点钟。学校的副校长不知从哪里钻了出来,他宣布追悼会到此结束。直到这时,曾山才看到了他的师母。她被安排在大厅出口处的一张藤椅上。每一个试图从这所大厅走到户外去的人都必须经过她的身边,与她握手,劝她节哀。

人群在往外散去的时候没有闹哄哄地乱成一团,而是自觉排起了长队,这多少显示了知识分子在修养上的与众不同。人们脸上的表情,移动中的步伐,问候时的语调都极为相似,一个模仿或重复着另外一个。犹如经过复杂的训练和彩排。

只是当慧能院长经过大厅门口的时刻,才出现了一个细微的变化:他向师母伸出手去,贾夫人却坐在椅子里一动不动,就像她压根儿没有看到这个人。慧能院长略略迟疑了一下,很快将手缩了回来,并加快步伐走到了门外灿烂的阳光下,将一片叽叽喳喳的议论留在了身后。

10

曾山从工会俱乐部出来,没有回宿舍,而是骑车径直出了学校的后门,沿着苏州河西岸前往市区。他要去看望女儿。珊珊只有五岁,但脸色已相当忧郁。她懂得了不少成人之间的事,会唱不少儿歌。丢呀丢呀丢手绢。蒲公英打开了她的小花伞。她已经能学着用歪歪扭扭的字给曾山写信:我们不要你的臭钱。少来这一套。

曾山不太喜欢她,对她的记忆也十分稀薄。她的出生很难说不是一个错误。她愿意待在黑暗之中,待在一只箱子里。那是一只破旧的藤皮箱,是曾山留在前妻家中的唯一遗迹。后来,它也成了错误的见证,曾山对它有一种说不出的恐惧。珊珊却常常躺在里面睡觉,手里捏着一条洗得发蓝的手绢。这只箱子,是她梦想中的居所,将她与外界的生活隔开。珊珊的这一习惯使曾山不安地想起了自己的童年,想起了那些他试图逃离的事物。逃离。一切都指向它,一切都是它的影子。三十年后,这个词语更换了一个面目在他心中扎根,占据了他的全部意识,那就是“奔向”。一个是另一个的原因或结果,但它们从本质上说也许是一回事。

由此,他还想起了另外一组概念:自我折磨与自我劝说。它勾勒出了生活的全部经纬。在很多这样的时刻,曾山躺在床上,酝酿着一次新的睡眠。他四肢松展,双眉微闭。他对自己说,现在,除了窗外柔和的树声和远处若隐若现的喧响,一切都是宁静的。我要睡了。我感到自在。很快,他的呼吸开始变得均匀,身体在清凉的水中慢慢下沉。他感到所有的静谧、纯净与永恒,然而正是在这个时候,另外一种声音在耳边悄悄地提醒他:你真的要睡着了吗?你如何证明这一点呢?这个声音固执,有力,容不得他去做主,由此他睡意顿消。这类令人沮丧的事件,作为一种象征,在他的生活中随处可见。他所要建造的,是冰块垒成的城市,它经不起阳光的曝晒。

曾山为此曾去请教过一位心理系的博士。她在学校书店的边上开了一家心理咨询诊所。她是一位基督徒兼女权主义者。她在听完了曾山的自述之后,立即用一种不容置疑的口吻对他说:“毫无疑问,你是在与上帝作战。每个人都指望他所找到的幸福耐久,坚固,结实,经得起摔打,假如果真有这样的事,世上也就不会存在'幸运'这个词儿了。你替自己想得太多了。还是将这些问题交给上帝去思考吧。上帝存在的意义正在于我们不必思考,而不是相反……"曾山不太欣赏她的观点,但在那一刻,他的内心还是被她虔诚、坚定的目光照亮了。曾山对她解释说,作为一名哲学教师,他所关心的并非是那些信仰上帝的理由,而是不信的理由。因此,他本人更喜欢那些具有明显异端思想的人,尼采,叔本华,拉罗什福科。他们令人更感到亲近。"像我这样的人,预先就被剥夺了信仰的权力。"曾山笑着对她说。"是自我剥夺吗?"她问道。

"也许是这样,"曾山答道,"笛卡尔说得对,除了征服自己,我们在这个世界上并无其他的使命。"

现在,哲学系副教授曾山正骑车赶往他前妻的住所。他从那儿逃了出来,此刻又一次奔向它。夕阳染红了污秽的河面,使那些泡沫塑料、废报纸、机油与黑色的漂浮物闪现出金子般的光泽。一些鸽子栖息在河边的房顶上,栖息在河堤的水泥护栏上,在装满煤渣的驳船上散步。

11

上个月,他与妻子和女儿在公园见面。她的口中第一次出现了张末的名字。这使曾山感到有些意外。在此之前,她从不屑于提起她,仿佛张末就是传说中某种恶毒的神祇。她的脸上充满了幸灾乐祸的表情。“我们现在终于打了个平手。”她说,她指的显然是曾山与张末离婚这件事。他不知道她从何处打探到这一消息。她打算进行报复了:一个女人与另一个女人有什么区别?棍子插在猪油里,拔出来就拉倒……只是因为珊珊就站在近旁,她对自己粗俗不堪的语言天赋才有所克制。

“你呢,你的情况怎么样?”曾山温文尔雅地对她说。

“这不干你的事!”

“我从报上看到了你们公司的消息……”

“这不关你的事!”她再次强调说,尖厉的下巴因激动而微微颤抖。她的眼中溢出了泪水。她是一个要强的女人。曾山没有再谈下去。你还留在这里干什么?为什么不追到南京去呢?她提起了张末,企图再次占据主动,不过,原先激烈的言辞此刻已成强弩之末,这使曾山不安地意识到,他的前妻在公司倒闭之后,也许尚未找到新的工作。

曾山告诉她,由于刚刚被提升为副教授,他的工资状况有所改观,假如她改变初衷,愿意接受他的资助的话,他打算立刻戒烟。你还是少跟我提你那点丢人现眼的工资吧,我看你早晚得跟那个贾什么坡的鬼东西一样,从楼上一头栽下来摔死拉倒。她叫道。她的声音惊动了一位练气功的老头。不要叫,不要叫。走火入魔可不是闹着玩的。我已经活了一百零二岁了。曾山颇为惊异地察觉到,在离婚之后,他的前妻一直在暗中时刻留意着他的动向。用她自己惯用的语言方式来表述:我等着看你的讣告登在《新民晚报》上,然后用它来擦屁股。她对那些无聊的话的确上了瘾。可曾山依然能够从中感受到她愚蠢而固执的善良。

曾山来到前妻居住的那个街区,天色已渐渐昏暗。天空刮起了偏北风,看来又要降温了,他感到身上凉飕飕的。建筑队正在拓宽路面。到处都是沥青化开的气味,尘土与油渍的气味,还有一缕孜然和胡椒的香气。循着这股香气的踪迹,在一辆推土机的边上,曾山看见了他的前妻。

他差一点没有认出她来。她的头上裹着一条农村妇女们常用的蓝布方巾,将自己打扮得土里土气的。她正在路边的梧桐树下卖着羊肉串。生意看上去还挺好,客人们来来往往。曾山想不起来她从哪里学会了这门手艺。他再次留意到她头上的那顶蓝布方巾,她为何要将自己弄成了一个村妇的模样?也许只有这样,她才能心安理得,她毕竟是一个城里人,一个旧时代银行家的后裔。她不想亵渎它。

他看见了自己的女儿。她在冷风中瑟瑟打抖,从一只崭新的木匣中给客人找出零钱。他看到了她的眼睛。他第一次注意到它们那么黑,那么白。她在算账。眼珠凝滞不动,证明她算账遇到了困难。

曾山感到自己开始喜欢她了。

12

在下午的追悼会快要结束的时候，宋子衿终于找到了他一直在寻找的那个人。他穿过大厅来到窗前。她转过身来朝他嫣然一笑。俱乐部的一位工作人员手里拿着麦克风提醒他们离开。晚上还有京剧演出，他们要将追悼会场恢复原样并不是一件容易的事。就在这个时候，慧能院长彬彬有礼地朝师母走去，向她伸出了手。她显然看见了他，却深陷在藤椅里一动没动。这个微小的细节不禁使人联想到，慧能院长与师母彼此之间不仅早就熟识，说不定还有过相当深入的交往。顺理成章的解释是，慧能院长曾经有负于她，而师母对他深感憎恶，无法原谅。

在返回学校的路上，曾山的眼前再次浮现出当时的情景。他决定顺道去导师家中看看。自从上次他与导师因论文而发生争吵以来，他一直没有去过那里。

师母替他开了门，告诉曾山，她正要去浴室洗澡。她让他先去书房坐一会儿。

房间的陈设似乎还保留着原先的样子。通往阳台的门敞开着,从窗帘的缝隙中,他能看到阳台的木架上搁满了花盆。雏菊,巴西木,铁树和鸡爪槭。也许是因为刚刚浇过水,花朵和叶蔓显得生机勃勃。曾山知道,他的导师当初正是通过这扇门走到了阳台上,完成了他生命中的最后一次腾跃。

屋子里光线很暗。书桌上散乱地堆放着书籍、字典、纸页和烟缸。他的导师当时一心要结果自己,没有顾得上作最后的整理。曾山浏览着那些书籍:《历史哲学》《基督教的体系》《动物志》《开叫与首攻》……一册英文版的《爱默生文集》被打开在第一百零四页,书页上有些地方用水笔划上了红线。

一个人就是一个处于破败之中的神。

这也许可以算作贾兰坡生前所留下的最后遗迹了。他不知爱默生的这句话曾经激发了导师怎样的联想。依照师母的说法,她从大礼堂回到家中,给导师送去了热咖啡,但他却将师母赶出了书房。“有些事情我需要一个人仔细想想。”没有人知道他后来想了一些什么。

在曾山的记忆之中,贾兰坡教授的思想以及他梦想中建立的哲学体系在晚年出现了难以调和的矛盾。他一生中贯穿始终的许多重要命题都面临着被瓦解与分裂的危险。一个多星期之前，曾山将那篇题为《阴暗时代的哲学问题》的论文交给贾兰坡。三天后，他约曾山去他的书房面谈。导师看来极为生气，他极为勉强地夸奖了他的才华，为他后来言辞激烈的批评作了一点小小的铺垫。按照贾兰坡教授的解释，当今人文哲学的当务之急在于为处于转型期的社会建立新的价值范畴，而不是像曾山文章所做的那样，徒劳无益地宣告这个世界行将崩溃的消息。哲学重在阐述，而不是简单的启示或布道，“假如像你所说，这个世界注定要完蛋的话，我不知道你的论文还有什么价值。没有对于永恒的确信，道德亦将不复存在。”导师举例说，早在十四世纪的意大利，佛罗伦萨的一大批僧侣和经院哲学家就预言了宇宙大限的来临，一些人甚至还在修道院阴暗的地下室里悄悄赶制应付世纪洪水的方舟。“这的确非常可笑，现代医学已经证明，他们的恐惧与妄念和当时流行的臆病有关。生理疾病往往会给我们带来错觉。还有你在文章中反复提到、推崇备至的那个法国人，阿尔贝·加缪，假如他愿意不断地往山上推石头，本来是没人反对的。法国人的确有着非凡的想象力，但并不能解决什么问题。如果你仍然像以前那样对中国哲学不屑一顾的话，我劝你多读一些德国人的著作……”

不管曾山与他的导师之间存在着怎样的分歧，曾山感觉到，他的去世也许预示着一段岁月的彻底结束。一座纪念碑倒塌了。一道幕帘被突然打开,阳光涌入,使他睁不开眼睛。他知道,用不了多久,哲学系将会不复存在。他的心里掠过一阵空空荡荡的悲悯之感。

坐在导师生前的书房里,曾山再次不安地想起了两三天前的那个来历不明的电话。它会不会是导师打来的?贾先生预感到了危险的来临,或者说,遇到了一个毁灭性的难题,他想找个人聊聊。可是按照他的身份,屈尊俯就地向一个学生倾诉烦恼是难以想象的,于是,他拿起了电话,又将它放下。他终于决定向死亡求助。

师母身穿一件蓝色的浴衣走进了书房。她问曾山要不要喝点什么,没等他回答,她就打开了咖啡罐。师母说,曾山能来看她,她感到很高兴。这一两个晚上,她都睡得很不踏实。从门庭若市到门可罗雀,毕竟让人不太习惯。“我不喜欢哲学,可我喜欢听人谈论哲学。”师母说,“就像一个行为检点的女人偏偏喜欢四处打听别人的风流韵事。”过了一会儿,师母补充说,这个比喻也许不太恰当。

“哲学系眼看着就要完蛋了,也许等不到这次会议结束就会有结果。”她叹息了一声,继续说,“如果哲学系作为一个研究所并入法政系,编制想必会十分紧张,你要尽快活动,晚了就来不及了。”

一阵潮湿的夜风吹乱了桌上的书页,带来了一缕微微的花香。师母打了个寒噤，将被风撩开的浴衣的下摆重新拉严。曾山的脸一下就红了。

“你的导师尸骨未寒，现在已经有人在背后说了我不少坏话，你大概也听说了一些吧。”

曾山表示他未有所闻。“是不是因为今天下午这件事？慧能院长走过来与您握手，您却没有理会他……”

“不是这件事。”师母说，“你所说的那个慧能院长我并不认识。我当时一定是走神了。你日后如有机会碰到他，请替我代为致歉。”

曾山点头答应。临走时，师母问他：“万一日后的研究所容不下你，你打算干什么去呢？你们导师在世时得罪过不少人，这一点，你要做好相应的心理准备。”

曾山回答说，他暂时还没有想过这个问题。“像我这样一个人，除了碍手碍脚，还能干什么呢？”

“去卖羊肉串怎么样？”

师母随口说出的一句话，却使曾山出了一身冷汗。

13

很晚的时候，子衿博士来宿舍找曾山聊天。他是来告别的。子衿一进门就对曾山说，他准备从这个城市暂时消失几天。

曾山从师母家回来以后，一直在昏暗的灯光下修理他的那只闹钟。它的发条坏了，桌子上堆满了拆散的金属零件。“我从来就看不得这些东西。”子衿对他说。他指的是那些生了锈的闹钟零件。曾山用一把镊子正打算将一只弹簧把芯片与发条连接在一起，他抬头看了师兄一眼，一时没有明白他的意思。

“它会让人想起乱七八糟的大脑结构。”子衿博士解释说，“当然，我也受不了闹钟的声音，嘀嗒嘀嗒嘀嗒，永远没个完。”随后，他向曾山说起了一段往事。在他小时候，他的床边就搁着这样一只闹钟，它的声音让他睡不着觉，他就将它埋在了床边的一只麦缸里。

“对了，我差点忘了告诉你，过几天我的妹妹要来，我已经差不多有五年没有回过家了，我甚至想不起来她长什么样儿了。”子衿很不得要领地这么说了一句。曾山没有吱声。他不明白师兄为何突然提起他的妹妹，再说，在这之前，他从未听师兄提起过她。

曾山找出一张废报纸擦了擦手上的油污，然后重新将报纸展平，盖在那些闹钟零件上，“这样可以了吧？”他们在桌边坐了下来，开始抽烟。

“你要去哪里？”曾山问他。

“杭州。”

“怎么会忽然想到要去杭州?”

“我有一个朋友在那儿的一家妇幼保健院当护士……”子衿说。他大概觉得类似这样的一问一答有些让人难以忍受,便索性抢先告诉了曾山他去杭州的目的,以及事情的整个原委。

“其实,这样的事在上海一样能够顺利解决,你又何必舍近求远呢?”曾山说,“我听说医院方面近来对有关规定作了一些改进,比如说,这种事不再通知原单位。人口问题毕竟要比道德问题紧要得多,这是不言而喻的。”

“我也听说过这回事,不过事实究竟如何却不得而知,我又不能专门跑到医院去打听。更何况,医院负责计划生育的大夫通常是一些青春已逝的女人,她们已经失去了放纵一下的权利,因而心理相当阴暗,她们一见到那些未婚先孕的女孩,首先想到的就是鄙视、咒骂、冷嘲热讽,实际上,她们恨不得自己取而代之。”

“你打算什么时候动身?”

子衿告诉他,是明天晚上十点的车票。那段时间最安全,趁着夜幕的掩护,在前往车站的路上遇到熟人的可能性很小。“这一次,我要做到万无一失,我已经经不起折腾了。”子衿说,他甚至准备在酒会结束后再离开。曾山知道,酝酿已久的学术会议定于后天上午八点正式开幕。明天晚上,会议的赞助商将在学校对门的松鹤大酒店举行盛大晚宴,所有与会代表均在邀请之列,市政府主管文化的官员届时也将出席。他和子衿都已收到了印刷精美的请柬。据说,这次晚宴的费用几乎占了会议开支的一半,看来,本次会议的赞助单位,南方某制药厂果然实力雄厚,出手不凡。

“你的大会发言怎么办?”曾山问他。

子衿博士阴沉沉的脸上露出一丝灰暗的笑容,仿佛他对这件事很有把握。他扳起手指头,眼睛盯着窗外,像是在做一道复杂的算术题。手术只需要十五分钟。路上要花掉一天。手术后她需要静养四天。子衿的大会发言被安排在会议开幕后的第四天,时间上倒是绰绰有余。

“我只担心一件事,”子衿博士对曾山说,“那就是她已怀孕两个半月了,若是遇上血崩,堵都堵不住。这个女人不太好缠,也很有主见,她一直瞒着我,竟然异想天开地想把孩子生下来。我足足做了一个星期的噩梦。”

师兄疑虑重重地对曾山说,他甚至想到去找个医生做一次心理测试,看看自己是否正常。因为他刚刚听说,心理系的一位女博士在河边书店旁开了一家咨询诊所。“对我来说,这短短的几天碰到的麻烦,比过去时间里累积起来的还要多,就像是石灰、沙子、芝麻和锯末统统掺和到了一块。”

“在某些方面，你还是应当适可而止，”曾山对师兄说，“我一直觉得你可以过一种稍有节制的生活。”

子衿朝师弟摆摆手。仿佛在暗示曾山，现在还不是讨论这个问题的时候。

“张末怎样？你见到她了吗？”

曾山表示他尚未见到她。他担心她因为什么事，临时决定不来参加这次会议了。

“也许你明天一觉醒来，就能听到她的敲门声。快乐的事情通常要么不来，要么就会让人猝不及防。”

随后，他们聊起了别的事情。聊起了老秦。这些天，他显得极为神秘，似乎要在这次学术会议上搞点名堂，这段时间整天找人商量他的计划。一方面，他对自己在会上的图谋守口如瓶，一方面又一心要弄得人人皆知。

“鬼知道他在搞什么玩意儿，”子衿说，“他似乎对这次大会寄予了不切实际的幻想，最后底牌亮出来终究是一场笑话。”

“这次大会注定了不会太平，”曾山忧心忡忡地说，“会议尚未开始就发生了一连串的怪事，我真的很难想象在往后的一个多礼拜里到底会怎样。但愿它不会成为一场噩梦。”

深夜两点，子衿才起身告辞，曾山一直将他送到了楼下。

子衿手里捏着一串钥匙，在楼下的车篷里寻找他的那辆自行车。他在那儿来回逡巡了四五分钟,仍然没有找到。

曾山只得走下台阶,帮着他一块查找。子衿告诉他,那辆自行车的坐垫是棕红色的,很容易辨认。他们将车篷里停放的车辆逐一找了个遍。最后,子衿明显是着急了,他对着一辆橙黄坐垫的自行车,拿钥匙徒劳无益地乱捅了一气。“会不会是被人偷走了?”

他这样说,倒立即提醒了曾山。他想起子衿那辆自行车早在一个多月前就已经失窃了。曾山及时地向师兄提醒了这点,使得后者突然发出一阵过于夸张的哈哈大笑,仿佛笑声在迸发出来的一刹那就使出了全部的肺活量。随后,他的身影像个幽灵一般消失在远处的黑暗之中。

14

会议的接待中心设在专家楼的底层。这是一座百年前的古旧建筑。风格与式样是欧洲的巴洛克、哥特式与中国古典园林的简单拼合。八十多年前,一位俄罗斯妇人买下了它,在那儿只居住了短短的五年,却留下了一些年代久远的遗迹。其中包括一棵冠盖蔽日的银杏,一条用她的姓氏命名的河流。

时序已属深秋,银杏树在风中抖落下叶片,像蝴蝶一样在阳光下飞动。专家楼前的草坪整肃而洁净,只是车轮的印辙依稀可辨。在一辆橘红色的轿车旁,一位身穿旗袍的礼仪小姐正摆出姿势让人照相。她脸上显露的心满意足的笑容,让人感到她对于楼房和轿车的归属产生了不切实际的幻想。一张照片通常说明不了什么问题,但对她而言,这似乎已经足够了。院廊的葡萄藤架下摆着几把漆成白色的椅子,一位早已谢顶的老者占据着其中的一把。他假装在读书,实际上,他的目光一直在打量着那位小姐的臀部。当然,他可以为自己的行径找到理由:他探身朝院外张望,而那位小姐恰好挡住了他的视线。

他一会儿戴上眼镜,一会儿又摘下它。仿佛拿不定主意哪一种姿态更适合于观察。旗袍的花饰呈暗红色,它在腿部的分叉开得很高。由于设计者的良苦用心,分叉线像是被剪刀临时剪开的,肌肤的呈现仅仅是一道缝隙。考虑到阳光的亮度和小姐不断调整的身体姿势,它也足以让人眼花缭乱。不过,假如一阵风吹过,使它敞开更大的幅度,露出蓝色短裤的下沿,观察者则不得不暂时挪开视线,将目光痛苦地投射到书本上。

透过大院的铁门和两旁的枇杷树篱,就能看到河边的银杏,看到阳光下闪闪发亮的河水,河边扔石子的小男孩,以及为数不多的几名垂钓者。院外的一片小树林里,两个身穿西服的人正兴冲冲地朝这边走过来。

在专家楼高高的台阶上，曾山显出一副无所事事的样子。他一度想离开这里，又有些不太甘心。

迎面走来的两个人此刻已经双双跨进了大门。曾山立刻认出，一位是他等待之中的老秦，另一位就是本校的校长。

15

校长看上去精神很好，似乎正想着一件开心的事，嘴角挂着一丝微笑。他低着头刚刚走到大理石的台阶下，为了表示对校长的尊敬，曾山冷不防从一边斜插上前，朝他伸出了手。由于犹豫不决反而使他的动作变得坚决而突然。校长被他吓了一跳，本能地往后跳了一步，一时没有弄清曾山的意图。当他明白过来，对方只不过是想与他握手致意，校长便颇为得体地笑了一下，将那只白皙的手递给曾山，这时，时间上出现了小小的差错，因为曾山已经将手缩了回去。校长的手兀自悬在半空中，仿佛突发的中风使他的肢体失去了控制，也就是说，校长这回扑了个空。这个情景使曾山想起追悼会上的慧能院长。尽管他的内心已经多少感到了几分滑稽，曾山还是坚决地再次朝校长伸过手去。老谋深算的校长这一次得好好估量一下出手的时机，估量的结果，他将那只保养得很好的小手藏入了裤袋。

校长满面狐疑，上上下下地打量着曾山。愤怒的校长似乎有足够的理由这样认为：对面的这个年轻人仅仅是为了羞辱他才故意这么做的，假如他再一次伸出手，对方又缩了回去，这样循环往复，岂不中了对方的圈套？他这样想着，不安地环顾了一下四周。幸好，院内的三个可能的目击者眼下兴趣还不在这边。

这时，老秦不失时机地将曾山介绍给了校长。校长脸色铁青。他狠狠地瞪了曾山一眼。转身就朝停在草坪上的一辆轿车走去。

老秦对曾山解释说，最后三名与会代表将在今天中午前后抵达。他正准备陪同校长去车站迎接。曾山半开玩笑地对他说，这三位代表居然惊动了校长的大驾，想必身份不同一般。老秦没有正面回答他的话，而是问他，假如眼下恰好有空，他是否愿意与自己一同前往车站？“趁便，我还有些要紧的事打算与你聊聊。”随后，老秦拉着他跳上了一辆面包车，紧跟着前面那辆黑色的丰田，一路出了校门。

他们来到车站的广场上，距离代表们乘坐的火车进站还有十五分钟。

校长似乎余怒未消，为了避免再度与曾山碰面而出现不必要的尴尬，他龟缩在车中，通过挡风玻璃观察着出口处的动静。老秦则喜滋滋地从面包车上扛下了一块事先准备好的木牌,上面写着代表们的姓名。他们来到出口处的围栏外,老秦将木牌试着往空中举了举,向曾山问道:“你看这样可以了吗?”他没有听见曾山回答,因为此刻曾山已经抽身离开了。

曾山几乎是一路小跑地奔向广场西侧的一家商业中心。由于慌乱和匆忙,他在进门的时候,衣服被转门的把手挂了一下,引动了门后一位小姐低低的笑声。他从一处柜台前买了一把小圆镜,一只吉利刀架,一枚飞鹰牌刀片。接着,他找到了药品柜台,在摆放着各种避孕工具的橱柜前踯躅良久。

一位售货小姐迎上前来,问他是不是打算买一盒避孕套。

“那就买一盒吧。”他这样说,仿佛他原先并不想买,而纯粹是为了迎合她,才作出了这一决定。

“多大号的?”

“三十五毫米。”

小姐这时抬头瞥了曾山一眼,目光中含着一丝明显的怀疑,好似对方是在故意逞能。

曾山从商业中心出来,径直朝行李房边上的一个厕所走去。在厕所的自来水龙头前,他熟练地旋上刀片,对着小圆镜,专心致志地刮起胡子来。

他想象着不久后与张末的见面,心跳突然加快了。他知道，张末对他留胡子这一习惯极为憎恶。

曾山与张末离异后，双方一直保持通信联络。他对张末的来信既渴望又恐惧。她的来信给了他生活中唯一的真实感，同时，他又担心她总有一天会在来信中提到她与别人结婚的消息，假如她是一个聪明的女人，她应当懂得在某些方面有所保留。她的信通常都写得很长，除了偶尔涉及到一些哲学问题外，大多是一些日常琐事。从语调上看，就好像他们并未分离。两个多礼拜之前，曾山给张末寄去了会议的邀请信，他在信中提到，由于这次大会不承担代表的住宿费用，为了不至于报销出现困难，他应当替她安排哪个等级的房间。张末很快就写来了回信，她说她很高兴参加这次有关宗教问题的学术会议，因为她目前正为是否应当皈依基督而感到犹疑不决。“至于住宿，如果你那儿没有什么不便，我还是愿意替单位省下这笔开支……”

想到这里，曾山突然咧开嘴“嘿嘿”地笑了两声。张末的这封来信再次证实了曾山的某种预感，仿佛张末随时都会再次回到他的身边。也许，在某一天的清晨或者深夜，他只要打开门，就能看到她拖着沉重的皮箱站在他的门前。期待中的这次学术会议，对他来说，宛若一场渴望已久的盛宴，仿佛多年来一直在困扰着他的所有问题，到了那时，都会获得圆满而彻底的解决。

16

从某种意义上说,车站是一个城市最大的秘密集散地。然而它却不会轻易地将这种秘密泄露出来。你所看到的仅仅是一片阴暗的街角,一方人群稠密的广场。明亮的茶色玻璃反衬出街道的树木,高耸的旗杆、钟塔,以及钟塔下围坐的妇女和儿童。在货栈的遮棚下,售货员向行人随时吐露微笑,就像一缕变质发霉的花香。那些匆匆奔向某一地点的小贩、兜售报刊的老人、掮客、便衣以及在旅馆登记处排成长队的人群占领了车站广场的每一处缝隙。你只是偶尔从那儿经过,看着自动扶梯将一批又一批人送上候车大厅,你想象着这个车站曾经是过或者将要变成的那个样子:一块海边的桑园,一个露天高尔夫球场,一家光线昏暗的妓院,一座垃圾处理厂……于是,车站就在无形中为时间塑造出了形态,你也就成了一个真正意义上的旅行者。

曾山不无伤感地想到这一切,心情陡然又变得沉重起来。他穿过阳光缤纷的广场,朝出口处的方向快步走去。

代表们都已经到了,老秦像是在四处找他。此刻,校长也已经从那辆轿车中走了出来,他正忙着向客人们递名片。曾山逐一端详着刚刚下车的三位代表,没有看到张末。他将目光投向出口处长长的通道，从那可以一直望到空空荡荡的站台。

老秦用英语将曾山介绍给了一位外国人。他低声地对曾山说，这个人就是本次大会唯一的外国学者。倘若这次大会能够称得上是国际会议，他是不可或缺的。他是一个神学家，还是一个中国通，名叫唐彼得。唐彼得身边还站着一个风姿绰约的女人，经老秦介绍，曾山知道她是彼得先生的中国秘书。女秘书朝曾山浅浅一笑，随后她向老秦提醒说，唐彼得先生虽然精通英语，但他更愿意说德语，当然，他的汉语也说得非常流利。老秦介绍完毕，立即将曾山撇在了一边，径自与唐彼得先生热烈地交谈起来。

曾山显然有些茫然无措。他的视线一直盯着出口处的那条通道。一位佩戴红袖章的看门人此刻正打算将铁栏杆门关上，他一丝不苟地搭好铁门的铁扣，然后拢起袖子，蜷缩到一边晒太阳去了。低迷、回旋的风从站台上吹过，翻动着铁道边的旧报纸，两名身穿制服的女乘务员正有说有笑地从卧铺车厢上下来，怀里抱着一堆肮脏的被单和桌布。

唐彼得先生似乎对“神学家”这一称号感到不以为然。他对老秦说，他早年在印度洋上当过水手，后来又在荷兰的鹿特丹创办过一家造纸厂，不过，他真正的专业却是国际信托。在五十年代，他作为日本人的贸易顾问参加过中国的广交会，并在德国驻华使馆工作过两年，他去过俄罗斯、东欧和台湾……对神学问题产生兴趣，只不过是一年前的事。

唐彼得先生每说一句，中国秘书就坚决地点一次头，仿佛她曾经陪伴唐彼得一起度过了那些颇有浪漫色彩的岁月，或者说，唐彼得的每一句话都深深地打动了她的芳心。由此看来，这个女人与唐彼得相识的时间不会太长。

除了唐彼得与他的中国秘书之外，剩下的一名代表就是本次大会的赞助商，南方某制药集团的董事长。他身材健壮，一腔广东口音，正与校长彼此寒暄，谈话虽有些不着边际，但还不至于找不到话题。

校长首先对董事长的资助表示谢意。他说，在学术界面临严峻经费困难的今天，他的慷慨相助无异于雪中送炭。“我也许可以提前通知您。学校经过慎重研究，决定聘请您担任鄙校的兼职教授，当然啦，我们的合作仅仅是一个开始，鄙校在生化制品、微生物、计算机领域均拥有很强的科技潜力……”

“教授我看就不必啦。”董事长说，他们公司之所以斥资赞助这次学术会议，除了他们对知识分子的一贯尊重之外，还有一个原因，那就是他本人对哲学上的一个悬而未决的问题十分关注。

“想必董事长先生在哲学上也有很深的造诣？”校长问道。

“浅尝辄止而已。”董事长谦逊地笑了笑，随后神秘地朝校长跟前凑了凑，“我想向您请教一个问题，在您看来，是先有鸡呢？还是先有蛋……”校长没有想到董事长会突然提出这么一个问题，脸上有点不太好看。“先有鸡，当然，不过蛋……”

董事长解释说，他实际的问题是先有物质呢？还是先有意识。他们公司的副董事长曾经因为研究这个问题坐过牢，还发过疯，不过后来一旦做起生意来，病就全好了。“我看这样吧，”董事长说，“在这次会议上，就请教授们给这个问题下一个固定的结论，不要翻来覆去，弄得人心里怪不舒服的。”

校长为难地看了看手表：“我看时候已经不早啦，咱们有话车上说吧，不然，食堂的师傅可就要等急啦。”

校长、董事长、唐彼得及其秘书先后走进了黑色丰田。曾山和老秦将他们留下的行李搬上了小面包。

在返校的路上，老秦一刻不停地与曾山说着话，而曾山却显得抑郁不欢。老秦从口袋里掏出一册代表名录翻了翻，对曾山说：“与会代表如今只差一位没到……”曾山的腹部一阵痉挛。

他们的车来到一处铁道口，被经过的火车挡住了去路。

这时，曾山感到老秦正满脸诧异地盯着自己。

“怎么回事？”老秦问道，“刚才来的时候，你还是一脸的大胡子，怎么一转眼就全不见了？”

第二章

大会唯一的缺席者。她的难言之隐。

1

还是在读小学的时候,张末就开始了心目中对于爱情的憧憬与遐想。那时,她与父母居住在郊外的一幢老房子里。空空荡荡的天井、残破的院墙以及屋檐下筑巢的雨燕给她的梦想赋予了某种陈旧的布景。

在想象的画面中,一个男人朝她走过来。但她看不清他的脸。他一声不吭地来到她的身边,握住了她的手。在寂静之中,她听见那个男人在她耳畔悄声说:走吧,我们回家。

然后,她就跟着他回了家。

这就是她期待中简朴又神秘的爱情,它为她带来了梦幻中黄金般的岁月。不久之后,她跟随父母搬进了城里。当她重新回忆起那幢老房子的阴影，回忆起那些檐廊、井台、雨帘和丝绸般的阳光，她甚至觉得这个男人的确存在过。封存的记忆就像埋入泥土的果核，在不知不觉中就长成了一棵大树。

在她读初中的时候，母亲为她请来了一位钢琴教师。这是张末第一次与一个陌生男人待在一起。她离他远远地坐着，而他对张末更是不屑一顾。他留着长发，好像很久没有洗过似的，衣服上溅满了油漆，身上散发出一股浓重的烟味。每天下午四点到晚上六点，他教她练琴，弹奏的总是一些令人厌倦的练习曲。他的手指短而粗，指甲盖上还残留着黑黑的污垢。

有一天练完琴碰上下雨，她的父亲留他吃饭。也许是仅仅为了报答这顿晚餐，他提出来是否可以为他们弹些什么。随后，他脸色阴沉着来到钢琴前，在椅子上坐了一会儿，仿佛是在等待着父亲的咳嗽声平息下来。他在弹琴的时候，张末正在厨房刷碗，在琴声中，张末似乎听到了夏天树叶在风中发出的声响，看见了秋天的溪水在阳光中跳跃，她仿佛再一次回到了那幢郊外的旧宅，回到了她梦幻里忧伤的画面之中。她怔在那里，希望琴声一直延续下去。

第二天，张末在练琴的时候，她的母亲开玩笑似的问他："我的女儿长大了想当一名钢琴家，你看还有没有希望?"他想都没想，就冷冷地瞥了母亲一眼："没有希望。"

据母亲说,他原来是艺术学院的教师,后来因为一件什么事情被学校开除了,眼下正闲着没事。他白天帮人家油漆家具,晚上就来这里教她弹琴。

没过多久,这个艺术家模样的人就突然从她身边消失了。他不辞而别,甚至忘了取走他的工资。两个多月后,张末收到了一封寄自伦敦的贺年卡。卡片制作得十分精美。大雪,圣诞树和教堂。她打开它,里面是用圆珠笔写成的一句话:

> 只要音乐还在继续,我们就永远不能说,没有希望。

她的母亲看了这张贺年卡,只是叹息了一声:他忘了将他的工资取走了。而张末却为此大哭了一场,她牢牢记住了卡片上写着的那句话,并很快迷上了音乐。

张末的父亲在一家大医院担任主治医师,母亲也在同一家医院当会计。父亲生性豪爽,喜欢喝酒,他常常在做完手术后将他的一帮同事带回家中吃饭。在这伙人中,有一个年轻的药剂师,他长得高大、英俊,谈吐幽默,常常将母亲逗得前仰后合。母亲笑起来的时候,全身都在颤抖,仿佛笑声不是从她嘴里发出的,而是来自她的肩膀、手臂、腹部以及裙子的每一处皱褶。

有一次,药剂师在上完厕所后经过张末的房间,在她的门边站了一会儿,笑嘻嘻地看着她。张末当时正跪在地上,手里拿着一把钥匙,正打算从床下的一只木箱里往外取衣服,她看见了药剂师在地上的影子,意识到他就站在门外,正朝她看,她的手立即就不听使唤了,像是被什么东西扎了一下,那把小铜锁怎么也打不开。而他只不过与她开了一个玩笑,就匆匆走开了。

从那以后,她一心盼望的就是药剂师的到来,内心充满了恐惧与焦灼。她希望天天能看到他,听到他说话,直到有一天,她无意中发现,他躺到了母亲的床上。

这件事使得母女俩的关系一度变得十分微妙:母亲担心她说出秘密而处处提防她,顺从她的意愿,甚至想方设法投其所好,但在另一方面,她的身体却在毫不掩饰地炫耀着令人沉醉的幸福。张末知道,母亲的秘密正因为有了一个无害的知情者,它所带来的快乐才会变本加厉。

这个时候,已经到了张末上大学的前夕。

在张末匆匆打点行装,准备前往上海的同时,哲学系的研究生曾山也正式接到了留校任教的通知。在开往上海的火车上,张末遥望着窗外八月的田野,再次想起了少女时代的那个梦想,她开始感觉到了它的幼稚可笑。但她仍然珍藏着它,将它带往另一个陌生的城市。

她拖着一只沉重的皮箱走进学校的大门，曾山正在校门内侧的接待处迎候，他们交臂而过，彼此都没有留下什么印象，他们的真正相识，注定要推迟到两年以后。

2

这个城市的一切都让她感到厌倦。她来上海之前的所有预感都被证实了。一切都是灰蒙蒙的，嘈杂的，混乱的，毫无生气。她甚至不敢大口呼吸，甜腻而潮湿的空气压迫着她的神经。新的生活，像一片肮脏的布在她面前铺展开来，而她则开始了永无休止的忍受。

过去的岁月在她眼前渐渐远去，她感到自己失去了所有东西，连她藏身其中的黑夜也一并失去了。晚上，她躺在集体宿舍的床上，街道的灯光透过窗帘，将寝室衬得一片昏黄，她仿佛置身于一个透亮的玻璃橱柜中，无数双眼睛在暗中注视着她的一举一动。马路上过往的车辆摇撼着宿舍的墙基，使她的铁床不时发出吱吱嘎嘎的声音。

在她昏昏沉沉的睡眠中，她感到自己就像一只奔赴巢穴的蚂蚁，一次次踏上了归家的旅程。

这种返回式的旅程茫茫无边。她首先想到了南京的林荫路，古老的城墙，她所居住的那座宽敞、幽静的塔楼，她朦朦胧胧地意识到了第一个目的地。但归程并未结束。她接着来到的地方,是那座带天井的颓败的小院,沿着通往郊外的道路,她回到了她的幼年时代,回到了她的梦幻之中:院门被打开了,一个男人走了进来,他一声不吭地将她带回了家。她知道,她最终想要抵达的居所并不存在,但它却是她真正的家园。

对她来说,生活并非一种选择,甚至也不是经历,而只不过是一种印证,它的全部意义与结果也许仅仅是:原来如此……她并不知道她的热情和主动性是何时丧失的,她被一种神秘的力量驱赶着,鞭打着,从一处到另一处,从一天走向另外一天。她担心自己还没有喘过气来,就已变得白发苍苍。

好在她还有音乐。还有那些从中学时代开始收集的旧磁带。勃拉姆斯或者莫扎特。这是她在失去的岁月中唯一继承下来的遗产。每到星期天,她都去市音乐厅观看免费音乐会。有一次,一位小提琴手在演奏之前,突然莫名其妙地说了这样一句话:假如这个世界注定要毁灭,那么我想,最后消失的一定是莫扎特的声音。这句话是如此熟悉,她感到自己的内心被一道耀眼的光芒照亮了。她当场就流下了眼泪。在随后的一个多星期里,她一直为这句话感到黯然神伤。她开始觉察到了另一个世界的存在。尽管她暂时还对它没有什么了解。仿佛只有在这个世界之中,她的梦想才会受到滋养,得到支撑。

她躺在床上，夜复一夜地想着这些不着边际的问题。看上去，她总在辗转反侧，浮想联翩，实际上她已经开始了对于哲学上一些重要命题的沉思。

3

她们的寝室一共住着八位女生。她们恰好来自八个不同的省份。开学后不久，张末就和一位名叫苏辛的女孩结下了最初的友谊。

这位教育局长的女儿自有她值得夸耀的家庭背景。她之所以对张末抱有好感，也许仅仅是因为她不愿意“与乡巴佬交往”。寝室里其余六个人都来自山区或农村，“你知道，这个世界上穷人多了，的确不是一件好事。”苏辛常常这样说。

但对张末而言，苏辛身上并非没有让她感到害怕的东西。她常常坐立不安，那是因为她患有经年不愈的痔疮。一到晚上，苏辛就躲到门后的墙角里，用高锰酸钾洗屁股。有一次，她竟然提出让张末帮助她将痔栓推进去，因为她自己实在不忍心下手。她趴在床上，叉开优美的双腿，反复叮咛她要多加小心，不要将它塞错了地方。在灯光下，张末手里捏着痔栓和推进器，感到心慌意乱，当她的手指接触到她丰满的臀部，看到那处亮汪汪的肉疣，浑身的肌肤突然一阵猛烈的抽搐。

当然，偶尔出现的这种令人难堪的场合，还不是最可怕的。张末感到最难以忍受的，是苏辛过于坦率的言谈。事实上，并没有人要求她这样做，也没有人强迫她必须吐露她个人生活的隐秘以及与此相关的种种细节。

张末与她相识还不到一个月，就已经获悉了她以及整个家庭的全部履历。其中包括她祖父在五十年代被流放到黑龙江劳改农场，她父亲的脚气病，胰腺炎，哮喘，和肺气肿（张末不安地联想到，这样一个病魔缠身的人，又如何去领导一个教育系统？），她母亲所承包的企业以及企业所生产的节能灯具，她本人因受表叔的引诱，离家出走，一路来到了大连……她们两个人在彼此的交往中所扮演的角色很快得到了确定。张末承担了一个倾听者的全部使命，而苏辛需要的只是一刻不停的讲述，尽管她的每次讲述与上一次大相径庭。有一回，她向张末说起她们城里在“文革”中发生的一件事，一个女死刑犯在被押往刑场、执行枪决的途中，被医生摘走了一只肾。而第二次她重复这个故事的时候，她则说女囚被人挖走了眼珠。这种差异在苏辛看来并不重要，她似乎对讲述本身上了瘾，尤其是她故事中的那些污秽或恐怖的部分。

张末柔顺、犹豫不决的性格使苏辛大可资用，她的讲述也越来越离奇怪诞。于是，我们不难设想一下这样的场面：一个滔滔不绝,口若悬河;另一个则浑身战栗,惊恐万状。

她并不知道苏辛的讲述哪些是真实的,哪些是她凭空虚构出来的,但它无疑为张末封闭式的生活打开了另一扇门窗,也多少印证了她从未经历而又谙熟于心的尘世图景。

4

苏辛终于讲到了她的爱情。那是在校园的一家咖啡馆里。白天的时候,张末常常与她一起去那儿闲聊。从咖啡馆的窗户里可以看见学校的体操房,正在上健美课的海豚般的少女,可以看到河道下游的锯木厂,一个戴毡帽的中年人几乎每天都在那儿钓鱼。

一旦涉及到爱情,苏辛的讲述就如秋后的河水,流转低迴,萦绕不去。她照例讲到了她的表叔,外科手术般的夜晚,尖叫,例假,避孕酮,通往天堂的漫漫长途上一层易碎的薄膜。苏辛观念中的种种常识,对于张末而言就成了令人心悸的无边深渊。

但她并不为此感到羞耻。真正应当引以为耻的也许正是自己的躯体。她不由得想起了母亲的不忠,她的理由。

“现在该轮到你了,”苏辛说,“谈谈你自己吧。”

她们俩的位置顷刻之间互换了一下。张末意识到,她此刻就像一个衣衫褴褛的乡巴佬突然被人推上了灯火辉煌的舞台。除了令人寒碜的手足无措之外，她的大脑一片空白。在这个舞台上，灯火将她的影子拉得很长，而空空荡荡的剧场里只坐着两名观众。他们的脸晦暗不清，但她知道他们正在暗中注视着她，嘴角挂着一丝冷笑。他们的笑靥是浮靡的，不确定的，灰色的，就像那些被雨水打暗、正在发霉的花朵。

按照张末与苏辛私下达成的无话不谈的契约，她的自尊心（也许还有女人的虚荣心）要求她现在加以兑现。她感到犹豫不决，她生活中仅仅有过的两个男人都在她的心里留下了程度不同的影子，但只是影子而已。

她最终挑选了药剂师作为谈论的对象，而将音乐教师深深地藏匿起来。也许没有什么特别的理由，苏辛不断的催促，加上她自己的直觉使她作出了这样的选择。

由此，我们似乎可以清晰地看到张末在讲述这段经历时所面临的困难和重重矛盾。因为她内心十分清楚，类似的话题无疑是一种双重的亵渎，既亵渎了被谈论的对象，又亵渎了自己。在她的故事中，药剂师一开始就是以一个无赖的身份出现的，而母亲的不忠显然是自甘堕落。在一个下雨天的晚上，蓄谋已久的药剂师趁父亲在医院做手术的时机，悄悄地溜到了她母亲的床上。由于着急和慌乱，还碰碎了一只花瓶。

她替母亲保守了两年的秘密,现在终于找到了一吐为快的机会。可是,在她的讲述中,张末忽略了一个重要的枝节,用苏辛的话来说,“这个故事与你有什么关系呢?”

“是啊,这个故事与我有什么关系呢?”张末重复了一遍苏辛的话,呆呆地看着她的同伴。后来,在苏辛的逼问下,她承认了自己对药剂师的依恋。

“会不会是这样的情况,”苏辛替她分析道,“那个药剂师是上了你的床,他在沙发上掀开的是你的裙子。而你恰恰不愿意正视这一点,在这里,你的记忆出现了错误。你的母亲因为发现了你们的勾当,就成了你的耻辱的替罪羊。”苏辛说,她最近正在研究弗洛伊德的精神分析学。“你仔细想想看,那天晚上,你的父亲在医院做手术,你被大雨惊醒,起来上厕所,然后呢?药剂师是不是突然从背后攻击你?不要放过每一个细节,对你来说,某些细节也许可以忽略,而精神分析只有在这些细节上才能找到症结,帮你修复记忆……”

张末意识到这样的谈话必须结束,她从椅子上站了起来,打算离开这间咖啡馆。苏辛一脸不高兴,她指责张末不够坦率,而张末畏葸的目光却向她发出无声的哀求:就这些了,没有了,再也没有了……

在苏辛充满怀疑的注视之下,张末忽然感觉到,对女人来说,肉体既是一个宝藏,又是一种沉重的负担。

5

当然，在张末的生活中，爱情或者性爱并不是她所关心的唯一问题，随着生活的延续，功课的压力也越来越重。但是，在与外界喧嚣的生活相隔的大学校园里，它就像一面镜子，她从中看清了自己的命运。所有的事物都背向她，挤压她，根本由不得她去做主。

到了第三个学年，寝室里另外的六个女生也都一一找到了各自的男友，一到星期六的晚上，这些人就像赶往南方越冬的候鸟一样，准时飞出了它们的巢穴，天快亮的时候，又陆续地飞了回来，带着一股浓烈的香水的气息。她们的高跟皮鞋在地板上重重地敲击着，黑暗中传来低低的耳语、喘息和窃笑。大半个夜晚，张末躺在床上看书，日光灯管的嗞嗞声衬托着没有尽头的沉寂。看上去她在埋头读书，实际上她是在等待着同伴的归来，她的心里感到空空落落的，连贝多芬的奏鸣曲也无法抵御一阵阵朝她袭来的无聊感，甚至，在她一直珍视无比的《红楼梦》中，也会时常出现一些令她心慌意乱的句子：

说什么花正浓，粉正香，
转眼两鬓又成霜。

在一次去浴室洗澡的路上，一个来自河南驻马店的女生曾悄悄地问她，她的身体是否依然完好无损。张末认真地点了点头。那个女生随之发出一阵爽朗的大笑。你准备将它留到什么时候？打算将它交给谁呢？她在张末的耳边轻声问道。张末闻到了她身上一股令人难以忍受的狐臭，同时，她的自尊心也受到了深深的伤害。

她决定去找她的同乡，一个心理系的硕士生聊聊。她已经三十岁了可是还没有结婚。张末虽然与她不很熟悉，但她本能地感到她们之间也许存在着某种亲和力。张末来到她的住处，女硕士正在忙于写她的有关性心理研究方面的学位论文。

"一个人应当过一种有尊严的生活，"她对张末说，"你能这样想，自然很好。这个世界越来越像是一个欲望加油站了，无人去关注自己的内心。假如我能够考取博士的话，我打算在学校里开一家心理诊所。你的担心是不必要的，你也无须去理会身边那些自甘堕落的人，她们的自豪不堪一击。"

她给张末倒了一杯开水，然后继续说："按照心理学的观点，堕落的人伴随着肉体的放纵，所留下来的恰恰是一种更深的恐惧。她们无一例外地将那些严肃对待生活的人，比如你，视为异类，实际上她们不过是想要拉你下水，这样，她们的行为就得到了确证，也更安全，更心安理得。"

从同乡那儿回来,冰凉的风吹在她脸上,张末觉得踏实了许多。回到寝室,她早早地在床上躺了下来,她拿起那本《卢布林的魔术师》翻了几页,很快就睡着了。

这天晚上,她做了一个长长的梦。半夜里,她被这个梦惊醒了,感到非常口渴。她听见自己的心脏怦怦地跳个不停。

6

她来到了大街上。夜已经很深了,但天色依然显得很亮堂。灰蒙蒙的街灯衬照着天空中杏黄色的浮云,树木上覆满了尘土。凉风挟带着鱼腥和枯叶的气息吹到她的脸上,令人想起残秋将尽。

她独自沿着环城马路朝前走,没有遇到一个人。在一条幽深、潮湿的弄堂里,一只小狗追逐着铁皮罐头,传来叮叮当当的声响。街道两侧的饭馆、银行、店铺以及居民楼都浸没在一片昏黄的光影之中。只有在很远的地方,建筑工地的打桩机发出单调的轰鸣声。伴随着一丝不很真切的人语,给这个空寂的夜晚增添了一份嘈杂。

张末来到了苏州河边。一辆火车正从那儿经过。火车开得很慢,像是正在进站。车厢里灯火通明,一个抽着烟斗的老头正从行李架上往下取箱子。两个女人将头探向窗外,一边嗑着瓜子,一边在交谈着什么。缓缓行驶中的火车犹如一条闪烁不定的光带,将铁路桥下污浊的河水照亮了。

火车开过之后,张末发现桥上站着一个人。他戴着一项毡帽,斜靠在桥栏上,注视着河中停泊的船只。

在上帝的眼中,没有什么事物是无缘无故的。这个戴着毡帽、深夜不归的男人不会无缘无故地站在桥上,正如此刻的张末不会一个人无缘无故地在大街上晃悠。

她来到他的身边,他们很快就像一对熟识的朋友一样聊了起来,仿佛张末所要寻找的就是他,而后者则在那里恭候着她的到来。

他对张末说,一个女人在深夜的大街上溜达,是一件十分危险的事,“尤其是像你这样的漂亮女人……”

张末回答说,危险对她来说正是求之不得,因为她与寝室里的同学打了一个赌。

“我说的并不是这个意思,”男人说,“在夜深人静的晚上,像你这样一个女孩足以让一位高尚的男子变成一个十恶不赦的歹徒。倘若不考虑个人的克制力,男人之间其实并无很大的差别。”

“我与几个同学打了赌,假如我能在今夜碰到一个陌生男人……”张末像背书似的向他介绍着这场游戏的来由。

“一场无聊游戏,既冗长,又乏味。但你也不能说它没有一点乐趣。"他说,将他的一只手搭在张末的肩上,"只是,我们并不能算是陌生人吧?"

"可是我并没有见过你……"

"我想你大概是忘了。你仔细想想,在校河的下游,有一个锯木厂,我每天都去那儿钓鱼……"

张末很快就回忆起来,她与苏辛去咖啡馆闲聊,时常能看到一个戴着毡帽的中年人在对岸的锯木厂边垂钓。他总是朝她们这边东张西望。

"我已经在这儿等了你很久了。"中年人从口袋里掏着一盒烟卷。在他划亮火柴的一刹那,她看见他的脸上残留着一丝冷笑。

"你怎么会知道我们的游戏?"

"既然大家都在玩……我们到对面的那个小树林里去怎么样?"他拽起她的一只胳膊,"不管怎么样,我还是愿意帮助你,使你能够赢得这场游戏。"

张末跟着他,下了桥,来到河边的一处丛林里。草地上洒满了露水。他们俩并肩坐在一棵樟树下。张末感到自己有些喘不过气来,她紧紧抱住自己光裸的双臂。

中年人朝她微微一笑:"不要紧张。也请您不要误会,因为这并非出于我的本意。"随后,他撩起了她的裙子。

张末似乎觉得自己此刻正置身于冰凉的河水中,又像是在一部快速下降的电梯上,她的身体以一种不可思议的速度沉下去,沉下去……

“我想撒尿。”张末突然抓住了他的手,对他说。

“这只不过是一个借口而已。”中年人仿佛看穿了她的心思,“看起来,你已经后悔了。你借故出去撒尿,一会儿就跑得没影了。不过,游戏自有它的规则,既然它已经开始,我们就没有理由让它中断。”

他嘿嘿地笑了一下。“快乐一旦来临,就会超出你的想象……”

他轻轻地扯下她的长丝袜,将手放到她的大腿上,并顺势让她躺倒在草地上。

“等一等。”张末再次制止了他。她说她身体下面有个什么东西硌得她腰疼。

她站起来,从地上捡起它,发现那是一枚塑料发夹。

她从床上醒了过来。

7

“你像是做了一场噩梦。”

苏辛将自己的一件外套披在张末的身上,挨着她坐了下来。

“非常可怕,非常可怕。”张末连连摇头。她一口气喝掉了一大杯凉水,身体还在不住地发抖。

“那个该死的钓鱼的……”

苏辛轻轻地搂着她,一边低声地安慰着她。现在,天已经亮了,凉爽的晨风从窗口吹进来,带来一股植物的清香。她在苏辛耳边轻轻讲述着梦中的一切,情绪渐渐稳定下来。

“就差那么一点,”张末说,“最后还是我的这枚发夹救了我。”

“废话,”苏辛笑了起来,“你没有这方面的经历,梦做到这里自然就会中断,若是换了我,城门已经不保了……”

张末也笑了起来。尽管她平时不太喜欢苏辛这个人,可心中还是能够感到一缕姐妹般的温暖。

这天正逢建校三十周年大庆。全天的课都停了。哲学系为它的名誉系主任贾兰坡教授从事学术活动四十年安排了隆重的庆典。按照学生会指派的任务,张末和苏辛必须去学校后门的花店为贾教授订购一只花篮。

她们正赶往花店的路上,苏辛还特意拉着张末在校河的桥上站了一会儿。不过,在河道的下游,锯木厂边上的那个垂钓者此刻已经不见了。

那棵有着八十多年树龄的苍老的银杏在阳光下迎风而

立。透过一排铁门的卫矛和枇杷树篱,她们能够看到那幢有尖顶的精致房舍。楼前的一方草坪被修葺得整整齐齐,院子里停放着几辆棕红色的轿车。一个身穿旗袍的女人手里拿着一杆鸡毛掸子站在车前,看上去,她是专门摆出姿势来让人照相。在墙边的葡萄藤架下,搁着一把漆成白色的长椅,椅子上还有些别的东西,似乎是一本打开的书。

下午,当苏辛和张末抬着那只巨大的花篮前往办公楼小礼堂时,她们在阴晦的楼道里碰见了哲学系的曾山讲师。不过,她们都不认识他。当时,张末的一只鞋掉了,她踮着脚返身去拣,无意中瞥了他一眼,但没有留下什么印象。他的脸型有些特别,呈哑铃状。

后来,苏辛问她认不认识这个人,张末说,她以前从未见过他。苏辛判断说,从他的装束来看,他似乎并不是一名教师,而像是学校里负责锄草一类事的园工。

“我看他更像一个打鱼的。”张末说。

8

新学期开学后的第一天,曾山穿着一件皱皱巴巴的西装走进了教室。张末坐在第二排靠窗的位置上,正看着楼下的一群小孩在草地上踢球。

苏辛用胳膊碰了碰她，低声对她说："你看，打鱼人又一次神秘地出现了……"张末转过脸来，发现曾山正一动不动地盯着自己，她不由得低下了头，手里默默转动着一支钢笔的笔套。

"打鱼人将他的夹克换成了西装，就以为咱们认不出他来啦。"苏辛嘿嘿地笑着。她总是有永远也开不完的玩笑。张末一直不敢抬头正眼看他，直到曾山点名时叫到她的名字。在心慌意乱之中，她莫名其妙地"哎"了一声。她听见自己稚气未脱的嗓音在教室里回荡，脸一下就红了。

她发现她的老师像是隔着一层浓雾在看她似的，还煞有介事地点了点头，也不知道他是什么意思。

曾山这学期主讲《中国晚近思想史》。这是一门选修课。他打算从王国维的自杀讲起。曾山首先向学生介绍了王国维生前没有公开发表的一首小诗，并将它工工整整地抄录在黑板上。

张末留意到，在曾山抄写这首小诗的过程中，出现了一个小小的细节。他在抄到第二个字的时候，粉笔突然折断了。他换了一支，又一次折断。

"粉笔受潮了。"曾山解释说，同时，他转过身来，朝张末的方向迅速看了一眼。

天末同云暗四垂，
失行孤雁逆风飞。
江湖寥阔尔安归？

随后，曾山按部就班地开始了他的讲课。他说，尽管学术界对于王国维的死因一直存在着不同的说法，但是这首小诗无疑是一个非常重要的征兆。“甚至今天，失行孤雁这样的意象还是让人触目惊心。很显然，王国维先生在写下这首小诗的时候，实际上已经在为未来的死亡做准备了……”

苏辛很快就被曾山的讲述吸引住了。她一边飞快地做着笔记，一边悄声地对张末嘀咕：“看来打鱼人在江湖上忙里偷闲，还是读了不少书。”

张末根本不能安下心来听课。因为曾山的眼睛一瞅见她，便会放出虚光。她一直在想着那两支粉笔。不知是他的手指在颤抖，还是粉笔受潮，反正他在写到“末”这个字的时候，它就突然折断了。她不安地想到，命运之树在冥冥中正以一种隐晦的方式向她发出暗示，她回想起不久前做过的那个梦，想到小礼堂的那条昏暗的过道，她感到自己的肠子紧紧地黏结在了一起。

课堂里出现了一阵小小的骚乱。曾山讲师突然中断了他的讲述。他怔怔地仰望着天花板，仿佛正在独自思考着哲学上的某个重大问题，将同学们暂时地撇在了一边。与此同时，他嘴里含混不清咕哝了一句："我怎么也抓不住它……"他的身体开始顺着黑板下的墙壁慢慢下滑。还没等学生们明白过来到底发生了什么事，曾山就像一座崩溃的房屋一样向下坍塌，歪倒在黑板前的讲台上。

问题是，他想抓住什么？

曾山最后说出的这句话颇像一道思考题，他将题目出给了学生，自己顺势往地上一躺。因此，我们可以设想，在这个意外发生后最初的一段时间里，学生们并不知道如何动作。

班长第一个站了起来，他与几个班干部模样的人紧急磋商了一下，然后示意大家安静下来。他宣布说，曾山老师一定是突发了心脏病，眼下的当务之急就是赶紧将他送往医院。可是苏辛并不同意他的看法。她认为应当首先考虑给曾老师来几次人工呼吸。

张末毕竟来自医生之家，她冷静地上前摸了摸曾山的腕脉，然后判断说，他很可能是低血糖引起的暂时性休克。可就在这个时候，曾山却突然咧开了嘴，打了个饱嗝，将张末吓了一跳。

学生们手忙脚乱地将曾山弄到楼下，正遇上两个食堂的青工抬着一只圆桌从那儿经过，他们就强行征用了那只圆桌，将他搁在桌面上，匆匆奔向学校的医院，一路上招来了众多的围观者。

医院的一名大夫替曾山检视了病情，得出的结论印证了张末的判断。“你们的老师大概在讲课时过于兴奋了。”大夫说。当护士解开曾山的皮带给他打针的时候，张末无意中看见她的老师穿着一条花裤衩。

从医院里出来，张末没有直接回寝室，她央求苏辛陪她上街买一条背带裤。她告诉苏辛，她自小时候起就梦想得到这样一条灯芯绒裤子。“可是它对你并不合适，”苏辛对她说，“穿上它你就更像一个中学生了。”她们来到大街上，几乎转遍了淮海路上的所有服装店，张末始终没有挑到一件合适的。她还在想着今天下午发生的事、寂静中折断的粉笔。她的确想得很远，但她怎么也没有想到，这个长得像哑铃的人有朝一日将以合法丈夫的身份与她同床共眠。

9

事情的发展往往出乎人们的预料。命运一刻不停地转动着它巨大的轮子，按照它自身的逻辑与规则。当我们说一件事是不可能的时候，我们通常会忽略，它已经包含了可能性。或者说，可能性正是在不可能幽暗的背景中被酝酿了出来。

因此，普鲁塔克说，世上没有任何事物最终是不可能的。

昨天还淹没在谬误与偏见之中的人，到了今天就俨然真理在握。拜伦式的英雄做梦都在想用他的利刃在视为禁区的幕布上划上一刀，可是在一夜之间，所有的幕障都被自行拆除了……但从另一个角度来说，情形也许恰好相反。当无数的可能性像潮水一样朝你迎面扑来，像刺目的阳光，它的光亮照得你睁不开眼睛，你所面临的又恰恰是不可能。

你感到晕眩，感到不知所之，你的身体犹若一羽轻鸿漂泊无着。尽管它很可能源于你的幻觉，但人们总是无一例外地匍匐在幻觉的阴影之下。

张末坐在家中的窗前，眺望着远处的一段夕阳下的城墙，游思杳杳，浮想翩翩。

她的手里拿着一封拆开的信件，那是曾山邀请她去上海开会的请柬。是去，还是不去？片刻间的一次小小的犹豫对她来说都是一个无底的沟壑。她的母亲坐在门口的阴影之中，正用纸牌算命。摊开的扑克牌在她的手下被码成了宝塔的形状。每翻开一张，都预示着一次惊喜或绝望。

张末远远地看着她的母亲，她忽然感觉到，她此刻纷乱的思绪就如同那些伞状或塔状的纸牌，每一张都涉及全局，改变着深不可测的命运。

张末与曾山离婚后不久，她奉父母之命调回了南京，在一所职业学校教书。回到南京后的第二天,她的身心立刻被一种无形的孤独所笼罩。过去的生活被突然斩断后留下的隐痛远远超出了她最初的估计。整整一个晚上,她都在流泪,早晨起来,她坐在卧室的桌前给曾山写了一封长信。她在信中请求他原谅她的任性,并将婚姻失败的所有过错全部揽到了自己身上。在这封信的末尾,张末充满深情地这样写道:“如果有机会让我重新选择一次,我会考虑留在你的身边。”

她的这封信寄出后,差不多一个星期没有收到曾山的回信,她便担心他是不是病了,或者出差去了外地。她陷入了深深的猜忌与焦灼不安之中,但她的内心深处却在暗自庆幸,甚至希望永远不要收到他的回信。

她注定了是一个隔岸观火者。仿佛只有置身于命运之外才能认清命运中的自我,感受到它幸福的光芒。离异后的抑郁不欢让她看到了爱情的存在。这似乎是一个悖论,但更是一种自我折磨。她只能从对方的冷漠中才能感到爱意,吮吸到它的气息。这种冷漠颇像一只衣架,她需要它,只是为了能够挂住她的爱情。

可是,好景不长。一天晚上,张末刚想上床睡觉,母亲却让她去接一个电话。电话的另一端传来曾山兴奋而又急切的声音。曾山告诉她,他此刻已经在南京,他几乎是一下火车就冲向站前公用电话亭给她打电话。

张末一听到她所熟悉的声音，立刻就泄了气，语调也变得冷冰冰的。

他们俩相约在新街口的一家通宵咖啡馆见面。曾山一见到张末，就问她为什么没将行李带来。张末只得暗暗苦笑，他匆匆忙忙从上海赶来，大概是希望将她像一个孩子似的领回去。她不得不反复向曾山解释，她写那封信只是出于“一时的冲动”。

对于张末来说，曾山仿佛是一个混浊与透明的复合体。因为透明，他，以及他们全部婚姻生活的未来都让人一览无余。日复一日的生活就变成了只需循环论证的哲学命题；由于混浊，她从他的身上无法看见自己。他的身体高大，结实，就像一堵墙。他们第一次做爱的时候，曾山沉重的躯体紧紧地压在她的身上，将她淹没了。她就像一粒小小的水滴，在他灼热身体的炙烤下消失得无影无踪。

尽管曾山平常对她呵护备至，可她还是觉得自己如同一件衣服被他折叠起来，压在箱子底下。曾山越是渴望了解她，他们之间误会的裂隙就越加触目。他一次次问她，“你在想什么？”“你想得到什么？”出于无奈，张末告诉了他，可是那些话一出口，便让人感到索然无味，就如一瓶酒，一旦倒入杯中，就不可思议地变了味。

在咖啡馆里，曾山对张末的突然变卦感到十分吃惊。他不断地揪着自己蓬乱的头发，似乎在怀疑自己是不是做梦。

他腼腆地冲她笑了笑:“难道我又做错了什么?”他像个孩子似的望着她,张末的心中顿生怜意,她轻轻地抚摸着他的手背:“你没有做错,不要再胡思乱想了……”

父亲下班回来了。他将白大褂脱下挂在门后,悄悄地来到了张末的身后。“他又写信来啦?”父亲的语调中有一种不很明显的揶揄成分。张末没有搭理他。她的心里乱糟糟的。在远处的那道城墙之上,落日的余晖正慢慢融入黑暗之中,城墙变成了一段灰褐色的剪影。她咀嚼着往昔生活的片断,恍惚中,觉得她与曾山的爱情或婚姻生活尚未真正开始,又像是一切都发生过了。

是去,还是不去?

她捏着那封信,感到自己又来到了一个十字路口。眼下的情景,与几年前她与曾山的第一次约会何其相似。那个时刻她的摇摆不定又一次真实地还原了,时间在倒转。她沮丧地发现,她身上的一切都没有发生任何变化,正如一则谚语所说的那样:石头永远只是石头。

10

三月底,瑞典领事馆在上海举办了一个小规模的电影回顾展，放映的主要是英格玛·伯格曼的后期作品。也许是因为伯格曼影片中丰厚的哲学和宗教内涵，分配到哲学系为数不多的几张电影票就成了教师和学生竞相追逐的稀罕之物。正当寝室里的女同学苦于奔走无门的时候，张末却意外地得到了一张《芬尼和亚历山大》的门票。

这张电影票被装在一只牛皮纸信封中，塞入了她的班级的信箱。送票给她的人没有留下自己的名字。仅凭直觉，张末也能猜到送票人的身份，只是在事实尚未最终明了之前，她不敢轻率地作出这样的判断。

这不是一张普通的电影票，而是通往她既渴望又恐惧的未来生活的入场券。最近这些天，她的身边出现了一连串的预兆，似乎上帝已经眷顾到了她的存在。

从早晨开始，张末就忙着从箱子里挑选合适的衣服，替自己梳妆打扮。可是到了中午，她又犹豫了。她甚至打算将这张电影票送给苏辛（后者一边帮她盘着头，一边跟张末开玩笑："我要把你打扮成一个见过世面的小娘儿们。"）。整整一个上午，张末都觉得苏辛闷闷不乐，一副没精打采的样子。她反复向张末追问那张票是谁送来的。"会不会是他？"她问道。张末没有回答。她们彼此心照不宣，因为谁都知道这个"他"指的是谁。

张末在心中不断劝说自己，这个脸型像哑铃一样的男人倘若理个发，换一身新衣服，说不定就能显出几分可爱的模样。何况他毕竟是一位受人崇拜的教师。有一次在课间休息的时候，她看见两个漂亮的女生在一个劲地追问着他的宿舍号码。

生活说到底也许就是一种自我劝说。她能感到他身上有一种说不清的什么东西在深深地吸引自己。她竭力挽留着这种飘飘忽忽的感觉，心里乱成了一团。

张末来到影城资料馆，电影已经开场了。在漆黑的放映厅里，一位领座员将她带到十二排中间的一个座位上。

她低着头在那张空位上坐下，眼睛不敢朝两边看。她闻到了一股淡淡的香水的气息。凭着女人对香味敏锐的嗅觉，她知道这不是一般的香水。看来，这个衣衫褴褛的人居然也用上了高档香水。她在心里暗暗发笑。她装出一副聚精会神的样子，眼睛一动不动地望着银幕，实际上她处在一种紧张的观望状态，她在猜测着，坐在她左边的这个人将以怎样的方式向他的学生开口说话。

大约过了半个小时之后，张末才意识到情形有些不太对劲。因为她留意到，坐在身边的这个男人一刻不停地与邻座的姑娘说着话，间或发出一阵阵受到压抑的笑声。她不由得回过脸来瞪了他一眼，随后，她愣住了。在她左边赫然坐着的就是哲学系的名誉系主任贾兰坡教授。

她朝右边看了看,那儿坐着一位中年妇女。她歪靠在坐椅上,嘴巴张得很大,看上去已熟睡很久了。

张末在考虑要不要与贾兰坡教授打个招呼,但立刻就改变了主意。因为,她发现贾兰坡教授的一只手正在那位姑娘的大腿上轻轻地摩挲着。她能够听到他的指甲在她的丝裙上留下的摩擦声。从年龄上来看,这个姑娘不太可能是贾兰坡教授的妻子,倒像是一个纺织厂的女工。此刻,她正在向贾教授抱怨纺织车间恶劣的工作条件以及她微薄的收入。

“大学里也好不了多少,这一点你还要趁早做好心理准备……”贾兰坡先生小声说。他的声音有些颤抖。“只要能够和你在一起……”姑娘说。贾兰坡教授再次向她做了一个手势,提醒她说话小点声,同时不安地朝张末这边张望了一下。所幸他并不认识张末。

会不会是一场恶作剧?张末呆呆地盯着银幕,心情陡然变得沉重起来。你得有耐心。你就会说耐心,我已经受不了了。调一个人没有那么简单,我们的日子也不好过。醋罐子又翻了。我还不如去海口,或者三亚……我会让你大吃一惊的,况且……况且什么?况且什么呀?

他们还说了些别的。

这时,电影中的卡尔(芬尼与亚历山大的父亲)已经中风倒下。他是在表演莎士比亚的戏剧时突然晕倒的。那是圣诞节的一天。人们将他从舞台上搬下来,搁在一辆马车上,匆匆送往家中。卡尔的戏装还没有来得及脱下来,他所佩带的武士的长剑兀自在车轮边摇晃着,发出哨哨的响声。街道上看不到行人,到处都是晶莹的积雪,街角的一棵圣诞树被人装饰一新。卡尔的画外音依然在雪地里回荡:

> 人生就是一个舞台。你一直在演戏。你不明白为何要活在这个世界上,在等待着什么。你只知道要演下去,从一个剧场来到另一个剧场,直到有一天,你一头倒在舞台上,甚至连戏装都没有来得及脱下来……

在随后的一组画面中,人们在为卡尔送葬。乐队奏响了贝多芬雄壮有力的《英雄交响曲》,那是张末所熟悉的葬礼主题。旋律先由小号奏出,接着是铜管乐撕裂心肺般的悲鸣。不是抚慰,不是安魂,而是一种真正的呼喊,它强大无比,不可阻挡。

张末不禁泪流满面。她看见贾兰坡的那只手已经从姑娘的腿上挪开了。他正用一块手帕擦着眼泪,那位纺织女工却用惊愕的目光打量着他。

张末不由得对贾兰坡教授肃然起敬。仿佛在这一刻,她早已原谅了他此前种种卑琐的行径，因为他毕竟听懂了这个旋律，受到了震撼。他毕竟在流泪。

在电影的上半部分快要结束的时候，张末起身离开了放映厅。她在大厅的小卖部买了一盒餐巾纸，用它响亮地擤了擤鼻涕，然后，她走到了一只垃圾桶的边上。

这时，她看见了曾山。

她没有与他打招呼，而是径直出了电影院的大门。这个古怪的人也许一直在暗中窥视着她的一举一动。一旦她起身离开，他便像影子一样追了出来。

张末沿着那条摆满花盆的街道匆匆往前走。她这样做并不是存心报复，而是由于害怕。曾山很快就撵上了她。奇怪的是，他也没有叫住她，只是跟着她往前走。

于是，在阳光明媚的街道上出现了令人尴尬的一幕：他们俩只顾朝前走，谁都没有说话。张末只要微微侧过身，就能看见他投射在草坪上的影子，她甚至觉得他的影子也是哑铃形的。

张末不知道这种令人不安的竞走比赛如何收场，可她也不敢停下来。因为她担心只要自己突然站住不动，后面的这个人一定会猝不及防地撞到她的后背上。

最后，他们来到了一处路口。一盏红灯挡住了他们的去路。

11

“我坐在十四排，就在你的身后。”

曾山向张末解释说。他们走进了图书馆边的一个街心花园，并肩坐在一张石凳上。张末的心脏仍在狂跳不已，脸被太阳照得火辣辣的。在一架已经锈蚀的儿童滑车边，一株玉兰树正含苞欲放。

一般说来，两个缺乏经验的恋人初到一起，倘若一时找不到合适的话题，通常是看见什么就聊起什么。因此他们很快就谈起了玉兰树（假如没有这棵树，他们也可以聊聊儿童滑车，顺便追忆一下各自的童年，或者，可以聊些别的：天气、季节等等）。

张末说她不喜欢这种树。曾山问她为什么。“它的花朵纯净，雪白，却没有一片叶子。”张末说，她不喜欢没有遮拦的东西。曾山笑了笑，开始卖弄他的博学，“如果事实真如法朗士所说的那样，花朵就是植物的性器官，那么，没有树叶映衬的花朵往往会使人联想到一个没有穿衣服的女人。”曾山又觉得这样说似乎不太妥当，因此，他又赶紧补充了一句：“当然，我的意思是……”

一个老态龙钟的胖女人走到他们的跟前，向他们兜售耶稣会的福音书。她一边收钱，一边让他们跟着她向上帝祷告。

她念了一段主祷文,他们跟着念了一遍。临走时,老人向他们建议说:“如果你们还没有结婚的话,可以来我们的教堂,我的名字很好记,就叫做玛丽亚。”她又说,他们教堂的管风琴坏了,不过只要一个星期就能修复。

“听说你们寝室有个类似于妓院的名称?”等老人走远后,曾山忽然问道。

“怡春院。那是苏辛给起的,”张末说,“况且,我们每个人都有自己的艺名。”

“那么,你的艺名是什么?”

“摇钱树。”

曾山哈哈大笑。他说,如果单从字面来看,这个名字倒也不坏。“一棵树上挂满了闪闪发亮的金币,让风一吹就琅琅作响。”接着,曾山的话题始终离不开那些树木。香樟、槐树、冷杉、西府海棠,自然,还有石榴。

在那些粉刷过的乡村庭院中,
当南风呼呼地吹过
盖有拱顶的走廊
告诉我,是不是疯狂的石榴树
在阳光下撒着果实累累的笑声?
……

张末似乎又一次回到了童年时居住过的那座郊外庭院。在阒寂的阳光下,一个男人朝她走来。

曾山激动地讲述着这首石榴诗。最后,他又提起了那棵玉兰,谈到了那些白色的、沉甸甸的、没有遮拦的花朵。而张末则开始感觉到,身边的这株玉兰树已经成了他的语言不可逾越的障碍。

他们在街心公园待了不到一个小时。随后,他们爬上了一辆公交汽车返回学校。

车厢里拥挤不堪。尽管张末与曾山都尽力使对方与自己保持适当的距离,但最终还是不可避免地让人挤到了一个角落里。他们之间的距离被强行缩短了。张末的腹部被紧紧地顶在一只椅背上。曾山虽经过顽强的抵抗,但他的姿势还是呈现出了可笑的拥抱状态,这种状态看上去只能是对一个女人蓄谋已久的袭击所产生的必然结果,张末闻到了他嘴里浓重的烟草气味,她想起了父亲的烟斗。她喜欢这种气息,毕竟,它让人感到安宁。

十分钟之后,一个留着小胡子的售票员挤到了他们身边,递给他们每人一张罚款单。张末向他争辩说,并不是她故意不买票,而是车内实在是太拥挤了。"也许,只有苍蝇才能飞过去。"售票员很有信心地反问道:"那么,请问我是怎么过来的?难道我是一只苍蝇吗?"车内随之爆发出一阵大笑。张末自己也笑了起来。这个微小的细节,对张末来说,也包含着强烈的荒诞与滑稽感,一方面,她对那位售票员感到十分厌恶,可同时,她的笑容又明白无误地告诉对方,她欣赏他的幽默。

12

下车之后,张末仍然为这件事感到生气。"我们又不是故意逃票……"她第一次使用了"我们"这个词。可曾山并未理解这个词语中所包含的温情。"当然,"曾山说,"不过我不太喜欢与人争辩,哲学上有一个常识性的命题,在某些情形之下,一旦引起争论,真理就不可能掌握在一方手中。它的反命题是,假如真理明显地掌握在一方手中,争论就不会延续。假如你不想两败俱伤,就只能保持沉默。"

张末显然不同意曾山这种古怪的逻辑,她叫道:"假如那位售票员朝我们走过来,我们一声不吭地交了罚款,那不等于我们默认了逃票的事实了吗?"

"问题是,你并不能证明你不是故意逃票……"

"当然可以证明,车厢内人过于拥挤,我们走不过去。"

"那么,那位售票员怎么能走过来呢?他的理由是充分的……"

"难道连你也认为,我是在故意逃票吗?"

“我当然不会这么认为,我只是想提醒你,谁制定了规则,谁就拥有了真理,在售票员的规则之下,他的逻辑是合理的。”

“你的意思还是说,我是故意逃票。”

“我们现在是在讨论哲学。”曾山强调说。

可是张末显然已经不想与他讨论下去了。她勉强说了一句“谢谢你的电影票”,就匆匆离开了他。

张末回到寝室,苏辛一个人在房中等她,她们一见面,苏辛就问她:“怎么样,那个打鱼人是不是已经撒下了他的网?”

张末怔怔地坐在桌边,开始感到有些后悔。刚才似乎没有必要发那么大的火,毕竟,人家还给了她一张十分珍贵的电影票。再说,他又没有向自己表示过什么。

随后的两个星期,张末没有去听曾山的课。直到有一天,她在信箱里再度发现了一只信封。她的老师在信中对她说了这样一些话:

“也许我应当修正两个星期前说过的话,我们必须为自己的灵魂制订规则。你是对的,那个售票员是一头猪。”

张末在收发室里纵声大笑起来。她这样笑的时候,她本人并不知道,她一直犹豫不决的爱情生活已经开始了,正如一串成熟的葡萄,在不知不觉中就酿成了酒。

13

张末重新回到了教室。一连几次课，曾山的脸上都呈现出了少有的冷漠与严肃。他很少朝她看，下课铃一响，他就夹着讲义匆匆忙忙走出了教室，就像他们家的房子着了火。他们之间可供回忆的东西很少：他请她看了一场电影，还写过一封短信，为那天下午的争吵而道歉。除此之外，张末对他的一切都不甚了解。

她陷入了漫无边际的猜测与等待之中。她心中悄悄燃起的情感受到冷落与伤害。

法国历史学家G·勒诺特尔曾饶有兴趣地描述了约瑟芬与拿破仑之间的爱情悲剧，当拿破仑派出的信使日夜兼程，从托尔纳赶往巴黎，送去一封封炽烈的情书，约瑟芬通常未及拆阅，就匆匆前往沙尔上尉的城堡寻欢作乐。从某种意义上说，约瑟芬对丈夫的冷落自有她的缘由，因为拿破仑情书的烈焰照亮了她的安全感。G·勒诺特尔写到，绝对的安全感往往是导致爱情消失的最有效途径。对此，弗兰兹·卡夫卡博士评述道："人们对于那些确定无疑已经到手的东西。往往只能扔掉它。"（前线的拿破仑在极度的失望与痛苦之中必须寻求补偿，每一封石沉大海的情书都预示着战场上一次辉煌的胜利，他的对手成了约瑟芬的替代品，历史就这样神秘地写成了。）

现在,张末在焦灼不安之中,她的爱情遭到了悬搁或延宕,她担心自己尚未得到的东西已全部失去。这种悬置状态成了她情感的加油站。她处于被动的等待之中,并失去了相应的自省力。

我们也许不能说,爱情就是一种幻觉,但毫无疑问,它总是与幻觉紧紧相连,或者说,爱情只是一个充满幻觉的情境。张末并不知道她是如何陷入到这一个情境中去的,在一个月前,她与曾山还素不相识……

她开始怀疑并憎恶自己。她觉得自己一无所有,世上的一切事物都在背离她,她抓不住任何东西,就连她梦想中的那个庭院的午后,如今也已支离破碎,只剩下了一些风和寂静中的回籁。甚至,她不敢再度逃课,因为她害怕自己的一意孤行会激怒那位有着哑铃脑袋的教师。

至此,我们或许应当简略地回顾一下他们交往的一些瞬间。在办公楼小礼堂的阴晦的过道里,她第一次见到了他,连看都不愿意多看他一眼。命运将这一切瞧在眼里,但并未失去信心。曾山在课堂上晕倒,她记住了粉笔两次折断的声音,命运从暗中浮现出来,劝说她正视这个其貌不扬的人。后来,他们一道去看电影,在回来的路上发生了莫名其妙的争吵。命运则躲在一旁独自发笑。现在,它开始正面攻击她脆弱的内心,希望在一两个回合中速战速决,将她卓然不群的优越感一举击溃……表面上，张末在内心一遍遍提醒自己，再也不要搭理这个性情古怪的打鱼人，必须立刻将他忘掉，但她这样做，实际上只是在向自己的命运跪拜得更彻底一些而已，当她意识到，她所一向珍视的勃拉姆斯竟也有几分面目可憎之时，她自己也开始感到了深深的不安。

五月初的一天，在上完课之后，曾山在文史楼外的走廊里突然叫住她，张末竟有些怀疑自己是不是听错了。“您是在叫我吗？”她胸前紧紧抱着那本《卢布林的魔术师》，惴惴不安地仰望他，泪水差一点流了下来。

曾山问她晚上是否有时间在一起聊聊天。

“几点钟？”她急切地问道，仿佛她的全部生活就是为了这个时刻。

曾山回答说，他整个晚上都有空（他的所有夜晚都向她敞开）。“你随便什么时候来都行。”

尽管苏辛以一个过来人的口吻提醒她，约会的时间定在八点半比较合适（“你不要急，反正他也飞不走。”），但她还是一吃完晚饭，就像一只钻出笼子的小鸟飞到了他的身边。

14

张末来到他的寝室，发现他的房间里还有一个人。她对他的第一印象是仿佛在哪儿见过。曾山向她介绍说,这位风度翩翩的男人是他的师兄,著名的小说家。他朝张末彬彬有礼地点了点头,神秘地笑了一下,然后就告辞离开了。

他的房间里烟雾缭绕,一张狭窄的单人床上堆满了书籍。朝北的窗户缺了一块玻璃,已经用牛皮纸糊上了。她似乎在一进门的同时就看到了他书桌上放着一只拆开的闹钟。曾山告诉她,闹钟的发条坏了。“这只闹钟是五十年代苏联产品,几乎每年都要修它一次。对我来说,修理闹钟是一个莫大的乐趣,有时它并没有坏,我还是愿意将它拆开来……”

她坐在门边的一张椅子上,显得有些局促。曾山用一张旧报纸擦了擦满是油垢的手指,然后郑重其事地对她说,昨天下午,他与妻子离了婚。

张末微微有些吃惊。不过,她很快就松了一口气,因为她知道曾山一连几周的冷漠并不是冲着她来的。

“您一定很伤心吧?”张末故作轻松地说。而他的回答使她更加沮丧。

“那当然。”

他的语言中竟有那么多的“当然”。

“那你们干吗还要离婚呢?”

曾山苦笑了一下,随后便问她,是否可以去校园里走一走。

他们一起来到了河边，走进了一个幽僻的小树林。碎石砌成的林间小道高低不平，使得他们的胳膊有了一些轻微的触碰，每一次触碰都使她的心脏受到一次剧烈的震颤。

他们聊起了各自的家庭和童年。都是一些琐碎的事情。“你的身上似乎有一种酒精药棉的气息。”张末告诉他，她来自一个医生的家庭。她从母亲那里继承了用酒精棉擦手的习惯。接着，他们就聊起了张末正在准备之中的毕业论文，聊起了里尔克、霍布斯、洛克以及圣者本尼迪克特的《教规》，还有张末所喜欢的那两部书，《卢布林的魔术师》与《堂吉诃德》……

“你在上课的时候总是低着头，是不是在读这些书？”

张末想告诉他，她低着头是因为不敢看他，但还是忍住了没说。

在他们闲聊的时候，张末一直在思索着这样一个问题，那就是，假如她预先就知道他结过婚（现在，她还知道他已经有一个名叫珊珊的女儿），自己会与他一起去看电影吗？

他们之间的话题越扯越远，大约三个多小时之后，张末抬腕看了一下手表。由于树林中光线太暗，她其实什么也看不清。

“你晚上还有事吗？”曾山立刻问她。

张末摇了摇头，她对曾山说，眼下学校正在放春假，她打算在这个周末回一趟南京。“我已经买好了明天上午的车票。”

“那你是不是早点回去整理一下东西?”

张末表示她可以再待一会儿。再说,明天到了火车上还有时间睡觉。

“我们刚才说到哪儿啦?”曾山的目光在空中搜索着,希望找回那个中断的话茬。

“你说到苏格拉底的死,你说其实他完全可以不死……”张末提醒他。

“不是,好像不是这件事,我记得……”

“要么就是斯宾诺莎在被放逐后,靠磨制镜片为生……”

在这里,他们之间的谈话出现了令人不安的错位。如果说,爱情有着自身的一套语言系统和表述方式的话,类似的错位以后还要一再发生,并贯穿于他们全部的婚姻生活。

“我感到有些冷。”张末再次打断了他的话,并像一只刺猬那样收拢了身体。

这时,曾山正兴致勃勃地讲到格劳修斯以及荷兰第一部《航海法》的诞生,他似乎有足够的理由对张末平常的一声感叹不予理会。

“树林里似乎太潮湿了,我好像感到有些冷……”张末重复了一句。

“那我们就离开这个地方。”曾山说。

张末坐在一张石凳上，没有动。她喜欢这片小树林，喜欢这里的黑暗。

张末现在的确感到了寒冷，她一连打了好几个冷战。

“也许我该回去了。”张末说，并随后站了起来。

“你刚才不是还说……”曾山惊讶地望着她。

在后来的生活中，张末曾多次想到了这五月的夜晚。一连几小时，他们的谈话漫无边际，不得要领，可是，在曾山送她回寝室的路上，他却突然拽住了她的胳膊。

当时，他们来到肝炎病区的一排低矮的平房前。从这里可以看见女生宿舍的铁栏杆大门，一个管理员打着哈欠，手里拿着一条铁链，正准备锁门。他一边催促她快一点，一边极为笨拙地拉住了她。这时，他的语言与随后的动作出现了巨大的反差，曾山自己也好像吃了一惊。

路灯渐次熄灭，四周一片漆黑。他将她揽在怀里。

她闻到了他身上的烟草气味，她知道，从幼年就开始的漫长等待终于过去了。他轻轻地抚摸着她瘦削的肩胛，在她耳边低声说话，她却立刻伏在他的肩头，哭了起来。

他们就这样站在肝炎病区的平房前，泪流满面地亲吻。曾山吮吸着她嘴里的气息，从腹部上升到胃壁，然后到达喉管，使得她的肚子发出一连串的咕咕声。

张末感到了一种经久不息的晕眩，像一次次卷向岸边的巨浪，将海水劈头盖脸地倾泻到她的身上。她意识到，在搂抱这个动作的背后，是一种渴望消失，归于冥寂的愿望。这种晕眩或震颤激活了她内心一些互不关联的词语：庭院，午后，风，梦想的边际，终于，终于，我看见了你……

曾山的手指在她的脖颈上逗留。就如一只在花枝上迷了路的昆虫。任凭张末怎样用力吸气，以便在她胸前的肌肤与衬衣之间腾出足够的空隙，它仍然踟蹰不前。

曾山只是在她耳畔重复着他的要求："到我那儿去……"

张末朦朦胧胧地意识到了她的老师把她带回房间之后会有什么勾当，但她还是点了点头。不过，她提出来，她要先去一下厕所。"我已经憋了差不多有两个小时了。"

随后，曾山带着她，朝化学馆底楼的一间厕所走去。

张末从厕所里出来，似乎很快就改变了主意。她坚决地向曾山表示：她不能到他那儿去。曾山问她为什么，她咬着下唇，没有吱声，她像在掂量着一个重大的决定。曾山也觉察到，张末在上完厕所后，似乎变了一个人。甚至，他提出第二天上午送她去车站，张末也拒绝了。

他们在空旷的校园内兜了一个大圈子，天就已经亮了。清晨，他们在一簇开败的海棠花丛中分了手。对于哲学教师曾山来说，他的脑海里依然盘踞着这样一个疑问：张末在上厕所的这段时间里究竟想到了什么?

他苦苦思索着,但他注定找不到任何答案。

15

曹雪芹在写作《红楼梦》的时候,显然是遇到了这样一个难题:面对虚幻而衰败的尘世景观,他的梦因无处寄放而失去了依托。因此,他不得不像布莱克所说的那样,一个人在无路可走的时候,强行征用爱情。

他从一面铜镜中看到了那些风姿绰约的女人,那些水中的月亮,雾中的花朵。她们影影绰绰,似有若无,就像天堂的幕帷中泄漏出来的一线光亮。他像一个炼金术士那样小心翼翼地将她们分离出来,将她们收集、珍藏,以使它不至于为外来的手指所玷污。

在曹雪芹的全部哲学中,爱情成了他抵抗虚无的最后一块壁垒,他惟恐这个壁垒构筑得不够坚固,惟恐它不堪一击,经受不住绝望的轮番的攻击,他便将贾宝玉牺牲掉了——首先是贾宝玉不可思议的女性化,然后是曹雪芹的贾宝玉化,所不同的是,贾宝玉是梦境的一个部分,而曹雪芹却是一个清醒的说梦者。

16

基至就连张末也不知道,在她离开曾山去上厕所的这段时间里,她的身上出现了怎样的变化,或者说,她想到了什么?

在开往南京的火车上,她一上车就开始了呕吐。她捂着嘴奔向车厢的连接处,趴在了洗脸池上。她从水池上方的镜子里看到了自己的脸,并在这张脸上看到曾山那张阴郁而遥远的面孔。

火车开始加速,树木、小河、田野依次从窗口掠过,五月的和风送来了麦穗的沉香。仅仅在与他分手几个小时之后,她已经完全记不起他的神态,他所说过的话,这个夜唯一在她身上留下的印记,就是一阵阵的恶心和呕吐的感觉。她将食指伸进喉咙,直到她闻到了胆汁腥味。

张末回到了自己的座位上。她的对面坐着一个穿斜纹布西服的中年人,此刻,他正在读着一本叶兆言的小说,《夜泊秦淮》。张末刚刚坐下,他就将书从眼前移开,像个老朋友似的朝张末笑了笑:“你大概是一位护士吧?”

“不,我的父亲倒在医院工作。”

“那么,你是一位大学生?”

张末点点头。

“我猜对了。”他跷起腿，显得很得意，“再让我来猜一猜你学的是什么专业，是计算机，还是国际金融？”

“我是学哲学的。”张末坦率地回答。

“这么说，你是一位哲学家。”他说，“既然如此，我也许可以向你请教一个问题……”

张末朝他摆摆手，示意他不必如此客气。

“在你看来，是先有鸡呢？还是先有蛋？”他随后又补充说，他的这个问题涉及到哲学上一个长期以来悬而未决的重大问题，那就是，先有物质，还是先有意识？

“比方说，是先有飞机呢，还是先有工程师对于飞机的构想？”

张末差一点没笑出声来。她说，尽管她学的是哲学，但对这类问题并没有太大的兴趣。

“你不感兴趣，但并不意味着这个问题就不存在，俗话说，碰上不顺心的事，仅仅闭上眼睛是不够的……”

张末似乎觉察到，这个人似乎在见面的一刹那就看穿了自己的心思。他的目光十分锋利。

“没有工程师的构想，显然我们造不出飞机，但是，假如没有飞机的雏形，他的构想又是从哪里来的呢？”

张末说，据她所知，哲学界的冯友兰先生似乎在五十年代专门撰文探讨过这个问题。

他告诉张末,他是南方一家制药公司的董事长。他们公司的副董事长原先就是搞哲学的,因为思考这个问题,还发了疯。“不过说来也怪,他一做起生意来,病就全好了。”

他的声音非常好听。他说起了别的事,还说了一些笑话,将张末逗得哈哈直乐。在这些方面,他的谈话要比哲学更加在行。

中午时分的阳光隔着窗户玻璃照在她的脸上。呕吐后的种种不适已经消失了。她懒洋洋地斜靠在车窗上,与对面的这个陌生人说着话,时间在不知不觉中过得很快。

火车在经过龙潭附近的一条隧道时,车厢里亮起了灯。董事长递给她一张名片。张末充满警觉地接过它,突然闪过这样一个念头:既然她已经高高兴兴地接受了对方的名片,对方若是向她索要地址,自己就不便拒绝了。

董事长随后又对她说,他们公司在南京有一个办事处,就在高云岭 45 号。“对了,你有电话吗?”

张末心里想的是如何回绝他,但她不愿意说谎。她一边还在设想着怎样回绝他的种种理由,一边却飞快地将自己家的电话号码写在了他递过来的记事本上。

17

母亲和医院的一名司机在站台上等她。

昨天晚上，当曾山在肝炎病区的那排平房前突然拽住了她，将她揽入怀中的时候，她的第一个念头就是如何将这件事告诉母亲（她可以像个真正的女人那样与母亲谈话，而不是一个婴儿），但她一看见母亲，立刻便觉得有几分自惭形秽。“就当这件事情没有发生过吧。”她这样想着，坐进了汽车的后排。

母亲的眼圈红红的，看上去不太高兴。她问母亲，家里是不是出了什么事，母亲犹豫了一下，还是没有告诉她。她不知道从哪儿说起。

张末回到家中，首先想到的就是进浴室痛痛快快地洗个澡。在宽敞的浴室里，她想起了学校浴室门前排起的长队，想起了那些赤身裸体的女人在一只水龙头底下挤作一团，一边往身上涂着肥皂，一边朝水泥地上撒尿……当她想到几天后，她将再度回到那座喧闹的校园，就感到不寒而栗。

张末从浴室里出来，母亲已经替她把午饭热好了。她感到身体有些不适。没等她吃晚饭，就发起了高烧，母亲一边在柜子里帮她找药，一边对她说：“你大概是着凉了吧？”

整整一个下午，她都在床上蒙头大睡。在昏沉的睡意中，她仿佛又回到了昨夜的那片小树林里，她对曾山说，她感到有些冷，他竟然未予理会……

傍晚的时候，她醒过来一次。父亲已经下班回来了。他坐在床边给她量体温，与母亲低声地说着话。第二天早上，她在父亲医院的单人病房里醒来,太阳已经升高了。她看见床边的橱柜上搁着一束鲜花,在阳光下显得生机勃勃。

父亲问她感觉怎么样,她回答说,就像做了一个冗长的梦。

“你昨晚烧到了四十一度,可把你妈吓坏了,”父亲说,“你的肺部受了一些感染,大概需要在床上躺几天。”

父亲说,他刚才已经往上海打了长途,替她请了假。

张末的眼前再次浮现出曾山那张忧郁的脸,想到了他身上的烟味,他的肺也许早已变成了黑色。他双手抱着她的脑袋,不让她动弹,疯狂地与她亲吻,仿佛希望在顷刻之间就将她吮吸一空。

父亲向她做了个鬼脸,对她说,他要先离开一会儿,下午再来看她。张末像个孩子似的朝他撒娇,央求他再多待一会儿。父亲的脸突然变得非常严肃,他的眼眶里流出了泪水。

“你还记得那个药剂师叔叔吗?”父亲问她。

“记得。”张末感到有些紧张。

“前天早上他去世了。”父亲说,“我现在要去殡仪馆参加他的追悼会。”

父亲长叹了一声,他说,这个药剂师是他一生中最好的朋友,在小学时他们就在一起念书,一直到读完大学,分配在同一家医院工作。五十年代,他们一同去苏联受训,去过古巴和坦桑尼亚。“在这个世界上,我再也找不到一个比他更忠诚的朋友。”

他的眼泪终于扑扑簌簌地掉落下来,滴在她的床单上。他的眼睛红红的,眼眶上方有一圈黑影。

父亲在临走前,又想起了一件事来:“对了,这束玫瑰是你的一个朋友送来的,他昨晚一连往家中打了三个电话找你,今天早上就让人送来了花。你怎么会认识生意场上的人?”

张末说,她是在回来的火车上认识他的。

父亲没有说什么,他温和地在她头上拍了拍,就起身离开了。

下午四点钟,父亲与母亲一起来到了她的床边。母亲一进门,就让父亲将手臂上的黑纱摘下来。“来看女儿还戴着它,多么不吉利。”父亲顺从地摘下黑纱,对母亲说:“我们搞了一辈子的医学,难道还迷信这个?”

母亲坐在她床边,眼睛一直不敢朝她看。张末对父亲说,南京是不是有个地方叫高云岭:“我怎么长这么大,从来没有听说过这个地方?”

母亲笑了起来:“你这个人就像是生活在真空里,高云岭就在咱们家附近,骑自行车大概都用不了十分钟。”

18

在校园里,张末常常有摆脱所有的人、一个人独处的强烈愿望。可是现在,当她一个人独处的时候,又觉得寂寞难捱,总是期待着什么事情的发生。她感到自己充满了活力,说明她的身体已经康复。

她在医院安静的病床上已经躺了四天。每天下午两点,父亲陪着值班护士来给她打针,除此之外,她就呆呆地看着床边那束已经发黑的玫瑰发愣。

眼下已进入梅雨天气,窗外的树木在雨中长出了碧绿的枝条,紫荆花球吸饱了雨水,碰到晴朗的午后,她也能看见住院部的病人坐在轮椅上,去喷水池边的花径上散步。

那天,她与父母偶然中谈起了高云岭,但只是随便说说而已。她知道,她也许永远不会去那个地方。她与他在火车上相识,他说话很风趣,嗓音带有金属般的光泽。她对他说不上有什么很深的印象。她还记得他说过的那些笑话,张末打算一回到上海,就将这些笑话讲给苏辛听。

她每天都在病床上想入非非,偶尔也会想起曾山,她知道,在向她敞开的无限的可能性之中,曾山实际上已经成了她的想象力不可逾越的障碍。

她从医院回到家中的当天晚上,就接到了董事长打来的电话。这在张末看来,似乎是一件意料之中的事。因此,她立即为那束玫瑰向他道了谢。

董事长在电话中说,他过几天就要回广州去了,希望在临行前与她再见一面。“如果你身体方便的话，我想明天下午请你去鸡鸣寺喝茶……”张末想了想，还是拒绝了他的邀请。董事长接着又说，他曾专门去医院看过她，“不过，那时你正在午睡，我没有叫醒你。”

放下电话，她微微感到有些后悔。他在说话时，声音中似乎含有另外的意味。她开始心慌意乱起来，心房突突地跳个不停。整整一个晚上，她都心绪不宁，有些无所事事。她从一个房间窜到另外一个房间。在父亲的书房里，她从书橱里取出一本《医学手册》，强迫自己看了几页，很快就将它合上了。她感到沮丧，注意力怎么也集中不起来。最后，她回到客厅，陪着父亲看了一会电视。

她对这个在火车上认识的人感到了憎恶。他自称是董事长，其实一点也不懂事，仅仅因为一面之缘，他就让人送来了鲜花，还专程来医院看她，他的过分热情令人感到十分可疑。由此看来，这个世界尽管纷繁复杂，但在某些方面却显得惊人的简单，就像一出反复上演、枯燥乏味的戏剧。

父亲在电视机前睡着了。她与母亲说着话，一直在想着那个人。她觉得自己的情感无从捉摸，不受理性的约束，像一片羽毛在她心里飘来荡去。她不由得想起了曾山在黑板前晕倒时所说的话。

我怎么也抓不住它……

她躺在床上,有好一阵子没有睡着。渐渐地,她的心中有了一个预感,她觉得董事长在临行前还会给她打电话(或者说,她希望他打来电话)。这个预感在第二天下午就被证实了。

当她听到他的声音,故作冷淡地问他有什么事情的时候,她的身体已经在为稍后的约会做准备了:他再次约她出去,她咬着嘴唇一声不吭。

她匆匆忙忙地在茶几上给母亲留了一张纸条,就开始手忙脚乱地化起妆来,仿佛一分钟也不愿意多耽搁,曾山的影子已经在她的意识中彻底消失了。

19

当张末装扮一新,沿着古老城墙下的护城河赶往玄武湖边的时候,她实际上是在奔向过去时代的梦想。

我们不妨再一次回到她所梦想过的那个画面中:她坐在午后的庭院中,一个男人向她走来,一声不吭地将她带回了家。这个画面在不久之后就遭到了分裂或切割,它一分为二:音乐教师、钢琴、贝多芬或勃拉姆斯;药剂师和他的微笑、打不开的锁。

现在,时间的轮子又转了回来,分裂后的画面重新找到了它的替代物,甚至就连夕阳下的城墙与河水都让她觉得似曾相识。她曾经经历的一切宛若永恒不变的时间所设下的圈套,一缕阴影,一张假面具。

她来到湖边,远远就看见他站在一座拱桥上等她。他朝她挥了挥手,她顺从地向他走了过去。

他们沿着玄武湖散步的时候,他对张末说:“我已经想好了,假如今天下午看不到你,我就跳入湖中……”她知道他只不过开了个玩笑,而且言语间带有一种她所憎恶的矫饰的成分,但是在此刻,她体内自有一种韵律符合它的节拍,或者说,她宁愿相信他是认真的,心底不知不觉渗进一丝暖融融的潜流,它既清新又醇厚,就像湖面扑鼻而来的五月芬芳。

黑夜很快就将他们吞噬了。他一次次试图将手搭在她的肩上,抚弄她的头发,她一次次将它拿开。他一再重复着这个动作,同时温和地与她说着话,直到张末觉得他这么做,其实也很平常。

他们在湖心的秦淮渔村吃了晚饭,张末还第一次喝了酒。随后,他带她来到了一处稻草搭成的凉亭里,在微微的酒意中,张末感到有些害怕。在这个夜阑人静的夜晚,她觉得一切都有可能发生。

董事长向她提出了一连串的问题,她则假装认真地加以回答。两个人的欲望开始沆瀣一气。她的意识仿佛纠缠在他的古怪的询问之中,分不出多余的精力对她的肉体加以关注或保护。董事长将她越抱越紧,她的身体驯服地迎向他……她的声音开始颤抖,因为她感觉到他冰凉的手指正在抚摸着她的脖颈。她想起了曾山的那只手,它像一只在花枝上迷路的昆虫。但董事长的那只灵巧有力的手却没有作更多的停留,它顺着她衬衣的领子迅速下滑,而她随之而来的呻吟又对它加以鼓励。

他低声地对她说:"我做梦都想看看你不穿衣服时是一副什么样子。"他的话越来越下流,无耻。他说出一个肮脏的字眼,然后让她重复一遍。她重复着那些词语,浑身战栗,喘息越来越重。她感到羞耻,同时,羞耻本身又给她高涨的肉体烈焰添柴加油。她想起了安德烈·纪德的一句话:"肉体的彻底解放,全部有赖于灵魂的沉默不语……"

她紧紧地搂着他,疯狂地吻着他的脸,一遍遍地对他说:不要离开我,不要离开我,不要离开……

她一直在重复着这句话。当董事长试图伸手掀开她的裙子时,她才用力地推开他。

她想起了自己的母亲,还有那个药剂师,在一个下雨天的晚上,他将母亲轻轻地推倒在沙发上,然后迅速地撩开她的长裙,盖住了她的脸。

20

张末坐在玄武湖边的一条石凳上,凝望着湖中栖息的一群野鸭和那些被浪头卷向岸边的船只,再次感到了无所依归的孤寂。父亲在一片树林中打完太极拳,又接着做起了云手健身操。

残秋将尽。树木为寒霜打暗,南风中透出枯索的凉意。现在,太阳尚未升起,湖边没有什么游人,那处稻草顶篷的凉亭在枫树的掩翼下,显得空空荡荡。

在国际学术会议即将开幕的前夕,张末收到了曾山从上海发来的邀请信,她很快就寄去了论文,但一直拿不定主意是否应该去参加这次会议。

正如我们已经知道的那样,她与曾山离异已整整两年。她依旧生活在过去。

从当时的情形来看,他们的分手并不存在着某种深刻的理由。她向他提出离婚,他一声不吭。一周后,他们去了法院。当张末拖着沉重的皮箱与他告别时,她还心存一丝侥幸,她觉得曾山会在最后的一刻留下她。

在疾驶的火车上,随着这个城市高大的建筑物为农田和小河所取代,她的心情也越来越沉重。甚至,她一度觉得这趟火车正在开往上海，而曾山将会像往常那样，在站台上等候着她的到来。

曾山在来信中向她征询住宿方面的安排，并告诉了她新装电话的号码。但她还是提笔给他写了一封长信，在这封信的末尾，她这样写道："假如你那儿没有什么不便，我还是愿意替单位省下这笔住宿费。"她知道，在学术会议开幕之前，曾山已经没有时间给她期待中的答复了。一切的问题也许只能留待会议见面时加以解决。

两年来，曾山的生活也许发生了很大的变化，也许毫无变化。她不知道，变化本身对自己来说意味着一种隐忧，还是一种期待。

她与父亲从玄武湖回到家中，有些迟疑地给曾山打电话，她担心话筒里会传来一位陌生女人的声音，直到她听到占线的忙音，才松了一口气。

十五分钟以后，她又一次拿起了电话，依然是占线的声音。她反复拨打着电话，仿佛这个电话会成为她一生中最后一个转折点，而她对它的到来又感到莫名的恐惧。

这天晚上，张末早早就在床上躺下了，深夜两点，她被屋外突然响起的雨声惊醒。她谛听着飒飒的雨声，所有的感官被磨砺得越来越纤细。她感到自己是如此的需要他。她将脸紧紧地贴在枕巾上，哭得浑身颤抖。

她穿着一件睡衣,蹑手蹑脚地从床上起来,走到了客厅里。窗外的闪电照亮了茶几上那台黑色的电话机。

她拿起它,给曾山拨通了电话,但随后又将它搁下了。

第三章

由于出现了突发事件，会议再次中断。

1

傍晚时分，曾山副教授从宿舍里出来，穿过喧闹的校园，朝学校对门的松鹤大酒店走去。

在经过书店旁的那家心理咨询诊所时，迎面碰到了他的师兄子衿博士。他恰好心不在焉地从诊所里出来。从当时的情景来看，子衿显然不愿意与他的师弟搭讪。他想缩身避开，但已经来不及了。曾山叫住了他。

“你不是说要去杭州吗?”

“我这会儿不是已经在杭州了吗?”子衿反问道。

听他这么说，曾山吃了一惊。

子衿朝他勉强笑了笑，转身走开了。曾山似乎还没有听明白他话中的意思,一直目送着他那飘忽不定的身影在宿舍的拐角处消失。

一个幽灵。他听见诊所的那位女博士叹息了一声。

几天来,曾山一直在为他的师兄感到深深的担忧。慧能院长在咖啡馆第一次见到他,就意味深长地向他发出了不详的信号。曾山隐隐约约地感觉到,贾兰坡教授的死与师兄几天前所蓄意编造的谎言之间好像存在着某种联系。他不愿意在这方面想得太深,那是因为连续的失眠已使他的大脑失去了起码的判断力。他决定,一旦他的师兄从杭州回来,他就找个机会与他好好谈一次。

这是学术会议开幕的前一天。虽然贾兰坡教授的突然死去给这次大会蒙上了一层阴郁的气氛,还发生了一连串的怪事,但在眼下,会议的一切准备工作都已就绪。今天上午,上海的各大报纸都在显赫位置刊登了有关会议的报道,与此同时,一个盛大的晚宴正在松鹤大酒店举行。一路上,曾山反复从口袋中掏出请柬,看看自己有没有记错宴会的时间。

他来到酒店的大堂里,比预定的时间晚了十分钟。他在宴会厅入口处的签名册上留下了自己的名字,交上请柬,得到了一份包装精美的礼品,然后,一位小姐将他领到了他的座位前。

与他同坐一桌的客人,除了中午刚刚见过面的德国神学家唐彼得、他的中国秘书、校部的一位教务长与老秦之外，余下的几位都是第一次见面。此刻，他们都在交头接耳地说着话，只是，在赞助商的致辞声中，曾山几乎听不清他们到底在说些什么。

唐彼得与他的中国秘书显得十分亲密。他们用德语交谈。曾山想起来，他当年在报考贾兰坡教授的研究生时，贾先生曾反复叮嘱他，除了英语之外，他还应当自学一门德语，最好还能懂拉丁语。“你不懂德语，还搞什么哲学?!”

因此，在酒桌上，他所处的地位十分隐蔽。他知道唐彼得正在向秘书谈论什么，她为何脸色绯红，为何目光躲躲闪闪。

曾山的左侧坐着一位外地代表。他五十上下年纪，脑袋已经谢了顶。由于无人与他交谈，他显得有些局促，只好打开礼品袋，端详其中的礼品，将塑料包装纸弄得哗哗作响，他首先从袋中取出两盒护心丸，正反两面瞧了瞧，然后对曾山说，他的心脏病恰好用得着它。他告诉曾山，几天前他去一个学生的住处洗澡，没想到却因心脏病复发而晕倒在了浴室里。“我是偷偷从医院里跑出来的，吃完了这顿饭，我还得回去打点滴……”

他小心翼翼地将护心丸放回袋中，又取出了一大盒西洋参，两盒生命口服液，发出啧啧的赞叹声。他最后取出的是一块精美的时装表。他把玩这块手表花费了更多的时间，他一会儿将它戴在手腕上，一会儿又摘下它，直到赞助商的致辞结束，大厅里响起一片掌声。

他用胳膊碰了碰曾山：“老兄，这块手表是真的？”在得到曾山肯定的答复之后，他立即用浓重的湖北口音说了声：

“我操！”

晚宴正式开始之后，大家似乎仍未找到共同的话题。老秦对中国当代知识分子的现实处境深表忧虑，可惜他的一番高论既无人附会，也无人反驳。

在曾山右边坐着的是一位来自河南的代表，他一边啃着牛排，一边向邻座的一位女士介绍他们商丘的地方戏。他费力地吞下那块牛排之后，清了清嗓子，看上去随时准备为她哼上一段。

就在这时，侍者端上来一只热气腾腾的砂罐。老秦夹了一块尝了尝，然后他举起双手，示意大家安静下来。

“诸位，你们猜猜看，砂罐里面装的是什么东西？”

大伙纷纷举筷尝了尝，都说不出所以然。便将目光投向了老秦。这样一来，老秦倒反而显得有些不好意思。

“牛鞭……”他宣布道。

德国神学家唐彼得此刻也被吸引了过来。“牛鞭是什么？”他问道，对身边的女秘书看了一眼。女秘书犹豫了一下，按照她在这方面有限的知识向他认真地作了翻译和解释。

湖北来的代表早已笑得前仰后合:“哈哈,哈哈,牛鞭是什么?问得好,哈哈……”

他转身对曾山说,这次晚宴真是让他大开眼界,他一回到襄樊,就要将这件事说给他的老婆听。“你知道,我老婆最喜欢听笑话,庸俗一点也不太要紧……”

老秦这会儿正忙着向唐彼得介绍牛鞭的药用功能。唐彼得听后莞尔一笑,他用德语对身边的女秘书说道:

“这么说,今天晚上你不是要倒霉了吗……”

“诸位,说到牛鞭,倒使我想起了一个故事。”教务长很长时间没有机会说话,这时,他决定表现一下,“它十分有趣,故事说的是,一位日本商人去西班牙看斗牛,晚上,他与一位英国绅士在同一家饭馆吃饭……”

教务长的故事讲到一半,曾山就起身离开了。剧烈的胃部痉挛使他脸上沁出了汗珠。他来到屋外,让冷风一吹,不禁一阵恶心。

他蹲在酒店外的一个花坛边,开始呕吐。一条卷毛狗紧紧地挨着他,将地上的污物舔食一空。

曾山伸手从衣兜里往外掏手绢的时候,手指触碰到了一只硬纸盒。

那是他上午在车站买的一盒避孕套。

2

很晚的时候,慧能院长突然来到了曾山的住处。他没有参加当晚的酒会。

“我虽然不能算是一个严格意义上的佛教徒,但却是一个持斋吃素者……”

他笑了笑,毫无拘束地盘腿坐在曾山的床上,像是在练瑜伽功。他的目光既亲切,又充满威严。

“英国的布莱克曾经说过,通常,一个人看什么,就决定了他是什么。可是在我看来,一个人吃什么就决定了他的心灵类别。”慧能院长就这样打开了话匣,“庄子在他的寓言中提到了一种鸟,非练实不食,非醴泉不饮。可是现在的人几乎什么都吃……”

“据说,亚里士多德爱吃海藻,伏尔泰喜食樱桃,而施宾格勒却偏爱动物的内脏。”曾山说。

“那么,你平常都吃些什么?”慧能问他。

“方便面。”

“它已经侵蚀了你的胃,”慧能院长盯着他的脸,“另外,你的肝脏也不太好。”

“您当过医生吗?”

“这倒没有。我在寺院里为了打发时光,曾研究过弗罗伊德的精神分析学。因为给自己治病,也懂得辨识几种草药。”

在很久以前,曾山与慧能就开始了通信。他向慧能请教一些佛学上的问题,有时也请他代买一些佛教的典籍。他一直珍藏着慧能院长的来信,就如收集植物的标本,并经常取出来翻阅,似乎他的每一封信都来自于尘世之外。但他与慧能院长的第一次见面,还是让他多少有些意外。

他长得高大,健壮,面色红润。虽已七十高龄,却丝毫看不出任何衰朽之相。他目光如炬,洞幽烛微,犹若鹰隼。看上去,他不像是一个深居寺院的僧侣,倒像是一个退伍军人。

曾山有些疑惑地看着他,想象着若是让他穿上一身旧军装后会是什么样子。他还想起了贾兰坡教授的追悼会:慧能院长彬彬有礼地朝师母走过去,向她伸出右手,而师母则假装视而不见,坐在藤椅上一动没动。这一情形使人不免会联想到,他与师母一度相当熟悉……

“大师在出家之前,是否专门研究过哲学?”曾山问道。

“当然,我还是在读私塾的时候,就有幸见到了名重一时的梁漱溟先生,他那时正在山东从事乡村文化建设。后来我去了德国和瑞典,在弗雷堡大学研究中世纪的神学。眼看还有两个月就能拿到博士学位了,却发生了一件十分不幸的事……”

“这件事直接导致了您后来的出家吗?”

慧能院长点点头,他的脸色矜持而肃穆,似乎不太愿意在这件事情上再谈下去。

“你想到过进修道院吗?比方说,皈依基督……”

慧能院长解释说,他认为佛教对他而言更为适宜。“当时,我也没有想到很多,一心想逃脱尘世,找个地方躲起来。”

“您能不能告诉我……”

慧能院长慈祥地对他笑了笑,示意他太心急了。

“你在来信中也多次问我,为什么要出家?我答应过你,一旦我认为时机合适,我就会将一生的经历原原本本地告诉你。你打算在顷刻之间就将所有的问题都弄清楚,在哲学上,这是不可能的。”慧能院长略微停顿了一下,继续说,“不过,看得出,你这个人慧根很深,尽管我什么还没说,你就已经猜到了不少……”

曾山的脸红了。他开始为自己刚才的唐突感到后悔。

他们接着就聊起了明天就要开幕的学术讨论会。慧能院长提到,似乎很多人对这次会议寄予了过高的期望。“实际上,所有的会议都只是一个借口而已。它就像是一个没有货物的集贸市场,人们从各地来到这里,却不知道要买,或者卖些什么。甚至,在秋意萧瑟的季节,连旅游也并不适合。”

曾山的眼睛一直看着桌上那只拆散的闹钟。几天前,曾山将它拆开后,一直没有心思将它装上。

“这次会议虽然尚未开幕,但我已一心盼望着它早日结束,”曾山说,“我有一种预感……”

“我们都不是预言家,”慧能若有所思地说,“你大概是看到了一些不好的征兆,因而感到不安。但事实上,这类征兆一直存在着。在三百年之前,甚至更早,它就出现了。它就如一条奔腾不息的河流,一直淌到了今天,这次会议只不过是河面上泛出的一个气泡而已,也许连气泡也算不上。在精神病学的领域,倘若一个人患有神经病,常常会对未来感到莫名其妙的恐惧与忧虑。医生所能做的,也只是反复告诉他:你所担心的事已经发生过了。病人一旦明白了这一点,他的病就会霍然而愈。

“简单来说,哲学也好,艺术也好,都是对现象的猜测或拙劣的仿制,世界本身有着它自己的逻辑。可口可乐的广告风格与股市行情不会因为一次学术会议而有所改变,因此,思索和担忧都是不必要的。”

“那么,宗教呢?”

“哲学与宗教并不完全一样,”慧能说,“假如说哲学或科学所追求的是知识,宗教存在的依据恰恰就是无知。我不知道,哲学与宗教,哪一个更符合人类自身的愿望。”

“导师在世时也表述过类似的思想,”曾山说,“他曾经明确地向我谈到过这样一个看法，哲学也许能够很好地解决过去或未来的问题，但对于‘现在’却是无能为力的。”

慧能院长补充说，最早表达过这个见解的是法国格言作家拉罗什福科。“这个人生来仿佛就是为了怀疑。他的格言十分锋利，但这并不能解决什么问题，从他晚年的著述来看，他怀疑的火焰甚至将他自己也一同焚毁了。这让我想起了你的导师，当他从十几层高的楼房上纵身越出阳台的一刹那，谁也不知道他究竟想了些什么。”

“我总觉得贾先生的死也许另有原因……”

“也许等不到这次会议结束，这件事就会有结果的。”慧能院长从床上下来，看样子是在打算离开了。

临走时，慧能对曾山说，明天大会开幕式后，会务组要组织代表们去参观建造中的南浦大桥。“到时候，我们不妨接着谈。”

3

子衿曾多次试图向他证明，生活中那些与他交往的女人，仿佛是漫漫旅途中的一个个客栈，他来到那里，并不是为了休息，而是出于采撷的愿望。他仅仅是一个寄居者，一个匆匆的过客。他在那里住上一两天，十天，甚至更长，然后就离开她，奔向一个新的地点。他的记忆收藏着她们具体而微的笑容,形态各异的呻吟或喘息,以及种种妙不可言的隐秘。就如陀思妥耶夫斯基笔下的老卡拉玛佐夫,美貌的名门闺秀与河边偶尔遇到的白痴妇女并无多大的不同。

他不知道张末对自己来说意味着什么,一帖止痛剂,还是一针吗啡。正如子衿所嘲讽的那样,他与妻子离婚,逃出樊笼,只不过是为了钻入另一个牢狱。你在无意之中闯入了一幢房子,便忘记了自己的行程。墙壁上的图案热烈而迷乱,富于幻想色彩,它的气息令人沉醉。你便在一种幻觉中抵达了最后的家园,打算在那里安营扎寨,永远不想离开。你需要安宁,稳定,或者说只需要这些,以抵制那些生活中随处可见的怪诞,崩溃,战栗,滑稽和不真实感。而她则成了一绺分泌的汗腺,被吮食一空的果壳,一张揉皱的纸,一朵失去水分的花蕾。

张末往往在很晚的时候才会从曾山的住处离开。他照例送她回寝室。他们各自骑了一辆自行车,在图书馆的附近,他们要经过一段茂密的杉树林。在林间小路拐弯处的路面上,阴沟的井盖被揭开后留下了一个半月形的洞口。有一次,他们经过那里,张末的自行车在井盖上磕碰了一下,车把歪向一边,撞到了河边的一棵棕榈树上。

曾山下了车,走到她的跟前,问她碰伤了没有,然后他对张末说:“明天晚上,你走里面,我走外面。”

可是到了第二天,情形依然如故。曾山与张末聊着永远也谈不完的斯宾诺莎,渐渐地将张末再次挤到了井盖前。她不是撞到树上,就是撞在了河边的桥栏上。

直到有一天,张末扭伤了脚踝,她才决定放弃骑车。即便他们步行来到这个地方,他们依然能够看到那个翘起的井盖。

类似的事件在他们的生活中比比皆是,可是,月光下的那个幽黑而深邃的洞穴仿佛某种宿命的象征,在他们的记忆里留下了难以除去的烙印。它就像令人恐惧的神祇所张开的嘴巴,似乎要将一切都吞噬掉。

结婚后,他们搬到了一个新的宿舍楼,但张末还是没有忘掉它,她常常在梦中惊醒,紧紧抓住曾山的手:“我又在那儿跌了一跤……”曾山茫然无措地盯着墙壁,不知道如何去安慰她。

曾山不安地想到,在爱情上,他也许只是一个失语症患者,一个行为障碍的终极之源,宛若一个富甲天下的庄园主,面对万贯家财,却不知如何挥霍。也许对于女人而言,他与子衿恰好是同一类人:子衿对于女人的冷漠是一种预先设定的前提,而他的冷漠则是一个无可奈何的结果。

在慧能和尚离开后的两个小时里,曾山一直躺在床上联想翩跹。子衿此刻正坐在一辆开往杭州的火车上,下车后他将住入西子湖边的一座旅馆。等到第二天早上,他将带着他的女友,他的一卸为快的烦恼走进一家妇婴医院……

4

曾山正这样想着,电话铃就响了起来。

他拧亮床头的一盏台灯,看了一下手表,正好是两点钟。

差不多在一个礼拜之前,也是深夜两点,屋外下着大雨,他被电话铃声惊醒。他拿起电话,对方却挂断了。

现在,我们已经知道,那个电话是张末打来的。她拨通了曾山的电话,却想起一件令人心悸的事……但是对曾山而言,这个来历不明的电话给他过剩的想象力提供了驰骋的空间,他甚至相信,这个电话是贾兰坡教授的临终求援,并一厢情愿地与导师达成了和解。

自从曾山装上电话之后,一连几个星期无人打入,这使他感到极为愤怒。后来,他在去公园看女儿的时候,用两块变质的巧克力换取了女儿的信任:"给爸爸打个电话怎么样?"他的女儿使劲地点了点头。结果,他在电话机旁一直守候了大半夜,也没见女儿来电话。他只得给前妻打了一个。她对曾山说,她很可能在未来的一个月中失去工作。为了节省下这笔无用的开支,她已经决定将电话移给邻居。曾山问她珊珊在哪里，前妻说，她躺在她自己的箱子里睡着了。

曾山带着一种企盼着什么事发生的强烈期待拿起了电话。他一听到对方的声音，立刻就泄了气。电话是子衿从杭州打来的。

“猜猜看，发生了什么事？”子衿兴高采烈地叫道。

曾山想了一下，对他的师兄说：“我实在猜不出来……何况，这个世界上发生任何事都不会让我感到吃惊。”

“你一定得猜一猜，我给你三次机会。”

“总不会是你得到了诺贝尔奖了吧？”曾山略带讽刺地说了一句。他知道，他的师兄一直对这个莫名其妙的奖金想入非非，似乎随时都在准备着踏上前往斯德哥尔摩的旅程。

“你还有两次机会……”

从声音上来判断，子衿的兴奋已成强弩之末，曾山立即感觉到自己的玩笑已经刺伤了他。

“你不要急，让我想想看……你那里是不是有了张末的消息？”

一段冗长的静默。在这段静默中，双方都感到十分尴尬：曾山觉得脸上火辣辣的，而子衿也已经意识到，这样的玩笑不能再延续下去了。

“告诉你吧，她没有怀孕。”子衿兴味索然地亮出了他的底牌。

“怎么回事?”曾山勉强问道,“你是怎么发现的?”

子衿在电话中告诉他,火车抵达嘉兴站的时候,她起身去厕所,半天没有回来。子衿于百无聊赖之中,打开了她随身带着的一只皮包,打算从里面找出一本书籍或杂志之类的东西随便翻翻,但他没有想到,她的包中竟有一盒打开的丹碧丝。

他的女友刚刚回到座位上,子衿就像一个职业侦探似的进了那间厕所,他从一只废纸篓里看到了全部的真相。

“问题就是这样简单,”子衿说,“她来了例假,而我重新获得了自由,两个都是我梦寐以求的……”

“假如她明明知道怀孕只是一个骗局,为何她又答应与你一起去杭州呢?”曾山向他提出了这么一个问题。

“这就是奥妙所在。”子衿以一个兄长的口吻对师弟说,“你想在这类事情上展开哲学思考注定是徒劳无益的,女人就是女人,她们与哲学毫不相干……”

子衿说,他也许明后天就可以返回上海。“具体详情,等我回来之后再向你通报,现在,我要找家私人旅馆住下来,好好‘庆祝’一番。我要让她为这事付出相当的代价……”

最后,师兄恳请曾山原谅他的不礼貌。昨晚,曾山在赶赴酒店的途中遇见他,子衿似乎不太愿意搭理他。

“这些天来,我被这件事折腾得差一点就要发疯了。在我等待着她来例假的那段日子里,她短裤上的血迹就是我的天堂。”

5

在现实生活中，子衿是一个彻底的不合作者，冷漠与谎言成了他唯一的护身符。他只对自己负责，就像那些一度失去了家园的犹太妇女，只能将所有的财富都背在自己的肩上。从这个意义上来说，老秦却是一个调情者。

这个社会中存在着形形色色的调情者，他们寄居在某种边缘或夹缝地带，犹如变色虫匿身于苍翠的树叶之中。纷繁复杂的现实既是他们展开活动的舞台，也是他们的隐身之所。他们与社会总是眉来眼去，但从不同床共眠。他们驱使着别人，也为别人所操纵。他们嗅觉灵敏，相时而动。时而温文尔雅，时而凶相毕现，时而安贫乐道，时而愤世嫉俗。一旦危险来临，他们就在社会巨大的幕幛之后消失得无影无踪，或独钓寒江，或访麻问菊。郑燮三绝琴棋事，东坡一生儒道佛。他们既可以得到现实的种种好处，财富、名望、安宁甚至不朽，又可以逃避惩罚。况且，即便是惩罚本身也并非不可以加以利用。在这个古老的国家中，他们既是一名游戏者，又是真正的上帝，他们的身份介乎诗人与政客、商人与隐士之间，倘若略加规别，则又可统称为知识分子。

作为这样一个调情者，老秦的方式已远远落后于他所处的时代。他虽然发表了三十余篇哲学论文,但在学术界却毫无影响。为此,他开始了痛苦的思索。

他找到了贾兰坡教授,希望他给自己指点迷津。贾先生在听完老秦的苦衷之后,立即慷慨地对他进行了必要的点拨:“在当今的学术界,你的方法的确已经过时,人们探讨的并不是真理,而是如何使人大吃一惊……”贾兰坡先生寥寥数语,便使老秦耳聪目明,若有所悟。

这就是老秦在整个文化界引起轩然大波的文章产生的背景。由于这篇文章,他已获通过的副教授职称被予以取消,并被无限期剥夺了给学生上课的权利。从此之后,他不得不一度放弃学术研究,将一名庄子研究者的身份换作了职业检查作者——他一遍遍地写着那些检查,连头发都写白了。

他有理由为此感到愤怒:众人皆有余,唯我独若遗。这种愤怒毫无例外地指向自身,类似于心理学上所谓的自我惩罚,并导致了他的肝炎发作。他在医院的肝炎病房足足躺了四个月。

事后,当他听说,自己副教授的名额落到了贾兰坡教授的一名女弟子身上,理智险些失控,他怒气冲冲地闯入贾兰坡教授家中,将恰好待在那里的曾山吓了一跳。

贾兰坡先生哈哈一笑:“你没有掌握好分寸,俗话说,过犹不及。我的意思,你只要在天幕上划上一刀,透进一些亮光就可以了,谁知你一把将幕布扯了下来……”

老秦似乎还想分辩，可贾先生脸上的笑容顿然敛收，不动声色地下了逐客令。曾山看见老秦的脸上挂满了委屈的泪水。因此，曾山作过这样的猜测，如果说贾兰坡教授突然亡故曾使得一些人暗中庆幸，那么，老秦在心花怒放之余，一定会觉得大仇已报。

没过多久，老秦就决定从这件事的阴影中重新振作起来。用他自己的话来表述，他是一个进入历史的人。而他在文科大楼开电梯的妻子则这样对系里的同仁宣布："我们家老秦这会儿可真是想通了……"他是如何想通的，曾山却不得而知。

因为这篇文章，现实的处境日趋艰难，但他也并非毫无斩获。因为他在这件事后，名声播于全国，理所当然地厕身于名流的行列。一个落魄的名流毕竟也还是名流。

现在，老秦最大的期待就是若干年后的平反昭雪。杀它一个回马枪。为了不至于只在身后留下一个烈士的虚名，他目前所需做的，仅仅是锻炼身体而已。

所以，这天清晨，曾山在早上五点钟就看到老秦在校园里跑步，就一点也不会感到奇怪了。

6

曾山因为失眠，干脆从床上爬了起来，只身来到校园闲逛。

天还没有完全亮。树篱与楼房之前弥漫着一层轻雾，寒秋将尽，草地上已经覆盖一层白白的薄霜。

在一处空气清新的树林里，老秦穿着短裤背心，双手握拳，放在腰间，以一个职业军人的标准姿势练习折返跑。

他呼哧呼哧地喘着粗气，一边跑，一边作羚羊式的上下腾跃，嘴里念念有词，仿佛正在进行一种复杂的舞蹈训练。

曾山抱臂站在桥头，凝望着远处的河面。晓风从光秃秃的树梢上吹过，在地理馆古老大楼的顶端发出回响，河面上的雾气渐渐散入树林，老秦的身影看上去显得隐隐绰绰的。

导师贾兰坡在世时曾对曾山说，我们处于一个混合的时代，就像各种染料搅混在一只盛满清水的缸中。你从中已照不出自己的影子。当你站在桥边，享受着清新的晨风与树丛中的鸟鸣，却不得不同时忍受着从邻近的化工厂飘来的烂苹果味，氧化铁厂上空吹来的甜风。

曾山在桥头伫立了一会儿，正打算离开，老秦还是发现了他。

他将随身带来的一件军大衣披上，穿过一片雏菊花丛，朝曾山走了过来。

“已经是第三次了吧？”老秦说，“我刚刚做完健身操，就看见你在桥头站着。”

曾山说他睡不着，出来随便转转。

“你这样下去是不行的,身体要紧啊,蝼蚁尚且惜命偷生,何况人呢?”老秦关切地拉住曾山的手,使劲捏了两捏。

曾山感到他的手掌热乎乎的,经过锻炼,他的臂力已然非同小可。

他颇为自得地对曾山说,他如今已成了家中的重点保护对象,每天晚上临睡前都要吃两粒金牡蛎,喝上一碗他妻子亲自熬的鸡汤。他一提到鸡汤,曾山立刻就闻到了他嘴里一股浓重的鸡屎味。

“我上次跟你说起过的那件事,你觉得怎么样?”

曾山充满歉意地摇了摇头,表示他早已忘了这件事。

“是这样,”老秦说,“今天上午九点,学术会议就要开幕了,我们几个酝酿了一个计划,具体地说来……”

“您先别忙,”曾山打断了他的话,“您刚才说的‘我们几个’指的是哪些人?”

“到目前为止,我们已经联络了十几位代表,”老秦坦率地说,“我曾经向子衿也透露过这个计划,可他居然不屑一顾,他这个人,成天嬉皮兮兮的,实在要不得……”

“那么,你们打算在会上搞些什么动作呢?”

“一个大动作。”老秦故作神秘地对曾山说,“我们准备暗中操纵这次会议……”

“可是据我所知,大会的议程早已排定,发言者的名单预先也经过反复筛选,你们打算插上一杠子,并不容易。”

“这件事当然会有一定的难度。”老秦沉吟了半刻,又说,“不过,竹山倒是有一个十分稳妥的办法。”

“竹山?”曾山第一次听说这个名字,故而问了一句。

“就是慧能院长。”

“我怎么从来没有听说,他还有这么一个名字?”

“这么说,你们早就认识?”

曾山说,他原先与慧能院长通过几封信,曾在南京的紫金山下有过一面之缘。

曾山忽然觉得有些紧张。没想到连他一向尊崇的慧能大师也卷入了这个计划,看来这件事的确非同小可。

“你们怎么想到要这么做?我是说,它有什么必要呢?”曾山一脸疑惑,但显然开始对这件事产生了兴趣。

“这次会议名义上是一次国际学术讨论会,但实际上是全国哲学学会的一次年会,因为经费所限,已经五年没有举办过了。这是一个天赐良机。除了各个大学的专家学者、社科院的元老之外,参加这次会议的还有不少报社与杂志社的编辑记者,会上的一举一动都会牵动着整个学术界的神经。你知道,目前的现实,对我们来说,形同一场噩梦。一方面,我们所面临的是普遍而深刻的道德沦丧和精神危险,另一方面,作为社会精神支柱的知识分子却对它熟视无睹。因此,我们设想,在这个大会上发起一个‘精神拯救’的大讨论,从而改变会议的基本议题,并由此推向全国……”

从老秦的一番话中,曾山似乎感到他是用别人的嗓音在说话。类似的声音,他既熟悉又陌生。他本能地意识到,在这个计划背后,也许存在着一批显赫人物的长长名单。

“你们是什么时候开始酝酿的?”

“两个月前。”老秦说,“原先我们都觉得,这个计划中最大的障碍就是贾兰坡教授。他是你的导师,我也许不该这样说,但他确已老朽昏聩,实在难以担当哲学学会会长的重任,我们本想通过合法的民主程序将他选掉,没想到,他从阳台上这么往下一跳,倒使我们省掉了这个麻烦。这是一个意外的收获。由此可见,上帝已经站到了我们一边。”

“这个计划是谁牵的头?”

老秦说,关于这一点,他暂时还要保密:“反正不会是我,我刚刚被通报批评,身份也不大合适。”

“你们也许仅仅是想操纵一下理事会的选举吧?”曾山半开玩笑地对老秦说。

老秦的脸一下子就红了,他强调说,理事会的选举虽然也很重要,但却并不是他们计划的出发点。“在这个不尴不尬的时代,大家仿佛对一切都失去了信心。这决非历史的进步。即便你怀有纯洁而高尚的道德动机,人们也会认为你别有用心,另有图谋。所以，对永恒信念的丧失正是道德堕落的根源。有时我在想，地球说不定在什么时候就毁灭了，一切都将不复存在，甚至连‘不朽’这个概念亦会一同消失，这样想一想，的确很可怕……”

“你有没有想过，”曾山提醒他，“你们这样做会再次触怒校方，甚至……”

“我们已经一无所有了。”老秦的声音听上去有几分嘶哑，泪水在眼眶里打转，“你想想看，我几乎什么事还没有来得及做，就要面临退休了。”

看到老秦这样，曾山对他不禁有了一丝同情，看来，他在很多问题上并未想通。

他们这样说着，不知不觉来到了曾山的宿舍楼下。临走时，老秦对曾山说，今天下午，代表们在参观完南浦大桥之后，他们几个人将在学校后门的枣苑餐厅再次聚会，商量进一步的计划，他希望曾山能够前来参加。

从后来事情发展的进程来看，老秦他们的这次聚会多半没能如期举行。因为，在上午会议的开幕式进行当中，又发生了一件令人吃惊的事。

7

坐在宽敞明亮的会议大厅里，曾山整整一个上午都在恹恹欲睡。直到后来会场上出现了突如其来的骚动,他仍然未能摆脱这种抑郁而失重的状态。

他并没有睡着。他感到自己正置身于一架急速下降的电梯里,唯一的感觉就是眩晕和坠落。当大会主持人提议为已故的贾兰坡教授默哀三分钟的时候,他摇摇晃晃地从座位上站了起来。他的心里对死者充满了羡慕。不管出于何种原因,他的导师毕竟已经死了,就像一条奔向大海的河流,终于甩掉了自己,消失在了虚幻时间的背后。

他不知道,除了可以预知的死亡之外,还有其他什么方式能够帮助他摆脱肉体、情感以及意志的羁绊,挣脱那些他所憎恶的人,所有的人。

他不由得再次想起了张末那张幽暗不明的脸庞,但在此刻,在连续几天的失眠之后,他连这张脸也感到憎恨。仅仅是出于对一种彻底无序状态的天然恐惧,出于对他的精神分崩离析的警觉与提防,他心里的一股柔情在无奈地挽留着它,他孱弱的意志在与废墟中的旷野作徒劳的抗争。

一个人并非生来就会厌恶自己的生命,但对曾山而言,最大的荒谬恰恰在于,他并不知道这种情感是如何产生的,这就使得痛苦本身都带有一种矫情和无病呻吟的性质。比如说,当他向师兄谈起这方面的情形,子衿曾这样反问他:那你为什么不去自杀?他不知如何作答。在他看来,意识的振动实际上并不是一种思维，而只是个人神经不安的状况而已。他进而认识到，谈论自杀或痛苦是一件十分可耻的事。

他睁开眼睛，环顾了一下会场：主席台上簇拥着鲜花，校长正在讲话。代表们正襟危坐，踌躇满志。麦克风发出的声音似乎来自一个很远的地方。

在会议大厅的门口，站着四五个警察。通过走廊的茶色玻璃，他看见图书馆楼下的草坪上停着两辆警车。一个身穿便衣的人正朝着对讲机飞快地说着什么。

事实上，在会议进行的过程中，谁都没有想到这天上午会发生什么重大的变故。只是在事后，当代表们聚在一起再次谈论起这件事情的时候，一位代表才提供了这样一个细节：几乎在校长开始讲话的同时，警察就已经出现在大厅外的走廊里。也许他们本打算在校长的讲话结束之后再开始行动。但是校长在这天上午兴致很高，仿佛着意要在来自全国各地的代表们面前展露一下他的口才，他的讲话既冗长又乏味。那伙人在门外抽了两支烟后，实在等得不耐烦了，才突然冲进了会场。

可是，会务组的老秦却提出了迥然不同的推断：当警察出现在大厅门外的时候，校长就已经注意到了他们的存在。鉴于校长曾长期分管公安处的工作，他没有理由将市局的警员误认为本校的保安。老秦分析说，校长原先以为警察们是冲着他来的,他故意拖延讲话的时间,实际上是在极度的不安中思索着如何应付这场突如其来的麻烦。老秦很快提出了他的理由:学校不久前刚刚竣工的理科大楼出现了尽人皆知的经济问题,账面上一百七十余万的巨资不翼而飞。他的惊慌不安恰好证明了他的受贿嫌疑……

老秦的分析立即招致了众多的批评。在没有明显事实证据的前提下妄下结论,这多少有损于学者的形象。在他们看来,校长当时的举止失措仅仅是因为他对突发事件缺乏随机应变的能力。

在通常的情况下,警察们一旦决定采取某种步骤,他们的行动就会变得异常迅猛。两位警察在校长的讲话声中冲向主席台,其中的一位还掏出了手铐。校长不得不中断了讲话。他脸色苍白地站起身来,在警察逼近的同时连连后退。

直到警察扑向会议赞助商的那一刻,校长才如梦初醒地掏出手帕来擦汗。他对旁边的大会主持人看了一眼,那神情仿佛在暗示对方:他们所要抓的人并不是我……一位警员彬彬有礼地来到校长跟前,为打断他的讲话表示了歉意。

赞助商极为镇定地在拘捕证上签了字,就像他对这件事早有预料。警察给他戴上了手铐,肃穆的脸上终于露出了一丝讥讽的笑容:“我们追捕了你整整两年,没想到你却躲到这儿开会来了……”

“我还差一点当上了教授。”赞助商颇为自得地说，“你们晚来十分钟，我就能拿到聘书……”

“不过，你拿不拿聘书，几个月之后，结果反正一样。”

“那么你呢？几十年之后，你能知道你的骨灰飘向哪里？”赞助商虽然嘴上这么说，他的两条腿却已经开始了持续的战栗。

赞助商被带出会场之后，校长的讲话继续进行。在场的每一个人都清晰地注意到了这样一个事实：学术讨论会看来又得延期了。

校长的讲话依然不着边际。眼下，他至少遇到了以下两个难题。首先，他不得不决定取消原定程序中的授聘仪式，并对这件事作出令人难堪的解释。其次，赞助商被捕之后，他所提供的资金将被作为赃款而冻结，规模空前的学术会议将何以收场？这就如同一位主妇正为无米下锅而忧心忡忡，而丈夫却招罗了一帮客人来家吃饭。表面上校长在滔滔不绝，实际上他的大脑一片混沌。

校方对大会经费的担忧看来并不是多余的。因为在这天下午，代表们就接到了通知：昨晚在松鹤大酒店分发的礼品必须如数交回。只是西洋参和生命口服液因被一些性情急躁的代表开盒饮用已无法收齐。

傍晚时分，会务组的负责人老秦拎着满满一塑料袋手表走出了专家楼的大门。他早已将酝酿许久的行动计划抛在了脑后。他兴高采烈的样子,俨然就是一位手表推销商。

8

在刑侦人员闯入会议大厅的那一刻,校长表现出来的可笑失态是情有可原的。他也许是廉洁而清白的,但面对那样的场面,依然会感到恐惧和战栗。一种真正的战栗。从某种意义上说,只有很少的人会沦为罪犯,而几乎每个人都或多或少地存有犯罪的潜在欲望。犹太教的原罪说正是在这一点上才获得了可信的依据:当你的眼睛朝某个女人的背影瞥上一眼而生发出活跃的想象,你实际上已经犯了罪。因此在拉罗什福科的笔下,这个世界上并不存在着真正意义上的圣徒与无辜者。

在学术会议被迫中断的第二天,曾山再次真切地感受到了这样的情形。

凌晨四点钟左右,一阵急促的敲门声将他从床上惊醒。他已经沉睡了整整十一个小时。他感到自己又获得了充沛的生命力,足以应付所有的突发事件。

他打开门,看见公安处的年处长正在门外朝他发出会意的微笑。

他的身后还站着另外两个人。在灰暗的光线下,他看不清他们的脸。穿室而过的晨风中夹杂着一缕香水的气息,据此可以推断,他们中至少有一位是女性。

年处长向曾山介绍说,他带来了市局的两位警探。他们急于查清某个案件的来龙去脉,希望他能够予以合作。

一想到自己也许在无意中卷入了某个案件,曾山在极度的不安中又感到了一丝兴奋。

他按亮了床头的一盏台灯。那位女警探看上去非常年轻。曾山在床边穿裤子的时候,她就很有礼貌地背过身去,打量着他的房间。她的髋骨很突出,身材健硕而匀称。尽管她由于疲倦而哈欠连天,但肌体的活力还是压抑不住地从警服的皱褶中迸发了出来。

他们围着书桌坐了下来。那位男警探递给曾山一支烟,而年轻的女人则好奇地掀开桌面上的一张旧报纸,察看底下的闹钟零件。也许是为了驱散令人压抑的紧张气氛,在关键性的谈话开始之前,警探与他拉起了家常。他的语调亲切而不失分寸,但曾山还是感到了抑郁和慌乱。他们交谈了五分钟之后,曾山才发现自己还光着脚,连袜子都忘了穿上。

公安处的年处长暂时无事可干,他就背着手走向曾山的书架,浏览着他的藏书。

“是不是贾兰坡先生的案件又有了新的进展?”曾山问道。

在侦讯的过程中,他显得比警探还要着急。

警探摇了摇头。

“我们今天来找你不是为这件事,不过,假如你愿意谈谈这方面的情况,倒也未尝不可。”

女警探已经掏出了她的笔记本,看来随时准备记录。她朝曾山嫣然一笑:“你用不着紧张,随便谈。比方说,你是什么时候开始认识邹元标的?”

她的声音甜丝丝的,犹如秋风掠过河边的树林。

曾山说,他从不认识什么邹元标。随后他又补充说,邹元标这个名字他倒不是头一次听说,在明代的万历年间,他曾因屡次谏诤皇上而被贬往外省。

年处长这时插话说:“邹元标就是昨天上午被逮捕的赞助商……”

此刻,他正站在书架前翻阅一本人体摄影画册。他一边细细翻看,一边转过身来对曾山说:“你也喜欢人体摄影吗?我那儿也有一本。只不过版本不同。其实,人体摄影是真正的艺术,一点也不会给人以淫秽的想象……”

在警探的不断追问下,曾山回忆说,他第一次见到赞助商就是在几天前,在车站。他们几乎没有交谈。“他与校长似乎讨论得十分热烈……”

“他们谈论什么?”

“先有鸡,还是先有蛋……”

年轻的女人再次发出了笑声。她白皙而纤长的手指夹着一支猩红的圆珠笔,轻轻地转动着它。

警探的目光中对曾山充满了怀疑。他沉思了半晌,然后向他的助手说道:“好吧,你把那张照片拿出来让他瞧瞧。”

女警探冲着曾山做了个鬼脸,似乎在对他说:这下看你还怎么抵赖……她从笔记本里抽出一张照片,递给了曾山。

“你认识照片上的这个女人吗?”

曾山反复端详着这张照片,陷入了长时间的沉默。

“认识。”他终于答道,“她是我原先的妻子。”

“应当说,她是你的第二任妻子。”女警探纠正道。这一刻,她的声调充满了威严。

9

从照片右下角打出的日期来看,成像的时间是在九〇年圣诞节后的第二天。圣诞节这天,他与张末第一次上床做爱。他记得那天晚上一直在下雪。第二天早上他从床上醒来,发现大雪在窗台上堆积了厚厚的一层,而炉火的灰烬早已熄灭。他从张末的枕下抽出一本墨绿色的记事簿,上面有两行用英文写下的诗句。我是你的,我的梦也是你的。他在激动中泪流满面。

这天中午,他们一起去学校的教工食堂吃饭。午饭后张末就告辞了。他问她去哪儿,她说下午要去看望一个朋友。他又问是男的,还是女的,张末就笑了起来:

"你真的想知道吗?"

从照片上看,那天下午的阳光一定非常好,马路边的积雪晶莹透亮,只是在车辆压过的路面上,留有几道灰黑色的印辙。赞助商紧紧地拽着张末的胳膊,她似乎想挣脱他的把握,而又显得信心不足。他们并排着走出金沙江大酒店,张末却不安地侧过头来朝路边张望。被风吹乱的一绺长发掠过她坚挺的鼻梁。她的打扮与他们分别时迥然不同:她穿着一条暗花方格的呢布裙,足蹬一双锃亮的皮靴。曾山仿佛看到了那天午后,张末匆匆奔回寝室换衣服时的情景。她很可能会将内衣裤一并换下,因为内衣上毫无疑问地会留下汗渍以及种种不洁的气味……

那么,张末充满警觉地回过头来,是在朝谁张望?考虑到金沙江酒店紧挨着学校的后门,曾山自然会联想到,张末所担心看到的那个人正是自己。

在那一刻,她畏葸的眼神仿佛在向上帝发出祷告:不要让他看见,不要……

他久久地凝望着这张照片。它犹若一道刺目的光,将长期以来积压在心中的阴霾照亮了。他无需猜疑,无法逃避,它就在那儿。在这一刻,曾山觉得伴随着他的那种从高处飘坠的感觉突然消失了。他的轻如羽毛的身体受到了坚实的依托。

他落在了最后的地方。

女警探告诉曾山,这张照片是从赞助商的一只密码箱内找到的,类似的照片还有许多张。“不过,你最好还是不看为妙。”

“他们是什么时候认识的?我怎么一点也不知道。”曾山自语道。

“这也正是我们需要向你了解的。”警探严肃地对曾山说,“我们也许现在还不能断定,你的前妻是否参与了犯罪,但也许可以通过她找到追回赃款的线索……”

“你们打算传讯她吗?”

“我们暂时还不打算这么做。”

这时,年处长已经看完了那本人体摄影画册。他来到曾山的跟前,将一只手搭在了他的肩上。

“其实你根本用不着为此事感到难过,反正你们不是离婚了吗?何况,这样的事在我们这个社会上倒也比比皆是。当你还沉浸在自以为是的爱情中沾沾自喜,你的老婆已经被人抄了后路……”

他觉得这样说有点不太合适,就朝对面的那位漂亮女人瞥了一眼。后者的目光中泄露出了一缕明显的鄙夷神色。她又打了两个呵欠。天已经亮了。

警探随后对曾山说,这名赞助商的公司早在两年前就已经被查封了,但他的那些分布在南方地区的制药厂依然在源源不断地制造违禁药品,通过个体摊贩销往全国各地。“现在需要了解的是,他为何突然对学术界的哲学讨论会发生了兴趣,很难说他的这次赞助不是一场恶作剧,这些年来,他在东躲西藏的同时,似乎有意在和我们玩一场猫捉老鼠的游戏。”

“情况的确如此,”年处长附和道,“他所生产的护心丸实际上就是一种春药。他也许想和圣洁的学术界开一场小小的玩笑。据说,前天晚上,一位老教授在服用了护心丸之后,竟然对服务台的小姐讲了不少有失体面的话,还迟迟不肯离去……”

年处长带着两位市局的警探从曾山的住处离开,已经是早上六点钟了。窗外的高音喇叭里响起了悦耳的起床号,他能看到楼下的树林里晨练的人群,以及河面上铺展的一绺朝晖。

他一根接着一根地抽着烟。他感到口干舌燥,但热水瓶已经空了。他在内心对自己说,这样也好。我已经无所畏惧了。他尽力不去想张末,不去思考她有没有服用过护心丸,不去想象药性在她肌体里发作后,她有可能表现出来的疯狂劲儿。也许汉弥尔顿说得对,与女人的疯狂相比,男人的寻花问柳只不过是沧海一粟。

但他离不开那些画面。使他感到十分恐惧的是,这些恶俗的画面居然还能给他的身体带来快感。他不时地揪一下自己的头发,仿佛一心要作践自己。从桌上的一面圆镜里,他看到了自己陌生的面容。他突然咧开嘴,冲着镜子里的那个人笑了一下,又笑了一下。

对面一间宿舍的窗口晾晒着一匹灰褐色的布。他知道,他的全部生活就是这样一匹肮脏的布。

10

这是秋末的一天,一个平常的午后。哲学系副教授曾山从宿舍里下来,走到了河边灿烂的阳光之中。

河水静静地向西流淌,裹挟着枯败的水葫芦,树叶和饮料纸盒。一名园丁模样的人划着小船,在河道的中央打捞水面的漂浮物。河流两侧的石凳上,闲坐着一对对的男女学生。看上去他们正在切磋着某个学术问题,又像是一对难舍难分的情侣在互吐衷曲。

一间咖啡馆矗立在大操场的边上，它的对面是一座明亮的玻璃建筑。那是学校的体操房。海豚般的少女伸展着胳膊，在隐隐约约的乐曲声中翩跹欲飞。

一切都犹若梦中的情景。他在这所著名的大学已待了整整十年。他熟悉这条河流以及两岸的一树一石。但他却无法区分这个午后与记忆中的过去有何不同。只是在通往学校大门的林荫道上，飘拂的彩旗与横幅传递出似有若无的喜庆气氛。他知道，一个重要的学术会议正在这里举行，由于会议的赞助商突然被捕，它再度遭受重创。

如果再朝河道的下游走一走，你便能很快看到一座锯木厂。一个中年人正在厂房背后垂钓。他不时朝对岸的那家咖啡馆张望。但那里并没有什么特别之处，厅堂里空空荡荡的。也许锯木的香味吸引了膳食科放养的鱼群，那一带很久以来就是钓鱼协会举行垂钓比赛的理想地点。曾山记起来，张末曾经告诉过他，她有一次在梦中与一位戴鸭舌帽的垂钓者幽会。不过，他今天可没有戴鸭舌帽，也许是另外一个人。

紧挨着锯木厂，就是学校的专家楼。那是一座古旧的混合式建筑。院内的草坪被修剪得整整齐齐。在一辆深红色的轿车旁，一名秃发老者正摆出姿势让人照相。离他不远处的一张白色躺椅上坐着一个人，他正在专心地读着一本书。由于距离太远，曾山无法看清他的面容。正午时分的阳光透过院墙外高大的树木将那一带照亮了,犹若舞台的追光灯在灰褐色的布景上投下了闪烁不定的光影……

曾山副教授在河边散步,显得心不在焉。他不时地停下来驻足观望。他觉得这样游手好闲、晃来荡去并没有什么不好。

在经过河面上卧伏的那座大桥时,他看见他的师兄子衿博士正朝他迎面走来。

几天前,子衿来向他辞行,打算在这个城市里暂时消失几天。因为他遇到了麻烦。

他看上去没精打采的,可能是刚刚从杭州回来。当然,更大的可能还有:他压根儿就没有去过杭州。

11

曾山看见子衿朝他走过来,就在桥头站住了。子衿走到他跟前,朝他眨了眨眼睛:“我要告诉你一个秘密。”

曾山觉得他一见面就这么说,给人以突兀之感。他看见子衿裆下的拉链敞开着,露出了里面蓝色的球裤。

我要告诉你一个秘密。这是子衿的口头禅。他不断地向人吐露秘密,却没有办法不说谎。他控制不住自己,他太紧张了。谎言犹若一种润滑剂,使他在与人交往时的紧张情绪得以缓和。一个小小的夸饰之辞都会诱发他撒下弥天大谎。也许他只能如此。就像一个吸毒上瘾的人,唯一的出路就是不断加大可卡因的剂量。“我忍受不了沉默。两个熟悉的人待在一起而找不到话说,时间如果超过五分钟,我一定会疯掉的……”他曾这样对曾山说。

他还告诉过曾山,他只有与妹妹待在一块的时候,才会觉得安心。“我们可以一整天坐在江边的大堤上,看着风中被压弯的芦苇,看着那些船,半天不说一句话。有时,她会突然指着江边的芦苇问我,那是什么?我说,那是芦苇。她指了指江面上装满棉花的船:那是什么?我说,那是船。她又问:船上装的是什么?我说,那是棉花。那时她已经八岁了。她知道芦苇,船和棉花。她在和我做游戏。你知道,那里是多么的安静啊!就像台风的风眼。你感到自己已经远离了尘嚣……”

曾山听说,子衿的妹妹过几天要到上海来看他。师兄已经反复向自己提过多次,似乎这件事对他至关重要。

12

子衿谈到的秘密与师母有关。在讲述这件事之前,他重申了它的可信度。这样一来,倒反而让曾山感到不安:看来,师兄内心非常清楚,别人对他的讲述已心存戒备。

让我们再一次回到贾兰坡教授自杀前的那天下午。按照贾兰坡遗孀的说法,那天傍晚五点钟左右,她装扮一新匆匆赶往学校的大礼堂,参加校教工合唱团的排练。在家属区的门口与丈夫的大弟子不期而遇。排练一直持续到深夜,后来突然下起了大雨……

她以上的描述基本上是可信的,因为校合唱团的每一个同事都能证明,那天晚上她的确去了大礼堂。但生物系实验室的一名女技师在事后补充了一个不为人知的细节。她回忆说,贾夫人那晚在排练的过程中一直显得心神不定。她平常极为拿手的那首《一条大河波浪宽》竟然有两处唱破了嗓子。她还中途出去过一次,时间大约是九点半左右,实际上,那会儿雨已经开始下了。

女技师起先还以为她是去上厕所。她说,有时候,你看到别人上厕所,自己也忽然就有了想撒尿的欲望。这名长年寡居的女技师看来相当坦诚。她紧随着贾夫人走出了大礼堂,可她来到厕所后却发现里面空无一人。她在茅坑上蹲了一会儿,才觉得自己根本不想撒尿。

她从厕所里出来,就在一片树林里看到了贾夫人的身影。当时,她正与一个身材高大的男人远远地站在一棵银杏树下。那个男人手里举着一把伞,看上去,他们的幽会必定作过一番预先的约定。

不久之后,她看见雨中的那两个人一前一后朝一座平房走去。这座低矮的平房是修建科临时搭建的,里面堆放着装潢用的水泥、石灰、油漆与小木板。他们两人来到平房的遮雨棚下,男人收了伞,然后就将贾夫人拦腰抱住了。

事后,这名女技师在向人们谈起这件事时,总不会忘记重复她那十分中肯的评论:不管那个男人是谁,反正他不会是贾兰坡。道理是不言自明的,一个男人倘若要睡自己的老婆,他可以随时在卧室里尽情折腾,没有必要在大雨中躲到外面来偷偷摸摸,除非他们都有神经病……

女技师说,接下来出现的一幕使她有些不敢相信自己的眼睛,因为其"卑劣与下流的程度已超出了语言所能形容的范围"。"你们想想看,她毕竟是一个快要六十岁的女人了呀……"女技师虽然嘴上这么说,可还是迫不及待地将那个场面准确地描述了出来。这不免使人联想到,她在这方面熟练运用的语汇在表述当时的情景时并非力有不逮,而是绰绰有余……

子衿说完了这段秘闻,便告诉曾山,他刚刚从师母那儿出来,她眼下正为这件事生气呢。"用不了多久,它就会在校园里传得沸沸扬扬……"

"假如事情的确是那么回事……"曾山沉默了片刻,眼睛紧紧地盯着他的师兄,"你觉得雨中的那个男人会是谁?"

子衿说，只要略微想一下，这个人就会呼之欲出的。

“谁呢?”

“我要是说出他的名字，保管你会吓一跳……”

“你不妨说说……”

“你。”子衿答道。

他哈哈大笑起来。曾山看见他连鼻涕都笑得流了出来。听师兄这么说，曾山倒真的给吓了一跳。

他的脸还是阴沉了下来。

尽管子衿开了一个十分拙劣的玩笑，但曾山似乎隐隐约约地看到了雨中的那张脸。几天来，他一直在琢磨着这个人，仔细想想又觉得不太可能是他。

一般来说，日常生活平淡而乏味，离奇事件的频繁出现只会给它增加一层虚幻的性质。可是，从另一个方面来看，这个城市里有多少居民，就会有多少光怪陆离的秘密。这样一想，曾山又觉得自己的推断理所当然。

他们在桥边站了一会儿。曾山还想跟他的师兄谈谈他不久前的杭州之行，还没等他开口，子衿就抢先一步对他说:

“有一件事，还得请你原谅……”

曾山示意他不必如此严肃。

“我并没有去杭州……”

曾山的脸上再度出现了深深的疑惑和担忧。他说:“那你干吗要编造这个谎言呢？还煞有介事地给我打电话？”

“这话说来一言难尽。”子衿说，“这都得怪我那该死的小说。在写作中，你的意识会不知不觉地被上帝或撒旦控制住。你分不清哪些事是真实的，哪些是虚构出来的……”

曾山觉得，师兄的理由似乎娓娓动听，但它未尝不是一种陈词滥调。

13

由于突发事件的出现，学术会议被迫中断了一天。在这漫长而难捱的一天里，代表们暂时被遗忘了。他们没有接到任何通知。

当一些代表围着会务组的老秦打探消息的时候，另一些人甚至已经在打算托人订购返程的车票了。

这次大会是否会进行下去，老秦也说不出个所以然。他只得像一个职业外交家似的回避问题的实质：当然，当然。你们难得来一次上海，去街上转转倒也不是一件坏事，听说这里的羊毛衫还是比较便宜的……

到了这天晚上，事情才总算有了一个结果。经过仔细的核算与讨价还价，学校的出版社答应承担会议所需经费的一半，而另一半的经费则由大众锅炉厂提供。这家锅炉厂占用了学校的一块地皮,曾答应在适当的时候投桃报李。据说,当大会的主持人带着副校长连夜赶到这家锅炉厂时,该厂的厂长既未立刻答应出资,也没有一口拒绝,而是表现出了令人不可思议的愤怒:“你们这不是自找麻烦吗?好端端地开什么会?……”

作为交换条件,副校长原则上同意敦促学校将那块地皮的租用期延长一年,另外,学校今后所需的锅炉与铝制品一律从该厂购买……因此,第二天上午,学术讨论会在报告厅正式举行的时候,人们或许不难理解主持人满脸的阴郁与沮丧的表情。

老秦看来已打算彻底放弃他那个雄心勃勃的计划。也许是因为赞助商的被捕冲淡了大会的严肃气氛,代表们普遍显得心不在焉。而作为这个计划的发起人之一,慧能院长在赞助商被捕的那天并未出席大会的开幕式。他很有可能蛰居在龙华附近的一座寺庙里打坐念经。会议恢复举行的这天早上,老秦与慧能院长在大厅签名处不期而遇,后者只是冲他礼节性地笑了笑,对那个计划只字未提……他觉得慧能院长对此并没有兴趣,或者,他早已将它忘在了脑后。

在那一刻,老秦突然觉得慧能院长鹰隼似的目光深不可测。他仿佛看到了这个老迈的僧侣一动不动地坐在寺庙的蒲团上,透过百叶窗的孔格察看着外面的动静……他双目微闭,诵读佛典，但院外飞过的一只苍蝇也逃不出他的视线。

当然，老秦苦心孤诣的计划最终流产，还要归因于他的妻子。

14

他有一个值得骄傲的妻子，尽管她长得不算漂亮。她的眼睛有点斜。她在朝你正视的时候，就像是在打量着你身边的一个什么人。这似乎可以解释，为什么老秦的母亲在第一次见到她的儿媳时，会认为她心术不正。

老秦一开始也感到不太习惯。他不明白他的妻子为何总是紧紧盯着自己的耳朵看，后来他才知道，对方实际上是在注视着他的眼睛。一旦弄清了这个事实，老秦也能从她柔情的目光中感受到经久不息的震颤。

她在文科大楼开电梯。一般来说，每天从那儿上下班的教师通常都不忍心朝她多看一眼。可不管同事们对他妻子相貌的议论有多么刺耳，老秦从来对此不屑一闻。因为他毕竟能从庄子和诸葛孔明的身上汲取足够的安慰。在他看来，风度翩翩的庄周之所以会选择一位相貌平平的女人作自己的妻子，是为了实践他“以不用为用”的人生哲学。一棵大树正因为其枝干的弯斜虬曲，才躲过了利斧的砍伐。问题就是这么简单明了。

与庄周所不同的是,老秦在与妻子高卧床榻之时,却会无端生发出浮靡的想入非非。他想象着一位名演员的脑袋长在他妻子的肩头……这给他们的夫妻生活一度带来了无穷的乐趣。但这种移花接木的把戏很快就被他的妻子看穿了。有一次,他将一本电影画册事先就放在枕头边上,封面上的那位女演员正在凭栏远眺……可是当他脱了衣服钻入被窝,却发现他的妻子正斜着眼睛冲着他冷笑,而那本画册此刻早已被她愤怒地扔到了床下……

不过,在生活的其他方面,妻子的表现则相当出众。在老秦因为那篇引起轩然大波的文章而一举成名之后,她就已经在暗中悄悄地帮他建立档案,以供后人研究。她将老秦的那些文章、书信、备课笔记、讲演稿以一种奇怪的顺序编定入册,还逼着自己的丈夫每晚在临睡前写一则日记。她虽然只读过初中,但居然也知道日记将在名人的全集中占有何等重要的地位。

她常常以这样的话来评价自己不辞辛劳的工作:“没有我,你怎么能行呢?你只知道你的口袋里沉甸甸的,可你并不知道里面装着的就是金子……”

这天晚上,老秦从会议中心回到家中,已经是深夜十一点了。他的妻子仍然守候在灯下等他。

老秦一进门,就向妻子抱怨说,他们曾一道商量的那个计划很有可能要流产了……他发现妻子眉头紧锁,像往常一样心事重重。

过了一会儿,她叹了一口气,对老秦说:“这样或许更好……”

她告诉丈夫,今天上午她在文科大楼开电梯时,无意中听到了一个重要消息。贾兰坡教授死后,哲学系将被压缩成一个研究所并入法政系。哲学系的大部分教师都在为自己日后的前途忧心忡忡。实际上,已经有一部分教师捷足先登,暗中与其他高校的代表开始了频繁的接触。她举例说,博士生导师黄树仁教授已决定调入北京的一所大学,人家答应给他一套四室一厅的房子;而副主任则准备调往郑州,老婆孩子的户口也将一并解决……有人开玩笑说,这次学术会议实际上已经成了一个人才交易市场……

“这么大的事情,我怎么到现在还蒙在鼓里?”老秦似乎大梦初醒。

“现在着手联系,也许还来得及……”老婆在一旁催促着他,似乎希望老秦立刻就给她一个满意的答复,“你不是说,你在全国各大学里有不少朋友……”

老秦怔怔地看着她,半天没有说话。

一看到丈夫那副垂头丧气的样子,她的脸立刻就黯淡了下来。

“你有没有去问问曾山,他对这件事是如何盘算的?”

“他这个人似乎对什么都无所谓,”老秦说,“他眼下的首要任务也许只是睡觉……”

“睡觉?”

他对妻子解释说,曾山长期以来患有失眠症,而失眠恰恰是精神分裂的前兆……

“疯啦?”

“现在还没有,”老秦说,“不过,也许说疯就疯……”

老秦似乎很有把握。他这样说着,喝着妻子给他端来的一碗鸡汤,心里陡然畅快了许多,仿佛对未来又充满了信心。

15

几乎在同一时刻,曾山躺在寓所的床上,经受着失眠的煎熬。

学术会议恢复举行的当天,他没有去报告厅开会,而是来到了书店边的一家心理咨询诊所。女博士向他提出了几十个问题,他都一一作了回答。她甚至还谈到了张末。她们俩早就认识。他曾隐约听张末说起,几年前,当女博士撰写硕士论文的时候,她就去看过这位同乡,回来后就做了一个冗长的噩梦。

曾山不安地注视着桌前的那包粉红色的药丸,眼前再次浮现出女博士那灰暗的笑容。她抽着劣质雪茄,不住地咳嗽。她那被烟熏黄的手指仿佛承受不住一枝雪茄的重量,神经质地抖动着,怎么也控制不住,只得将雪茄转移到另外一只手上。

她的脸同样充满抑郁、疑惧和心灰意冷的神情,它就像一块风干的橘子皮,显示出过早衰老的痕迹,内心撕裂的痕迹,内分泌失调的痕迹。

但这并不妨碍她的夸夸其谈,不妨碍她谈论电解质,脑神经,弱脉冲生物电,斯伯朗格尔,病体磁场,恋母情结……不妨碍她向自己提出忠告:一瓶利眠宁……

曾山服用了两粒利眠宁。他这样想,既然他可以吃下两粒,为什么不能吃下整整一包,三十或四十粒?既然他可以整个夜晚站在高高的阳台前,看着楼下遥远的水泥地面想入非非,为什么他不能纵身越过窗台,就像导师贾兰坡教授曾做过的那样……

他克制不住这些念头。几乎在每个夜晚,他的心脏都被这种突如其来的冲动折磨得怦怦直跳。他担心,也许他还没有来得及做出导师贾兰坡教授那样的选择,他的心脏早就因为衰竭而停止跳动了。

夜晚使人软弱。

心理系的女博士向他解释说，在晚上，人的情绪变化往往与月亮、风向、潮汐与气压一类的天象有关。这可以说明，为什么月晕能使交通事故与恶性犯罪频频出现，而像焚风这种带电离子的气流会引起精神病发作和自杀，为什么欧洲的基督徒更重视晚祷……因为，人们在寂静的夜晚更容易感觉到虚空的存在，他们的意志更加薄弱，感觉更加纤细，心智流荡失守，难以驯服……

我真的快要完蛋了吗？今天晚上，黑夜这么潮湿，这么漫长。有谁能够帮帮我？谁？怎样一种巨大的力量，穿透黑夜的屏障抵达我的床前，将我的肢体轻轻托起，让它不再坠落……他憎恨软弱，但他还是发出了求援的信号。他的呼告注定得不到任何回音。只有腥咸的夜风在屋外呼呼吹过，只有建筑工地打桩机沉闷的喘息，只有那匹肮脏的布，挂在对面宿舍楼的窗前，迎风招拂……

16

在心理咨询诊所里，女博士问起了曾山的童年，而他的记忆里一片空白。

他甚至记不起母亲的脸，就好像这张脸从未存在过。

她是一位科学家，长年生活在西北戈壁滩的一座导弹试验场。曾山五岁那一年，他的父亲在床上奄奄一息。这位著名的篮球教练在生命的最后一刻已被扩散的癌细胞折磨得形销骨立。他只能不住地流泪。他害怕了。每当他从昏迷中醒来，他总是这样对他五岁的儿子说："没办法……我怎么也抓不住它……"

曾山不知道他要抓住什么。

母亲从青海赶回家中。看上去，她是在守候着弥留之际的父亲，实际上，她的大部分时间都花在导弹图纸上。她伏在靠窗的一张写字桌上，不断地画着图，列出公式，进行周密的计算。曾山觉得母亲的身上充满了神秘感。她对曾山说，用不了几年，她所设计的导弹就能一直打到列宁格勒……

父亲临终前的那天晚上，她将图纸移到了他的床前。曾山注意到，父亲大叫一声，她就在图纸下留下一个记号。他们的额头都沁满了汗珠。

她的语调越来越不耐烦。

曾山战栗着蜷缩在床角。他从母亲的眼神里看到尘世的全部真相。

她一心盼着丈夫早死……

篮球教练在最终的昏迷之前，居然当着他与邻居的面，一次次抓住母亲的手,将它拉向自己的阴茎……他那青筋暴突的手是多么的有力,多么的固执、蛮横,而又不顾一切。

后来,母亲从千里之外的沙漠腹地给他寄来了一张照片,从此音讯全无。在这张照片上,她身穿灰蓝的工装裤,站在一位中年军官的身边。她的笑容带有一丝夸饰与讥讽的成分,它似乎在向曾山暗示:他的出生是可笑的,它只是一次生理冲动的产物,或者源于一次避孕失败。不过,两者都说明不了任何问题……

在南下插队的途中,在闷热而喧闹的车厢里,他忽然发现这张照片不见了。他翻遍了行李和衣兜,怎么也找不到它。在那一刻,他觉得心慌意乱,再一次感到了无所依傍。他呆呆地看着窗外掠过的田野,农舍与河流,泪水夺眶而出。

六个月之后,在九江市一所中学的图书室里,他结识了一位音乐教师。他的履历表上终于有了一些实实在在的内容。

17

从早晨起就一直下着雨。雨滴沉重而清冷,预示着初冬将临。曾山骑着一辆自行车,沿着氧化铁厂附近的一条幽深的弄堂,加入了雨披和车流的行列。厂房四周堆积的厚厚铁粉被雨水冲散,将马路都染红了。

他想去看看女儿。

在导师贾兰坡教授追悼会举行的当天,他曾经去看过她。那是妻子给他规定的探视日,每月一次。当然,你也不一定每月都来,她对曾山说。那天傍晚,他躲在一辆推土机后面,远远地看着她。她从一只簇新的木匣里给客人找钱,羊肉串的生意看上去还挺好。

在学术会议举行的这段日子里,时间仿佛突然放慢了速度,似乎每度过一天,都得下一番小小的决心。

他在苏州河边的一家食品店门前停了下来,打算给女儿买点零食。他站在屋檐的泻水下愣了半天,几乎想不起他的女儿喜欢什么。珊珊今年虽然只有五岁,但她脸上的表情已经相当忧郁。她很少与他说话。用她母亲的语言来形容:她不屑于与你说话……他仅仅知道,她喜欢那只箱子,破旧的藤条箱。珊珊白天晚上都躺在里面睡觉,手里还紧紧地攥着一块蓝布手绢。

珊珊一个人在家。房门敞开着,电视机的音量开得很大。他看见女儿正伏在床边的一只小方凳上画画。

他朝她走过去,将手搭在她的肩上。女儿翻动着眼白瞧了他一眼:“我在画画……”

“我知道,”曾山对她说,“你接着画吧。”

她画了一棵树,一条河,又画了一座房子,一道门,两扇窗子,还有一条路,通向河边。曾山看着她画画,想起了她刚刚出生的那天中午,他跟着一名护士走进产房,在一个摇篮里看到她时的情景:她是那么的令人感到陌生,宛若一个刚刚成形的胚胎,粉红色的皮肤几乎是透明的……他怎么也不会觉得,这个小小的生命跟自己有什么关系。他又想象着十年以后,她已经是一个娉婷少女,他们手挽着手在街上走过,招来行人们艳羡的目光……他觉得这样的想法过于浪漫了。

房间里乱糟糟的。玩具、毛线球、肮脏的袜子扔得满地都是。床头柜的一只烟缸里盛满了烟蒂。他知道妻子在离婚后,烟一直抽得挺凶。他甚至怀疑电视机也是从早到晚一直这么开着。现在,它正在播放着一个文化节目,介绍欧洲的教堂壁画。

等到珊珊画完了,曾山问她,知不知道妈妈去了哪儿?

女儿摇了摇头。

她并非不知道她的母亲去了哪里,而是“不屑于”与他说话。

“你吃饭了吗?”

她又摇了摇头。曾山明白了,他得换个方式与她说话。

“咱们去吃麦当劳怎么样?”

五分钟之后,父女俩打着伞出现在楼下拥挤的大街上。

从他妻子的住处到淮海路上的麦当劳食品店有着相当长的一段距离。他们差不多走了一站地,女儿才与他开始了尝试性的交谈。

他从女儿的口中得知,她们卖羊肉串的摊位被一名戴红袖章的人捣毁了。“妈妈还在那个人的手上咬了一口……”现在,她也许正在派出所里补交罚款,一个劲儿地认错……

他们走过一家建设银行的门前。曾山问她长大了以后想干什么。女儿看来早就思考过这个问题,她想都没想就满不在乎地答道:

“找个地方躲起来。”

曾山吃了一惊:“躲起来?你干吗要躲起来?”

“我想藏在一个别人找不到的地方。”

“你打算藏在哪儿?”

“箱子里。”

“箱子里不行。你长大了,它就装不下你了。”

“那我就躲到山上去。”

“别人还是能找到你……”

“森林里……”

“一样。”

“海岛上……”

“一样。”

“那我藏哪儿?”

“哪儿都不行,你能去的地方,别人也能去。”

“那我就造一座房子。四面都是墙,连小鸟都飞不进来……”

“让妈妈进来住吗?”

“不让。”

“爸爸呢?”

“更不让。”

“我们来看看你总可以吧?”

“可以,但你们要隔着墙和我说话。”

……

他觉得曾经笼罩着他的那片阴影如今已投射到了女儿的身上。他能够理解,为什么自己的母亲最终选择了旷无人烟的沙漠。她是怎么选中那片地方的?女儿对于未来的梦想仅仅就是一道与世隔绝的墙,它犹若一个脆弱的水泡在岁月的河流上随波飘逐,在人们的记忆中代代相传。

曾山不安地想到,他与女儿的对话曾经多次出现于他与张末的交谈中。她念念不忘那幢搬家前的旧房子。它孤零零地矗立在郊外,紧挨着农田。除了稻米和麦穗的清香,除了低低飞行的喜鹊、白鹳、蜻蜓和蝗虫,她常常看不到一个人。

在他与张末离婚前夕，她终于忍不住读完了那本《卢布林的魔术师》。她认为这是一个不祥之兆。整整一个晚上，她的眼眶都是潮湿的。那个名叫雅西亚的魔术师在经历了一生漂泊、半世沧桑之后，回到了故里。在别人看来，他与以前没有什么两样，只有他自己才能听到心脏的碎裂之声。经过时间的反复淘洗，他表面结实的躯体之中已没有什么内容，它就像一张被揉皱的纸。

魔术师在离家不远的地方替自己造了一座永久的栖居所。四面都是墙，没有屋顶，将自己围在了当中。他可以通过那片敞开的空间观察月亮和繁星，观察浮云和偶尔掠过的飞鸟。他只是不愿意看到人，任何人。

他的想象力并不比珊珊高明多少：他在一面墙上留了一个小孔，由他的妻子替他端水送饭。

18

在麦当劳餐厅吃完饭，曾山将女儿送回了家中。随后，他骑自行车匆匆返回校园。他觉得自行车的车速快得有些令人吃惊，根本由不得自己做主。张末说，假如你在骑车的时候，碰巧听到柴可夫斯基的第一钢琴协奏曲，就会越骑越快……

晚上七点半，他将在学校后门的翠苑餐厅与慧能院长、唐彼得等人再次见面。按照事先的约定,唐彼得将与慧能院长对我们这个时代面临的宗教问题进行公开的论争,与会代表经过严格的遴选,以保证这次讨论在一个比较高的层次上展开。

餐厅的大堂里灯火通明。曾山赶到那里的时候,代表们刚刚用完晚餐,他看见老秦站在桌边,将果盘里的最后一片西瓜抢到了自己的手中。

餐厅的老板彬彬有礼地将七八位代表请进了一间装潢考究的包厢。为了隔音,墙壁的四周都垂挂着绛红色的幔帷,暗红色的灯光衬照出每一个人的脸,就像映入落日的一扇扇窗户那么遥远。

两名身穿白色制服的侍者站在门边。他们的脸上没有任何表情。

他们挨着墙边的一排矮沙发依次坐下。曾山的位置恰好在子衿与唐彼得的中国秘书之间。她今天穿着一件宽大的亚麻色便服,黑色的绸布裙裤,光裸的手腕上戴着一串纤细的银灰色镯链。她不时地抬腕拢一下耳边的长发,镯链就轻轻地颤动着,发出一阵风铃般悦耳的声响。

唐彼得一边用牙签剔着牙齿,一边对老秦说:“怎么样?我们这就开始吧……”慧能院长脸色凝重,眉头紧锁,仿佛正在考虑着另外的一件什么事情。

老秦自愿充当了这次聚会的主持人。为了活跃一下僵滞而沉闷的空气,老秦提议,大家不妨先来一段卡拉 OK……他带头唱起了他拿手的保留曲目《一帘幽梦》。子衿随后不无忧伤地重温了一遍甲壳虫乐队的那首著名老歌:《爱情有一种一夜之间就会消失的恶习》。神学家唐彼得先生则以一首德国民谣助兴。

轮到慧能院长,这位平常不苟言笑的僧侣此刻倒也落落大方,他与一名包房小姐合唱了那首时下最为流行的《明明白白我的心》……

等到咖啡与茶水送进包房,严肃的学术讨论紧接着就开始了。

老秦对唐彼得与慧能院长叮嘱再三,为了便于更多的代表参与讨论,两位大师应尽量使用中文。

慧能院长首先发言。像舍斯托夫以及当代著名的学者一样,他对基督教文化的诘难是从《旧约》的《约伯记》开始的。慧能院长满脸通红,青筋暴突,语词犀利而急促,看来他打算在第一个回合就将论争对手一举击溃。

在他看来,《旧约》中的《约伯记》集中了圣经中所有的悖谬与自相矛盾。"上帝仅仅因为与撒旦打了个赌,或者说,为了能够向撒旦夸耀自己奴仆的忠顺,竟然不惜调动一切手段击打无辜者。他剥夺了约伯的一切,羊群,骆驼,仆人和孩子,还让约伯从头到脚都长满了毒疮,这样的上帝与一个非理性的独裁者又有什么两样?而约伯呢?他除了撕裂自己的衣服,坐在炉灰中,用瓦片刮着自己的身体放声大哭之外,还能干什么呢?"

"可是他后来得到的更多。"唐彼得不紧不慢地说,"你刚刚提到,上帝是一个独裁者,一点没错,神就是一个独裁者。我们的一切都由他恩赐,最后还要因他得救。倘若没有上帝的独裁,就会出现人间的独裁,比如说,在你们……"

"任何形式的独裁在本质上都是一回事,"慧能院长打断了他的话,"上帝一方面承诺说要除灭地上的一切罪恶,可他亲手犯下的罪过在《圣经》中却比比皆是,依照佛教大慈大悲的观点……"

这时,老秦插话说:"我一直想弄清楚这样一个问题,假如一个十恶不赦的人在临终前吃了一顿圣餐,皈依了基督,那他以前所犯的一切过错便可一笔勾销,是不是这样?"

唐彼得点了点头。

"上帝似乎在纵容犯罪……"老秦说。

"这只是你们中国人的看法。"唐彼得严肃地驳斥说,"在上帝的眼中,永生与得救永远是第一位的,用世俗哲学的观点来表达,没有终极价值的关怀,也就没有道德。人世间普遍的精神堕落恰恰是从失去信仰开始的。胡塞尔说得好,我们切不可因为时代而放弃永恒……”

过了一会儿，唐彼得又接着说：“所谓的最终赦免权也只是恩典时代的律法。如今，恩典时代已近尾声。要知道，上帝的慈悲是有限度的，随着恩典时代的结束，赦免也会一并消失……”

“那么，在恩典时代结束之后出生的人岂不是连信仰的权利都没有了吗？”子衿不安地反问了一句。

“当然。”唐彼得答道，“生错了时代，本身就是一桩弥天大罪……”

老秦认真而紧张地看着唐彼得，似乎有什么话要对他说，又感到犹豫不决。末了，他终于鼓足勇气，这样说道：

“在恩典时代结束之前，劳驾您能通知一声……”

好说，好说。唐彼得哈哈大笑，顺手从桌上夹起一根薯条吃了起来。在那一刻，他看上去就是耶稣基督。

慧能院长好像还想说些什么，唐彼得冲他莞尔一笑，然后欠了欠身体，一动不动地看着慧能院长。“我能不能向大师请教一个问题……”

“别客气。”慧能说。

“您孤身一人长年居住在寺院里潜心修道，有没有碰到过性方面的困扰，我是说，会不会产生性方面的冲动？”

“当然，不过……”慧能显得局促不安。与其说他不知如何作答，还不如说，他怎么也没有想到，在大庭广众之下，唐彼得竟然会提出这么个问题……

他的脸又红了，并且迅速地朝对面坐着的那位女秘书看了一眼。女秘书低着头，兀自转动着手上的银镯，显得有些难堪。

“那么，您是如何解决这个问题的呢？”唐彼得并不想就此罢休，他微笑着看着慧能院长，“是手淫吗？”

“彼得！”中国秘书愤怒地瞪了唐彼得一眼……

“这纯粹是学术问题……学术问题，”他朝她摆摆手，依然盯着慧能，“如果您也手淫的话，那么一个月有几次呢？”

……

曾山看见慧能院长从沙发上站了起来。他摇摇晃晃地走到唐彼得跟前，一声不吭地给了他一记重重的耳光。

老秦从身后一把抱住了慧能院长：“本来是正常的学术争论……何必伤了和气！”

站在门边的那两位身穿制服的侍者仍然面无表情。他们冷漠地朝这边看了看，然后不约而同地说道：

“先生们，时间到了……”

这时，墙壁四周的大幕徐徐拉开。曾山吃惊地发现，他们所待的地方原来并不是一间 KTV 包房，而是一座空旷的殡仪馆大厅……

这座大厅看上去深不可测,沿墙摆满了花圈,他隐约看见花圈上方的一块挂匾上写着“凌霄厅”三个大字。

他看见导师贾兰坡教授的遗体静卧在高高的玻璃棺皿中,周围簇拥着鲜花。而他的师母此刻正坐在通往焚尸炉的过道上,身体陷在一张藤椅里,等待着追悼会的参加者前来向她握手道别。

他看见慧能院长朝师母走过去,向她伸出手去。

师母握住他的手,久久没有松开。他听见师母用嘶哑而颤抖的声音对慧能院长说:“竹山,你还等什么?!”

……

曾山的心里一阵纳闷。在他的记忆中,导师贾兰坡的追悼会似乎早已在学校的工会俱乐部举行过了,因为师母说,她受不了殡仪馆的焚尸炉散发出来的死人的气味……

就在这时,曾山睁开了眼睛,从床上醒了过来。

19

这是秋末的一天,曾山从梦中醒了过来。现在正是午后时分,屋外人声喋喋,雨后的阳光洒满了寂静的窗台。

通过那扇敞开的窗户,他看见校园附近的一家氧化铁厂的上空,堆积着一层厚厚的烟尘。空气潮湿而甜腥。

他长时间地沉浸在刚才的那个梦境中。被褥里汗津津的。

他慢慢地回忆起来,这些天,一个重要的学术会议正在这所学校里举行。由于导师贾兰坡教授的不幸去世,会议被迫中断了几天……后来,又出现了赞助商被捕的事件。这是一个多事之秋。随着日历被翻到了十二月,寒冬紧接着就要来临了。

床边的桌子上搁着一只拆散的闹钟,原先覆盖在上面的一张报纸已被风吹到了地上。桌上还有一本书,那是慧能院长几天前送他的《梨俱吠陀》。书桌的上方挂着一帧月历,从窗外吹来的风轻轻地撩拂着它。月历画面上是一个风姿绰约的女人,她身穿一件亚麻布的便服,光裸的手臂上戴着一串镯链,看上去,她正朝着什么地方眺望。不过,从画面上看,你几乎辨认不出,她是一个外国人,还是中国人,或者,一个混血儿……

他模模糊糊地回想起,昨天下午他曾带女儿去过淮海路上的麦当劳,回来后服用了过量的安眠药。他终于睡着了,直到后半夜,他的师兄子衿博士突然打来了电话……

子衿在电话中告诉他,在当天的小组专题讨论会上,慧能院长与神学家唐彼得先生发生了剧烈的争吵。由于他们的辩论频繁地使用德语,与会代表并不知道他们究竟在争论什么。

两名外语系德语专业的硕士生为子衿作了现场翻译,过了许久,他才知道,他们的争论实际上是为了捍卫佛教与基督教在当今文化格局中各自的尊严。比如说,慧能院长将基督教的上帝描述为一个喜怒无常的人格分裂者;唐彼得则反唇相讥,他说佛教的诞生本身就是源于撒旦的蛊惑。他们争论的出发点是《圣经·旧约》中的《约伯记》,而最终的焦点则归于佛教经典《梨俱吠陀》……

"看来他们打了个平手,"子衿师兄对他说,"因为会后慧能院长抱怨说,他的心脏跳得厉害,而唐彼得先生却余怒未消,昏头昏脑地一头扎进了女厕所……"

子衿博士在深夜打来电话,看来并不是专门为了向曾山披露讨论会上的趣闻,而是因为他"有一件十分重要的事"要向师弟通报。

"导师贾兰坡自杀一案又有了新的进展,"子衿在电话中有些气喘,"我也是刚刚才听说……"

"你不要着急,慢慢说……"

原来,导师贾兰坡的几位在读研究生在整理先生遗著的过程中,无意间发现了贾兰坡在自杀前的一天所写的日记。

"从他扑朔迷离的字里行间来看,导师在那一刻已经预感到了灾难将临。"子衿说。

第四章

旗帜升起来了。

那是什么？她指着江边的芦苇问他。

无边无际的芦苇在风中飒飒作响。

那是芦苇。他回答说。

妹妹又指了指江面上一只行驶中的帆船。船上装满了棉花，在浪尖上颠簸。

那是什么？

船。

船上是什么？

棉花。

那是什么？

灯塔。

那是什么？

过江电缆。

……

她完全知道那是芦苇，船，棉花，灯塔。她是在重复那个陈旧的游戏。子衿与妹妹坐在高高的堤岸上，看着滔滔东流的江水，耳朵里灌满了风声。滞重的汽笛声在影影绰绰的村庄上空回荡。

那儿是多么的安静啊！

就像台风的风眼。他和妹妹可以在那儿坐上一整天，一直到太阳的光线从战栗的水面收敛、隐没，暮色中透出夜晚的凉意，江面上闪现出依稀可辨的幽暗灯火。

当你面对不可预知的未来，无论你觉得前程似锦，还是心灰意冷，美好的岁月早已长留身后。你只知道往前走，却看不到栖息的堤岸。

他来到了河边。秋后的阳光懒散地依附在水面上。河中的浮藻发出枯萎的气息。在锯木厂的边上，一个中年人正在那儿钓鱼。他从体操房那群身穿黑色紧身衣的少女们中间，从那耀眼、明亮的玻璃的反光中看到了她。我通过一只水杯看到了你的笑脸。随着水纹的震荡，她的笑容破碎了……

在夏天的时候，她穿着蓝色的长裙，怀里抱着一本书，从文史楼前的草坪上斜穿而过。丁香和薄荷的气息，可能的将是不可能。她从不朝自己看上一眼，即便是在毕业论文答辩的时候,她也是低着头。戴望舒。假如有人问我的烦忧,我决不说出你的名字。我决不说出你的名字,假如有人问我的烦忧。他的诗颠来倒去,很难说不是一种文字游戏。

曾山朝他走了过来。他们常常在校园里不期而遇,两个人都没精打采,彼此都感到厌烦和紧张。实际上也只有在两个相知很深的朋友之间才会出现这样的状况。无数的陌生人对你并不构成障碍。你只需要一层冷漠的铠甲。因此,歌德更喜欢与陌生的女人打交道,一旦熟悉的程度跨越了某道屏障,他就会毫不犹豫地离开她。

子衿向曾山提起了师母的事。在导师贾兰坡教授去世的那天晚上,她打扮得花枝招展匆匆赶往学校的大礼堂,参加教工合唱团的排演。后来就下起了大雨。生物系的一名女技师在暗中抓到了她的把柄,因为据说师母在排演的过程中曾出去过一次。这位寡妇将师母的不忠解释为肮脏与不堪入目,可是在那一刻,她恨不得立即取而代之。

他的师弟在听说此事后十分吃惊,但他的神情饱含着警觉与提防。也许是那位六祖禅师从中挑拨,曾山对自己的任何描述都流露出一种明显的怀疑之色。得想个办法重新获得他的信任。给他一点甜头尝尝。诱饵。

有一件事,还得请你原谅。他诚恳地对师弟说。

曾山说,你不必如此严肃。

我撒了一个谎。我并没有去过杭州。

曾山的脸上再度呈现出深深的疑惑与担忧。也许还有一丝赞许：你小子终于说真话了。他说，那你干吗要编造这个谎言呢？它究竟有多大必要？还煞有介事地给我打电话……子衿向他作了一番解释，可师弟还是一脸不高兴。对此，子衿也感到无可奈何。实际上，他去过杭州……

车过嘉兴的时候，她说她要去上厕所。子衿趴在车窗上，将头探出了窗外。他看见在灯火灰暗的站台上，一名妇女的身影一闪而过，她双手举着一袋湿淋淋的菱角，看上去像是在作祈祷。但火车并未停下来。她的身影越来越小，很快被一块巨大的化妆品广告牌遮没了。他想象着她的身体：双手高举，站在浴室的自来水笼头下，乳房上提，水珠四溅……他感到百无聊赖。子衿翻看着她随身携带的一只皮包。他没有找到用来消遣的杂志，却在无意中发现了一盒拆封的丹碧丝。他的心头一阵震颤，就像欲望急剧衰退中的短暂晕眩。她并没有怀孕。这个玩笑开得太大了。

她调皮地冲着子衿笑了笑，感到极为得意。去杭州玩玩，本来就没什么不好。操你妈。子衿也笑了起来。她并不知道，在重要的学术会议举行期间，在子衿等待着她来例假的那段漫长的日子里，她短裤上的血迹就是他梦寐以求的天堂……

他们来到西湖边的一家私人旅店。他给曾山打了个长途。他喝了很多啤酒来庆祝提前来到的自由,他把她带进简陋的房间,将她按在床上,从裙子里扯下她的长袜……你会把床单弄脏的。她惊恐地叫着不不,但这未尝不是一种鼓励。黑色的血。腐沤的生命。不过,反正也不是第一次。他用手指蘸了一点血迹,背过身去,放在鼻子底下闻了闻。子衿啊,子衿,有谁说得出,你已变成了什么东西……

就像一条狗。连袜子都要闻一闻。妹妹笑了起来,露出了满口的豁牙。他和妹妹在一个脚盆里洗脚,他用脚趾挠弄着她的脚趾,妹妹又傻笑起来。

曾山还向他提到了照片的事。裙衩分开,泄漏了春天的机密。他说他本来不想提起这件事。子衿与他站在河畔的拱桥边,很久没有说话。曾山的躯体看上去犹若一棵枯死的树。他说他没有想到,但他的意思很可能是在说,他对此事早有预料……一张照片还不能说明什么问题,子衿安慰着他,假如她真的与赞助商有那么一腿,也在情理之中。你不能指望在地狱中凭空造出上帝的天国……陈词滥调。

很快,他们聊起了别的话题。

明天一早,我的妹妹要来上海看我。子衿对曾山说。

你说过几次了。曾山古怪地笑了一下。

车站上乱哄哄的。天还没有亮。拱围在广场四周的高大建筑物有一半浸沐在黑暗之中。银行和邮局门前的大理石台阶上坐满了滞留车站的旅客,他们说着话,呵欠连天,看着洒水车哼着《欢乐颂》从钟楼边驶过。

空气中有一股烧焦的橡胶轮胎的气味,一股混杂着汗臭的香水气息。

我可受不了那股味道,师母说。治丧委员会的主席怔怔地看着她:可是,我们已经给殡仪馆打过电话了。谁打电话谁去,反正我不去殡仪馆。她转过身去看着窗外。越过楼下的那簇茂密的樟树林,他看见学校幼儿园的一位女教师正与孩子们做游戏。丢呀丢呀丢手绢。丢呀丢呀丢手绢……

她一直静静地站在那儿,听孩子们唱歌。隐隐约约传来的钢琴声与追悼会的气氛十分相宜。她穿着一身色彩鲜艳的连衣裙,在午后的阳光下,裙子上棕色和杏黄色的拼花图案显得格外醒目。她的一只手搭在窗架上,谛听着窗外的什么动静。从她落落寡合的样子来看,她极有可能就是贾兰坡教授去世前刚刚调入系资料室的那个纺织女工。

曾山站在离他不远的地方,也透过那扇敞开的窗户朝外面张望。你是不是一直在找什么人?师弟对他说。子衿笑了一下,摇了摇头。他的眼睛依然紧紧地盯着窗前的那个女人。她的臀部非常饱满。他在想象着她不穿衣服时是怎样一副样子。

你没瞧见她浑身上下那股风骚劲儿吗?

师母哭了起来,瘦削的肩胛在黑暗中轻轻地战栗。你把这个女人弄到系资料室来,谁知道你安的什么心?没准你们早就……导师一声不吭地吸着烟,脸上有一绺不易察觉的笑容。也许用不了多久,你就会在流言和唾沫中淹死……师母说着,起身朝卧室走去。导师注视着她的背影,突然意味深长地说道:在暗中开始的事只能在暗中结束。子衿和曾山面面相觑,他们不明白导师为何这样说。

子衿朝她走过去。

晚上我们在一起吃顿饭怎么样?

你觉得我会答应吗?资料员反问他。

会的。不过,你这次不答应也没关系,反正我们有的是时间。

还有四十分钟,妹妹乘坐的那趟火车就要进站了。他的怀里揣着一封她在两周前的来信。她要结婚了,但她在信中没有提到她将要嫁的那个人。多半是个乡镇企业家。子衿对此也没有太大的兴趣。几年不见,他真不知道她变什么样儿了,不过,她的字迹倒是一点没变……

他是一个字迹鉴定专家。每天收到的大量来信使他练就了过人的本领,他能够从信封的字迹上判断写信者的性别,如果结合信的内容和语调一起分析，他就能据此猜测她的容貌和性情，甚至，嗅到她身上的气味。威廉·福克纳通常只拆阅装有银行汇票的信封。他有一只特制的大灯泡。子衿只给女读者写回信。金钱和女人是一对孪生姐妹。

亲爱的岑凯兰大姐。您的来信对我作了过高的评价，这不免使我担心，相形之下的本人是否配得上您的尊敬。您在来信中提到，打算在不久之后来上海与我见面，并将给我一次小小的惊奇……我虽然还不知道它的具体内容，但我在此刻已经感受到了它的温暖。我除了期待您的来访之外，还能干什么呢？……列夫·托尔斯泰曾说，爱是人类唯一合理的行为。它是上帝为人类圈定的最后一块神圣的保留地。非常同意你对加缪的分析：我们倘若不能活得更好，只能寻求活得太多……多么希望您能立刻来到我的身边，就像一只小鸟一样，轻轻地掠过……

一次艳遇就这样开始了。资料员揶揄道。

在翠苑餐厅的包房里，他们相向而坐。电视机里正在播放着一支轻柔的钢琴曲。侍者替他们拿来了酒和冰块。

不能说是一次艳遇。子衿说，恰恰相反，它是一场恶作剧。因为我在十六铺码头看到的岑凯兰是个男性公民。

资料员放声大笑。她的笑声惊动了一群沉睡的金鱼。它们在墙角的一只鱼缸里欢快地游了起来，浮上水面，又沉了下去。她在大笑的时候,两个乳房都在耸动着。导师贾兰坡教授当初是否也受到了这两只椰子的诱惑?

可曾山坚持说,他更为欣赏女人的脸。也许还有下巴。他会因为妻子的下巴过于尖厉而与她离婚。这只不过是一个借口而已。他是一个古典主义者,令人尊敬地生活在过去。

每次碰到一个喜欢的女人,他总要将岑凯兰的故事讲给她听。女人们对于奇遇总是怀着一种贪得无厌的好奇心。

在七月的骄阳之下,子衿在江边码头上守候了三个多小时,才看到了江面上远远开来的一艘客轮。

有条大轮船朝我们开过来了。他对妹妹说道。

我什么也看不见。妹妹揉着眼睛,从堤岸上站起来,朝远处张望。她喜欢大轮船。

江面上浓雾缭绕。的确,连一只鸟的影子也看不见。

你看到岸边的浪头了吗?子衿对妹妹说,今天没有刮风,可浪头还在一点点地加大,升高,这说明,一只轮船正朝这边开来。它一定是个大家伙。

是茂生号吗?

也许是展新号。

从武汉开来的展新号货轮一下子从浓雾中钻出来,将他们都吓了一跳。妹妹又傻呵呵地笑了起来。她带着钦佩的眼神瞅着他。她只知道毫无保留地崇拜他。

您就是子衿先生吗?

岑凯兰朝他走了过来,身上散发着一股刺鼻的汗酸味。他至少一米八五,看上去四十来岁。虽然头发都掉光了,可胡子却留得很长。子衿站在炎炎的烈日中,身上的血液一下子都凝结住了。他向岑凯兰伸出手去。岑凯兰大姐摇身一变,成了一个秃头的中年男人,太过分了。

我在临行前收到了您的来信。岑凯兰气喘吁吁地说。您误会了,不过,这并不妨碍咱俩这次历史性的会见。子衿不知道说什么好,他呆呆地盯着岑凯兰身边的一个妇女。她举着一面小圆镜,用手纸蘸着唾沫化妆。为什么她不是岑凯兰?

您在信中说,要给我一次小小的惊奇……子衿说。他已打定主意,准备将心中残留的一点悬念也一并挥霍掉。

岑凯兰笑而不答。那神情仿佛是在对他说:你现在不是已经感到惊奇了吗?

在面对这样尴尬而痛苦的时刻,我们也许只能向梦境求援。我希望它是一场梦,可糟糕的是,它就是现实。真让人受不了。他对资料员这样说。

反过来说,当我们为一件事高兴得流泪的时候,便立即有了会突然醒来的预感。我向上帝祈祷,并用力夹紧双腿,不顾一切地向他喊道:不要让我醒来,不要让我醒过来……可最终你还是醒了过来,看到了乱七八糟的房间,一切都是那样的无趣、乏味。资料员的话多了起来。可她干吗要说夹紧双腿……子衿感到自己身上的机器肿胀起来。

在七月的午后,子衿怔怔地看着面前的这个庞然大物,不知道拿他怎么办。慧能院长一动不动地盯着他看:你最近是否碰到了什么麻烦?自从他与慧能院长见面的那一刻起,他的目光始终在琢磨着自己,一路来到河边的咖啡馆里。六祖禅师一口咬定从他脸上看到了不可告人的隐秘。曾山也惊恐地打量着他。在那一刻,他的眼神似乎向子衿发出征询:你杀死了贾兰坡教授?他的手里捏弄着一只镍币。

随后,他笑了起来,对岑凯兰说,你先等一等,我去叫一辆出租车来。

后来呢?资料员问他。她的一只膝盖在桌下碰了一下他的腿,不过很快就挪开了。

后来,我就跳上了一辆红色夏利,溜之大吉。

子衿摇下窗户的玻璃。汽车蹿上了高架公路。他看见岑凯兰静静地站在码头上,胸有成竹地从口袋中掏出一盒烟,点着了火。

资料员笑得弯下了腰。

他们又要了一瓶酒。

师母说,老贾的肝不好,还是少喝点。可是导师满不在乎地瞪了她一眼。他说话都有些结巴了,没准他愿意这样。导师让一位侍者将卡拉 OK 话筒拿来,他要与师母合唱一段《坐宫》。系主任只知道鼓掌。

不行,不行。师母的头摇得像拨浪鼓似的:我只是跟着老贾在家里哼过几遍。她也有了几分酒意,精心装扮过的两颊泛起一抹酡红。她一害羞,就像一个小姑娘似的,既腼腆,又兴奋。

兰坡,你喝多了。

导师没有搭理她。他踉跄着从桌边站了起来,从侍者手中接过话筒。他的身体摇晃了几下,就在墙角的一株枇杷树盆前栽倒了。他开始呕吐起来。

翠苑餐厅里鸦雀无声。参加这次生日晚宴的常务副校长与僵立一旁的系主任交换了一下眼色,显得有些不知所措。

老贾今天是喝多了。师母不安地说。

子衿和曾山将导师扶到了椅子上。常务副校长手里端着一杯橙汁来到了导师贾兰坡的跟前,象征性地喝了一口,祝贺他的六十寿辰。贾兰坡醉眼惺忪地看着他,好像一下子认不出他来似的。

你,你他娘的又算是个什么东西?

兰坡,你喝醉了。

常务副校长讪讪地笑着,忧伤地看着师母,随后,他摇了摇头。

兰坡,你喝多了。

她一边像个母亲似的抚弄着丈夫的头发,一边向副校长赔着笑脸。

常务副校长很有涵养。他转过身去对哲学系系主任说了一句什么,系主任便胡乱地点了一通头。

他硬着头皮走到贾兰坡身前,不着边际地对贾兰坡四十年来的学术成就与重大建树结结实实地恭维了一番。他刚刚被提拔为系主任,又不是贾兰坡的嫡传弟子,他不愿意错过这样一个机会。

学术?狗屁学术。导师说。这年头还有学术可言吗?天方夜谭。他们不是连哲学系都要取消吗?

曾山默默无言地坐在一旁。他的面色十分难看。他也许还在想着下午碰到的那个小姐。在办公楼小礼堂外的过道里,他遇见了两个抬着花篮的女生。其中一个的鞋掉了下来。

你有恋足癖。子衿说,就像拜伦一样。曾山笑了笑。不可思议。你知道过去的中国女人为何要裹小脚吗?据说,卡夫卡曾经猜测说,东方女人缠足,只是为了得到一个肥大的臀部。

纯粹是无稽之谈。

我的奶奶就是一个小脚女人。资料员对子衿说。趁着浓浓的酒意,她说起了她的家世。他们从翠苑餐厅出来,并排往前走。校园的树林里吹来了一股凉风。

今天晚上,她恐怕无论如何是逃不掉啦。

子衿带着她朝自己的寓所走去。他不时侧过身来看一眼她那红扑扑的脸,眼睛,脖子。

他看见了老秦。

我们酝酿了一个大计划。老秦说,你听了以后会大吃一惊的。

他和老婆在校园里散步,站在一簇西府海棠的树影里。那个女人笑眯眯地端详着子衿,考虑到她斜眼视线的误差,她实际上是在打量子衿身边的资料员。

精神危机。道德沦丧。堕落就像传染病,它无孔不入。噩梦般的……

老秦滔滔不绝地谈论着他的计划及其酝酿的背景。看上去,就像另外一个人在借他的嘴巴说话,或者说,他只是一个木偶,一条看不见的线在牵动着他上腭的神经。

从某种意义上来说,我们都是牵线木偶。贾兰坡先生说,荒谬是构成它的基本物质。你只知道演戏。直到有一天,你突然倒地死去,也许连戏装都来不及脱下。

你们所谓的计划,也许只是为了操纵理事会的选举吧?子衿对老秦说。

老秦打了个饱嗝。他的嘴里有一股鸡屎的味道。都是给鸡汤沤的。

哪里有堕落,哪里就有拯救。鸟兽都知道在哪里筑窝,人类却不知漂泊何方。荷尔德林。雅斯贝尔斯。黑暗,窒息,绝望,虚无。我们生活在一个浅薄的世纪……

您不如安安心心地研究你的庄子,子衿对老秦说,干吗非得到你不熟悉的人文哲学领域来凑热闹呢?

凑热闹?老秦摇了摇头。朝菌不知晦朔,小人不足以论道。你身上那种嬉皮士兮兮的毛病真是要不得,要不得。

你实在没有必要操那份闲心。到了一九九九年,地球不就他娘的毁灭了吗?子衿朝他摆摆手,带着资料员走开了。

子衿与他那死去的导师简直是一副腔调。老秦对他的斜眼老婆说。

一走进房门,子衿就将她拦腰抱住了。他对资料员修长而健美的身材夸奖了一番:你就像是一个跳高运动员。

你是不是觉得我长得太高了?

不,一点也不。

资料员只剩下了一条短裤。她一边呼哧呼哧地喘气,一边欣赏着他床头的风景照片。她就像一只褪了毛的长脚鹳。他的身体亢奋起来,像铁一般坚硬,你的房间布置得很有情调,资料员挠着胳肢窝对他说,它让人想入非非。一个女人一旦走进这个房间,就会觉得什么事情即将发生……

可曾山不喜欢这个房间的色调：它会使人陷入迷乱。他轻轻地抚着她的乳房。它与我想象的一模一样。

你是什么时候开始想象的？

一周之前，在系资料室的书架前。我第一次看到你，就觉得你的工作服里边大有名堂。资料员笑了起来。她的身上透出一股醇厚而甘甜的梨花的气息，蓝色的工作服不足以遮掩它。她在说话的时候也带着某种天真的语调，但她的眼睛却是沉滞的，过于成熟的，黯淡的……她是一个奇妙的混合体。

大凡漂亮的女人通常可以分成两种类型。一类似乎可以称作优美。她们大多有着白皙致密的皮肤，丰腴而柔和的体型线条，饱满的乳房；而另一类女人则体型纤长，乳房小巧而坚挺，脸庞瘦削，渗透出一种男人刚劲和锋利的线条，这类女人堪称俊美。在曹雪芹的美学辞典里，这两类女人各有其完美的代表：秦可卿与王熙凤，迎春与探春，尤氏姐妹，不一而足。而妙玉则是所有女人的完美综合。你就是这么读《红楼梦》的吗？师弟惊讶地望着他，难怪鲁迅先生会说……

看着资料员赤裸的身体，子衿对导师的尊敬又增长了几分。他是怎么找到你的？他在她耳畔轻声问道。资料员朝他嫣然一笑。

你是什么时候来的例假？

它没来。

上个月呢?

也没有来。

这么说,她已经两个月没有例假了。他小心翼翼地在桌上摊开一张早孕测试纸。纸上有两个黑色的圆点。就像蝌蚪一样。

还不如说它像精虫。她笑了起来。

都什么时候了,你还有心思开玩笑。子衿打了个寒战。

他在其中的一只圆点上注入清水,在另一只滴入她的尿液。瓶子里有一股膻腥味。他用一枚火柴棍搅动着它们,使两种液体混合在一起,看看有没有微小的晶状颗粒析出。成败在此一举。你就像是一个在做实验的化学家,她说。

他将资料员掀翻在床上,将她的短裤一把揪了下来。甚至,在她熟睡的时候,他也会悄悄按亮床头的一只台灯,揭开被褥,察看她的短裤上有没有血迹。她突然睁开眼睛,对着他发出冷笑。你不用这样着急,她说,我们明天去办一张结婚证书,一切就都解决了。她随手将那张试纸揉成一团,扔进了纸篓。我怀孕了,我自己有感觉。你依然不信任我。

没有血迹,什么都没有。

我已经是第四次碰到这样的事情了。妇婴保健医院的长廊里空空荡荡,每隔两秒钟,手术室里就传来一阵尖叫。他的心怦怦地跳个不停。

你是怎么会沦落到今天这个地步的。已经是第四次了。他说。她朝纸篓里那团乱糟糟的试纸望了一眼,转身去剔着指甲。灾难躲在暗处,惩罚自有它的日程表。

子衿头晕目眩地挨着桌边坐下。偏偏是在这么一个时候、偏偏在……他的愤怒大部分都指向了自己。

什么时候?

学术会议就要开幕了。我还得准备一个发言稿。

让它见鬼去吧。她咬牙切齿地说。

它很重要。

有那么重要吗?又不是在斯德哥尔摩发表领奖演说!

我要疯了,疯了,疯了……他大声叫道,揪着自己的头发。

我要在这个城市里暂时消失几天。他对曾山说。

你要去哪儿?

杭州。

你应当试着过一种稍有节制的生活。曾山说。怀孕本身也许还不是最可怕的,糟糕的是,你得一次一次重复忍受它所带来的精神折磨……每一次都会让你想起上一次。这就是惩罚的原则。

他的桌上搁着一只被拆开的闹钟。曾山喜欢摆弄它,拆开又装上。拆散的闹钟零件令人想到自己乱七八糟的神经系统。曾山用一张报纸擦了擦手上的油污,将闹钟盖上。这样可以了吧。

你将闹钟藏哪儿啦？父亲严厉地看着他。

我记不清了。

妹妹很快就在一口麦缸里翻到了它。

你干吗要把闹钟藏到麦缸里？

我睡不着。他对妹妹说，它嘀嗒、嘀嗒地响着，一刻不停。

妹妹一动不动地望着他，眨着黑亮的大眼睛。睡觉时，他看见妹妹一声不响地将闹钟埋到麦缸里，第二天一早，她又翻出它来，用抹布擦去上面的麦粒，将它端端正正地放在妈妈画像下方的小桌上。等到她冰凉的小身体重新钻入被窝，子衿就用脚趾挠她，向她表示感激。她又笑了起来。她是一个好妹妹。每天坐在江岸的风中，遥望天空流云的妹妹就是一个好妹妹。世上所有能够发出光亮的东西拼在一起，与她的眼睛的纯净与透亮相比，也不过是沧海一粟。

迄今为止，我们对于时间还没有多少认识。贾兰坡教授说，为此人类才发明了笨拙可笑的闹钟。每当我站在校园里，看着花枝招展的年轻人从旁边经过，就恨不得时间能够倒转三十年。导师在说这番话的时候，他就是那位在约旦河边讲道的耶稣基督，他用一种寓言的方式暗示了天堂的存在，并准确地指明了方向。他看到了那处幽暗的黑色毛丛……它是天堂吗？

它是天堂,又是地狱。

资料员再次开始了深重的喘息。他的耳畔刮过一阵呼呼的风声。在查拉图斯特拉曾经预示过的精神的三种变形之中,子衿只是一个走索艺人,一个游戏中的孩子。他的肉体高涨的快乐完全依赖于钢索的高度和斑斑铁锈。不过,这种游戏也蕴含着某种潜在的危险,因为他不得不一次次调整钢索的高度,而全部的目的只在于,他有朝一日会从钢索上掉下来,摔得稀烂。此刻,他就站在这样一条钢索上,处于一种悬空状态,倾斜的身体正朝着遥远的地面坠落。

资料员紧紧地抱着他,用指甲抠他的后背。他不断地攻击她,加快了速度。欲望的轮子越滚越快,他渐渐地品尝到了堕落前的晕眩和震颤。一切都不可阻挡。

他掉了下来。可她丰腴的躯体还是像杯中溢出的酒那样晃荡着。目光迷离,双唇微启,两手在空中挥动,想抓住一点什么东西,徒劳无益地作出挽留的姿势。这时,子衿早已点上了一根香烟。

你觉得有什么不同吗?

什么不同?

我,或者另一个人。

那要看是什么人。

比如说,贾兰坡……

你好。

资料员想了一下，认真地回答道。导师似乎就在这个房间里，躲在暗处，窥视、谛听着正在发生的一切。当他想到自己未竟的事业后继有人，说不定会露出欣慰的微笑。

他依然眷恋着她的肉体。他想象着这个女人坐在他的腰间，放荡地对他说：现在，我将你完全吞没了……他想象着资料员生活中的其他男人，她对他们说着同样的话，重复着同样的难以启齿的美妙细节。他被蜂蜇了一下。此刻正燃烧着他的并非是嫉妒的火苗，而是无边无际虚空的烈焰。它对子衿说：现在，我将你完全吞没了……

他只要一闭上眼睛就能看到虚空的存在，看到她从废墟的阴影中走了出来。她穿着蓝色的裙子从文史楼前的草坪上经过。她从来不与他说话，从不看上他一眼，说是辽远的海的相思，说是寂寞的秋的清愁。假如有人问我的烦忧，我决不说出你的名字……

资料员从他手里接过香烟，深深地吸了一口，又递还给他。她的手指轻轻地划过他屁股上那道褐色的烙痕，它像一只失去了水分的蝴蝶标本。资料员问他，这处疤痕是怎样留下的？他已经记不得有多少女人这样问过他。而他每次的回答都与上一次迥然不同。

他告诉资料员，那是在他上大学三年级的时候，有一天，他去女生宿舍给她们发饭菜票,不留神就坐在了通红的电炉上。我是班上的生活委员。

你怎么坐到电炉上去的?

戴着口罩的女护士好奇地向他问道。她站在窗前,借着雪光,用一枚小砂轮划开注射药瓶的瓶颈。由于戴着口罩,她的声音嘤嘤嗡嗡的。随后他听见“啪”的一声。她将掰下的瓶头扔在一只搪瓷托盘中。

护士给他打完针,将口罩摘下来。他看见她鼻梁两侧有几粒不易为人察觉的雀斑。她看上去三十来岁。你还没有回答我的问题,女护士笑着对他说,你是怎么会坐到电炉上去的?

子衿说,连续三个月的失眠差一点将他击垮了。在一个下雪的晚上,他在校园里游荡了半夜之后,爬上了电教大楼的顶层,准备从那儿跳下去。后来他想起来,他还有一个妹妹。她对他的崇拜是一笔沉重的负担。他在雪中站了整整一夜。第二天下午他去女生寝室发饭菜票,她们客气地给他让座,他就毫不犹豫地坐在了一只电炉上。

女护士若有所悟地点点头。她问他信不信基督教。子衿说不信。她说她也不信,可她的丈夫是一个基督徒。随后,女护士又问他现在的感觉如何,能不能下床走动,他说能。女护士的眼神明显地犹豫了一下,然后立刻对他说:

那好吧,你跟我来……

他们经过观察室外的那条坐满病人的长廊,来到了门外。他起初并不知道她要将自己带向哪里。院中的冬青树上覆盖着一层积雪,天空阴沉着。那时正好是下班的时间,医生和护士们推着自行车在医院门口挤成了一团。他跟着女护士朝前走。不久之后,她将他带到了一间堆放药品的仓库里。

我要给你一个小小的惊喜……女护士对子衿说。

她让他坐在一只装有盘尼西林的小木箱上,然后伸手拉开了他裤子的拉链。你没想到吧?女护士笑着问他。没想到。女护士说,在十分钟之前,我也没想到。她是怎么会突然产生出这样的念头的?

她没有问他是否愿意。也许不需要问这样的问题。她急不可待地解开白大褂的扣子,然后是黑色的皮裤,粉红色的内衣……她朝他走过去,跨在他身上,摸我,快。摸我的乳头。她的声音既急切又严厉。快。

真的不值得,不值得啊我到昨天还蒙在鼓里……她说。

她一边碾压他,一边念念有词。仿佛她正对着暗中的一个什么人在说话。她的话是一道道符咒,一句句谶语:

现在你睁开眼睛看看你的老婆吧好好看着吧让你去鬼混让你去开公司泡小妞让你……

她的眼泪流了下来。

这是一种双重亵渎。她的丈夫,她自己。也许还有上帝,因为她的丈夫是一个基督徒。

你的故事太离奇了。资料员说。它一点也不像是真的。

那是因为世上没有什么东西是真的。子衿苦笑了一下。

那么这件事究竟是不是真的?

资料员非得让他说出个结果不可。我受不了似是而非的东西。

坦率地说,我也不知道,我的脑子出了毛病。疯狂和死亡一样,也许最终都是不可战胜的,就像那块烙斑,怎么擦也擦不掉了。

随着一声悠长而沉闷的汽笛声,一辆火车冒着热气开进了站台。透过车站出口处的那条长长的通道,他看见乘务员放下了车门的踏板。紧接着在车门口出现的是一个巨大的花布棉被,它卡在了铁门上。一片嘈杂的叫骂声。行李车在水泥地面滚过的声音。

他已经有整整五年没有回过家了。父亲死于最后一次醉酒。妹妹给他发来电报的时候,他正在青岛参加中国作协的一次笔会。下午参观水族馆。海龟。鲨鱼的骨架。玳瑁。珊瑚。在水族馆里,江苏作协的叶兆言老是抱怨头痛。他的身体不好。一个操山东口音的中年人来到子衿的身边,递给他一份电报。是加急,他说。你喜欢海蛇吗?子衿说无所谓喜欢还是不喜欢。他拆开电报,看了一眼,随后长长地松了一口气。还好。电报是曾山打来的。在子衿外出期间,就由他负责处理他的各类来函。我都快成了你的私人秘书了。

子衿从青岛给妹妹寄了三百元钱,问题就这样解决了。当天晚上他就到海军疗养院打台球。依我看,你完全曲解了加缪所谓的冷漠。曾山对他说。你总是用自己的油漆涂满所有的门窗。这是托尔斯泰批评高尔基的话。我不是高尔基,他也算不上一个或半个托尔斯泰。他照样打他的台球。

站在出口处的铁栅栏背后,子衿伸长了脖子朝站台里张望。他真的有些担心,能否从拥挤不堪的人流中将妹妹辨认出来。她成天乐呵呵地傻笑。走起路来又快又急,辫子在脑后两边晃动着。她是自己忠实的追随着,他走到哪儿,她就跟到哪儿。她是一个固执而淘气的跟屁虫。

看样子得想个法子甩掉她。他们钻进了一片开阔的黄麻地,她随后就撵了上来。她穿着一条子衿淘汰下来的咔叽布裤,跑几步就得停下来拎一拎裤腰。那条裤子帮了我们的忙。他们出了黄麻地,又窜进了一处茂密的桑林。绕过一条狭窄的弄堂,妹妹就不见了。

我们总算是把她给扔下啦。他们那伙人笑得东倒西歪,大模大样地踏上了通往公社的大路。他们往前走了不到一百米，就看见妹妹早已坐在路边的一棵楝树下等着他们了。她封住了村子的唯一出口，她并不傻。她一边流着委屈的眼泪，一边对他们发出嘲讽般的冷笑。她的脸都让树枝给划破了。

你们是去江边看轮船吗？

不，去公社看枪毙。

枪毙谁？

赤脚医生。

枪毙人的时候，是打脑子，还是打心口？

打肚子。

肠子会流出来吗？

当然会。要的就是这效果。

这时，父亲朝他们走过来了。他喝得醉醺醺的，手里提着一根擀面杖。子衿一看到父亲，就像青蛙见了火赤练一样。他的腿迈不开。快跑。妹妹朝他喊。父亲越走越近，他的身体也颤抖得越来越厉害。父亲一把拽住了他的衣领。妹妹捏紧了两只小拳头，勇敢地冲了上来，一下就抱住了父亲的大腿。

快——妹妹朝他高声叫道，快，揪他的头发……

父亲随手的一巴掌几乎就将她打得飞了起来。

你的妹妹真可爱。心理系的女博士笑了起来。假如有机会的话，我还真想见见她。子衿点点头，我妹妹过几天就要来上海。女博士从烟盒中拿出一枝雪茄,像男人似的将它叼在嘴上。那么,灶铁是怎么回事?

烧火用的铁棒。我们用它来烫墙上的壁虎。

到了夏天,壁虎让蚊香一熏,就都从墙缝里钻了出来。它们是聪明的小动物,知道蚊香将蚊子熏得飞不动了。妹妹数了数,一共有七只。子衿举着那根烧得透红的灶铁,悄悄地将它伸向墙上的壁虎。当它被灶铁按住的时候,身上就滋滋地冒热气,像孩子似的拼命挥动着前爪。然后,它的尾巴掉了下来。它掉在地上还在不断地扭动。

墙上留下了六个烧焦的斑点。

还有一只壁虎跑哪儿去了?

它钻到了镜框里。妹妹说。

镜框里装的并不是镜子,而是妈妈的照片。它挂在墙上。妈妈朝他们笑。子衿用灶铁敲打着镜框。壁虎怎么也不肯出来。红红的铁棒一碰到镜框的挂绳,绳子就断了。它“啪”的一声掉在了地上,玻璃摔得粉碎。父亲的脸在暗处冲着他们笑。你把灶铁给我。父亲说。他让子衿转过身去,趴在床沿上。妹妹尖叫了一声。一股焦味在屋里弥散开来,混合着六月天的麦香。

我的屁股上留下了一道烙痕。子衿说,它就像一只张翅飞动的蝴蝶。女博士将雪茄在烟缸里掐灭。她的手抖得厉害。真让人难以置信。女博士说。

要不要我把裤子脱下来给你看看?

当然。医生说。她戴上了一只口罩。

子衿褪下裤子,背向她,高高地撅起了屁股。你得的是螺旋痔,已经化脓了。女医生朝它瞥了一眼,就很有把握地说。你坐着看书的时间太长了,应当多活动活动。她摘下口罩,坐回到桌边,飞快地给他开起了药方。止痛片,润肠丸,麝香膏,痔栓,高锰酸钾。他让医生多给他开一点高锰酸钾。

我想用它来洗草莓。他解释说。

医生忽然问他信不信教。子衿说不信。我也不信,她说,不过我的丈夫信。他是一个公司的老板。基督徒的身份并不妨碍他去搞女人。真是不值得啊,不值得。我一直被蒙在鼓里。我真想。她看了看子衿,脸一下就红了。她没有说下去。她完全控制不住自己的情绪。仿佛随时碰到一个人,她都要这样倾诉一番。我的心碎了……我真想随便碰上一个男人,就给他一点颜色瞧瞧……

人有时的确会有一种作践自己的冲动。女博士说,在心理学上,它是仅次于死亡冲动和性冲动的第三大变态诱因。

子衿从心理诊所出来,正赶上吃晚饭的时间。学生们端着饭盒朝食堂走去。他看见师弟朝这边逡巡而来。看上去,他是在赶往学校对面的松鹤酒店,参加赞助商的宴会。他一边往前走，一边从口袋里掏出请柬反复观看，生怕记错了晚宴时间。

曾山叫住了他，一脸惊恐的表情。

你不是说要到杭州去吗？

……

他的担心是多余的。当妹妹的身影出现在检票口的白铁栏杆边，他就立刻将她认了出来。与此同时，她也看到了他。她还是以前那副大大咧咧的样子，只是个子明显地长高了。她在脑后盘了一个发髻。她还没有结婚，就盘上了发髻。她将车票咬在嘴里，手里拎着一只笨重的旅行包。

他与妹妹在一起，永远不会找不到话说。他们一见面，妹妹就向他提出了一连串的问题：

为什么不回家？为什么不写信？为什么不结婚？

子衿曾对曾山说，没有妈妈也许算不得一件坏事。至少，不会有一个絮絮叨叨的老太婆成天逼着你结婚。现在，他的妹妹把这个问题提出来了：为什么不结婚？

妹妹一眼就认出了他脖子上围着的那条灰色的腈纶围巾。还是我给你织的那条吧？她说。她将围巾拽在手里捻了捻。子衿笑了笑：今天早上我特意将它从箱子底下翻了出来，就是为了让你高兴……

妹妹爽朗地大笑起来，只不过声音听上去总有些不太对劲。

她紧紧地拽着子衿的一条胳膊,好像他随时都有可能在人群中消失不见。在这一刻,她又成了过去记忆中的那个跟屁虫。子衿领着她,朝行李房旁边的出租汽车走去。

在出租车上,妹妹突然问他,能否帮她在城里找份工作。城里?子衿说,你干吗要到城里来工作?你不是马上就要结婚了吗?妹妹叹了一口气。她说她并不想结婚。这些年中,她几乎什么活都干过。仓库保管员。小学代课教师。乡镇企业的出纳。采石工人。现在她对这一切都厌烦透了。妹妹随后又说,她其实也不想来城里工作,只不过随便说说而已。

那你究竟想干什么?子衿问她。

我真想……

曾山本来会说他真想死,但他并没有这样说。他是一个对语言极其严肃的人。张末离开了他,回到了南京。死亡这个念头只是在他的脑子里闪了一下,它没能打动他。因为曾山在这么说的时候,还认真地用电动剃须刀刮着胡子。然后,他用一把小剪刀仔细地剪了剪鼻毛。张末老是抱怨我的鼻毛长得太长。曾山对他说,她对于洁净有着一种疯狂的要求,在这样一个肮脏而丑陋的世界上,这本身就是一种莫大的讽刺。

子衿带着他的师弟到学校后门的一家餐馆喝酒。曾山喝得很有节制,而子衿却酩酊大醉。好像正在遭受离婚这一厄运的是他自己而不是曾山。

我本来可以留下她。曾山说。

那你干吗要放她回南京呢?

假如幸福只是一个巧合,或者说出于一种勉强,它就算不得幸福。

你是一个堂吉诃德。你梦想得到的东西只有天国才能看到。幸福经不起摔打,经不住推敲——一只再好不过的玻璃杯摔到地上也会碎掉,假如你不去摔它,它仍然是一只很好的杯子……

曾山静静地望着他。真奇怪,你在喝醉了酒的时候,倒反而能清晰地说出一些很好的思想。

汽车在闹市区走走停停。大约过了一个小时,它才踅入了一条简易的高架公路。深秋的风呼啸着从窗口吹入,炙热的脸上立刻感到了一阵清凉。

妹妹说,父亲在临终前唯一的愿望就是能与他见上一面。他像个孩子似的哭个不停。他喝了太多的酒。医生说,如果在他嘴边划亮一根火柴,就省得将他送火葬场了。我那会正在青岛开会,在一个水族馆看海龟。子衿说。可是他心里想的却是另外一回事。假如妹妹不在车上提起父亲,他就永远不会想起他来,就像这个人从未在世上存在过。他只知道喝酒。然后就是流泪。成天成夜地盯着墙上的那个镜框流泪。

墙上有六个烧焦的斑点，远远看上去，仿佛六朵精致的蔷薇花。

妹妹在被窝里踢踢他的脚，他又踢踢妹妹的脚。他们都听到了父亲的哭声。他哭起来就是一个婴儿。那声音像是秋风刮过的芦苇的战栗。妈妈死后，他就成了一个婴儿，一根芦苇。风一吹。它就折断了。他是一撮炉灰，风一吹就扬起来，飘向远处。他是一绺积雪，太阳一晒就化了，消失得无影无踪。

父亲在哭泣的时候，他就是那位在约旦河西岸传道的耶稣基督。他用一种寓言的方式，暗示了天堂的存在，并准确地指明了方向。

他至少还是一个值得尊敬的人。子衿在恍惚中明白了这一点。他在青岛的海军疗养院打着台球，看见父亲的灵魂在黑暗中闪闪发亮。他一口气跑到海边，站在漆黑如鸦的沙滩上，朝着浩瀚的大海眺望。

任凭他怎样踮起脚尖，他也看不到更远的地方，看不到月亮和星辰，看不到他的故乡。故乡。曾山说，我真的很羡慕你，你还有一个故乡……多么奢侈。

可你并不知道，我已经回不去了。他对曾山说，我只是屁股上多了一个烙印而已。

在一个又一个不眠之夜，子衿去故乡那口井中汲水的次数太多了。陶渊明,苏东坡,数不清的人从那口井中汲水的次数太多了。那口井从汉代开始就已经干涸了。它是一个早已破灭的神话。你什么也指望不上。他只要一想到父亲那张垂死的脸,他就知道他其实什么也指望不上。

在这样一个晚上,没有人知道他为何心碎,为何惊恐万状。他看到的只是一个虚空,一边幻影。他活着,难道就是为了把体内几公升黏液排泄掉吗?只是为了将一张纸揉皱再展开它吗?

唯有海上俱乐部的灯火在黑暗中闪闪烁烁。假如广告牌上的霓虹灯碰巧点缀了阴沉沉的天空,那也算是星星发出了它的光亮。

出租车停在了学校的大门外。子衿和妹妹从车上下来,看见一个蓝眼高鼻的外国人在车边冲着他微笑。他是这次学术会议上唯一的外国代表,神学家唐彼得先生。他身边站着的那个女人不是与唐彼得先生形影不离的中国秘书,而是哲学系新调来的资料员。

看上去,他们正在等候出租车。

资料员朝子衿眨了眨眼睛,并没有与他说话的意思。可他分明听见她在他耳边淫荡地说,现在,我把你完全吞没了……她肚皮上的皱褶重叠在一起,又白又亮。她的脸和脖子都是汗津津的。她与唐彼得先生先后跨上了出租车，不一会儿，那辆蓝色的桑塔纳带着一股轻烟湮灭在川流不息的车海中。

当你看到一个外国人搂着中国女人的时候，你总会觉得哪儿不自在。慧能院长对他说道，想想看，这种不舒服的感觉是怎样产生的？

图书馆二楼的报告厅里暂时还是空空荡荡的。签名处的一位身穿西服的小姐正在翻看着一本时装画册。这是赞助商被捕后的第二天，一度中断的学术会议又恢复举行。子衿和慧能院长都来得很早。他们坐在休息室的一排沙发上，开始了见面后的第二次交谈。

你也许会觉得，那些漂亮的中国女人好像天生就是为洋人们准备的，是不是这样？慧能院长问道。

子衿未置可否。他对这样的问题从来就没有什么兴趣。

自古以来的社会实际上就是一个性的集合体。慧能院长接着说，所有的社会符码都与此有关。弗罗伊德说得没错。欲望的加油站。你每天都在思索，或假装思索，冥想，而所有的意念都指向同一个方向，同一片区域。这是一个隐秘的区域，是你心中最软弱的地方。阿克琉斯的脚后跟。举例来说，在美国，白人对黑人的种族歧视由来已久。它是一个由男人们发起的文化阴谋。表面上，他们对黑人的歧视与鄙薄是基于以下理由：黑人的野蛮，凶残，缺少文化教养，富有攻击性。可实际上它只与性有关，源于身体方面的自卑感。慧能院长分析说，他们无法容忍这样一个事实：黑人男子的生殖器将会进入白人妇女的身体……我只是想说，文化发展历史，从根本上说，就是耻辱的历史……你从中看到的，除了欲望，还是欲望。

妹妹说，你是怎么会想到起一个这样的名字？子衿，叫上去多么别扭。我怎么都觉得它像是另一个人的名字，不如富生叫上去好听。子衿笑了笑，没有向妹妹作出解释。青青子衿，悠悠我心。

学术会议还有两天就要结束了。一个预定五天的会议居然开了一个多星期，用曾山的话来说，它像通往天堂的道路一样漫长。最后还不知道如何收场。

后天下午，他将在会上作一个发言。可他的发言稿还没有写出来。不管怎么说，他还是应当首先考虑带妹妹出去看看，她毕竟是第一次来上海。

子衿有意让妹妹看看这所举世闻名的花园学校，就领着她绕道向河边走去。他们经过文科大楼前的一块草坪时，系工会的蒋主席和收发室的老张碰巧从楼里出来。蒋主席朝子衿招了招手，示意他等一等。随后他们俩快步朝他走了过来。

这下可算是逮住你了。工会主席气喘吁吁地说，你以为你躲到杭州去就完事了吗？你的一举一动都别想逃过我们的眼睛……

子衿看了看工会主席，又看了看收发室的老张，最后他看了看妹妹。难道他与那个女研究生去杭州打胎的事让系里发觉了？

问题是她并没有……子衿嗫嚅道。他差一点就说，她并没有怀孕。

蒋主席见他这么说，也有些摸不着头脑。他眯缝起眼睛，紧紧地盯着子衿那苍白而不安的脸。

你想躲是躲不掉的。收发室的老张在一旁帮腔说，星期六上午七点，去卫生科参加献血……子衿总算松了一口气。

我不是已经献过两次血了吗？子衿说。

两次算什么?！蒋主席已经献了二十八次了。假如他不是被查出来得了肝腹水，他这次就要打破全校的献血纪录了。

这时，站在一旁的蒋主席一边抠着鼻孔，一边凑上前来，神秘地对子衿说：我刚刚得到了一个消息，你导师自杀一案好像又有了新的进展。几个新招的研究生在整理贾先生遗著的时候，发现了他于自杀前一天所写的日记。

这是一个迟到的消息，子衿说，我昨天就已听说……

这年头，不幸的消息传播得比什么都快。蒋主席说。

真不该到这个该死的地方来。资料员长长地叹息了一声。

会不会有这样的情况,子衿说,导师的自杀也许根本不存在着一个深刻的动机。而调查者拿这件事大做文章,只不过恰好印证了他们的无聊感无处发泄而已。人们在无聊中,想象力就变得像四月的野草,一个劲地疯长。自杀,本来就不需要太多的理由。

子衿说着,又朝资料员腰部的曲线狠狠地瞥了一眼。

那么,刚才的事情又如何解释呢?资料员反问道。慧能院长朝你的师母走过去,向她伸出了手,可那个母老虎却装着看不见。这里面一定有什么名堂。

资料员已经是第三次将师母称作母老虎了。

他们说着话,朝学校后门的翠苑餐厅走去。她的裙子被风吹起来,飘向一边。裙子上棕色的杏黄色的拼花在夕阳下跳跃着。即便是从这条裙子的拼花图案中,子衿也能看到她心中珍藏的一个秘密,看到她矜持的脸。她是一个无法吐露的秘密:一朵丁香在雨中开放,他能嗅到它馥郁的芳香。

好不容易摆脱了工会主席和老张的纠缠,子衿正想带妹妹离开,没想到老张朝前走了几步又回过头来,再次叫住了他。还有一件事。

今天早上有两个陌生人到系里来找过你。老张说。

是女的吗?

老张笑了起来,这次是两个男的。大概是外地来的编辑。

又是编辑。这伙人成天像苍蝇一样地追在你屁股后面,甩都甩不掉。

子衿对妹妹这样说。一看妹妹的脸上呈现出钦佩而仰慕的表情,子衿忽然又觉得这个世界其实也挺好。他有一个傻呵呵的妹妹。她只知道崇拜他。

子衿领着她在校园里走了一遍,回到了自己的宿舍楼前。他看见两个穿皮夹克的年轻人正坐在花坛的边沿上等他。果然有两个编辑在这儿坐着。得想个理由将他们打发掉。

他和妹妹朝他们走了过去。两个陌生人不约而同地站了起来。

您是子衿先生吗?其中一个温文尔雅地对他说。

子衿点了点头。你们是哪个编辑部的?

编辑部?那个人笑了起来,对另一个人说,他居然问我们是哪个编辑部的……

你倒是凡事尽往好处想。

子衿不明白他们为什么而发笑。他不安地看了看妹妹。还没等他弄明白究竟发生了什么事,他的额角就挨了沉重的一拳。

子衿的身体很难看地摇晃了几下,最终还是一头栽倒在地上,压断了一棵刚栽不久的小松树。他的脸上湿漉漉的,他知道刚才的那一拳已经将他的额角打裂了。也许是给戒指刀划开了一道口子。他的耳畔一阵轰鸣。

他居然还问我们是哪个编辑部的……他们又笑了起来。

子衿刚想从地上爬起来,他的耳根处又挨了重重的一脚,他的身体像一只足球似的滚动了几下,一头撞在了一只垃圾筒上。他闻到了一股腐烂的鱼肚肠的腥臭味。一群苍蝇在他眼前嗡嗡地叫着,飞来飞去,就像是被拆散的闹钟零件在沉滞混沌的空气中闪烁不已。

当数不清的蝗虫随着一阵南风飞来,所到之处,连树叶都不会剩下。它们是一群天才的魔术师,从一个村庄飞到另一个村庄,在追逐和游戏中轻易就改变了世界,将沉默与恸哭留在了光秃秃的田野上。

子衿开始了呕吐。妹妹在一旁愣愣地看着他。她只是拼命地跺脚。那两个穿夹克衫的人再次朝他走过来,在他的腰部和脖子上各自踢了一脚。子衿嘴里的呕吐物飞溅到垃圾筒边的铁门上。

你还记得周晓霞这个人吗?子衿听见有人在跟他说话。

记得,记得。子衿一迭声地答道,他艰难地从口袋里摸出一包香烟,扔在了地上。那个人弯腰从地上拣起香烟,从中取出一支叼在嘴上。

知道就好。他说。

周晓霞。子衿的脑子里一片空白。周晓霞是谁?他怎么也记不起这个人来。他看见导师贾兰坡的尸体从五楼的阳台上吊放下来,兀自在空中打转。他在自行车棚边看到了她。他们聊了几句,他开始给她看手相。一辆运尸车呼叫着开进家属区。子衿问她叫什么,她就冲着他甜甜地一笑,将她的名字写在他的手心里。子衿的手颤抖得很厉害。他不能断定周晓霞是不是这个身穿花格子西裤的女孩。也许是另一个人。

有一年,他去济南出差。在机场的候机楼里碰到了一个梳马尾辫的女人……或者,在一个下着大雨的夜晚,他在通宵教室里与一个夜大学的学员为卡夫卡的《城堡》发生了争论。一个售货员,为了得到他的签名,在新华书店的门口排了三个小时的长队……

她们一律在枕边朝着他微笑,发出同样的呻吟之声。她们硕大或小巧的乳房在他的视网膜上重叠在一起,组成了一幅不断飞升的气球的画面。它像河中泛出的一朵朵水泡,又像是一棵果实累累的桃树,在风中狂摇乱摆。

我们也不愿意这么做。那个人蹲在他面前,抽着他的香烟。只不过,我们拿了人家的钱,也不能太不负责任,你说是吧?

当然,当然……子衿说。

这时,另一个人也笑容可掬地走上前来,对子衿说:

说起来，我们当年在中学里做作家梦的时候，倒也拜读过你的大作。只是看不太懂。你干吗老是写一些让人看不懂的东西？

子衿的肝区、胃脘以及头部剧烈的疼痛使他一时无力回答这个复杂的问题。他的嘴角绽放出一丝暧昧的笑容。

那个人对他友好的笑容未予理会。他沉下脸来，讥讽地朝他看了一眼，在他的裆下狠狠地踹了一脚。他们的事这才算办完了。两个人彼此对望了一下，打了个呼哨扬长而去。

子衿两手护在裆中，身体像钟摆一样两边摇晃着。他看见妹妹已经来到了他的身边，只得将双手从裆下移开。妹妹想将他扶起来，试了几次，都没有成功。

等那两个穿夹克的陌生人在校园里不见了踪影，宿舍楼的邻居们像老鼠一样纷纷从阴暗的门洞里钻了出来，围着他，一边小声议论着什么，一边用手指指点点。

妹妹大声地跟自己说着什么，加上复杂的手势。她的身影变得十分遥远。子衿朝妹妹喊道：我听不见，什么也听不见。围观的邻居开心地笑了起来。她看到了那条灰色的围巾。它陷在一片污泥里。她将它捡起来。那是在他考上大学的那一年，妹妹熬了两个通宵为他织成的。上面还镶嵌着一朵白色的小鹿图案。

他们来到了学校医院的急诊室里。子衿已经能够听见医生跟他说话,但纷纷扬扬的闹钟零件一路紧紧地跟随着他。

年轻的女医生放下碗筷,简单地询问了一下他受伤的经过,然后又伏在桌上继续吃饭。我们不能给你任何治疗,她说,除非你有公安机关开具的验伤通知。

从哪儿可以弄到验伤通知?妹妹焦急地问她。

公安处。医生回答。她憎怒地打量着妹妹,仿佛她的乡音把她吓了一跳。

公安处在哪儿?妹妹又问。

你找到公安处也没有用。现在是午休时间。

就是说,我们现在一时还弄不到那张验伤通知?

你说得对。医生说。随后她转过身去,表示她没有什么可以补充的了。

下午呢?两点钟上班之后……

说不准。今天下午,学校组织机关工作人员去参观南浦大桥。那儿不会有人的。

总会有人留下值班吧?

也许是吧。女医生回答,到时候你可以去试试,不过,这年头什么事都不好说……

可他的耳朵在流血……

这我可管不了。

子衿听着妹妹与值班医生的对话,就像是听她们在谈论一件与自己没有关系的事。额角上和耳朵上的血流到一块，滴在了椅子背上。他现在什么都不想,只是希望能有个地方让他躺下来。随便什么地方。眼睛一闭,什么事情都没有发生。我的脑子坏了。它的零件被人拆散了。

桌上的电话铃响了起来。值班医生将碗里的最后一块熏鱼挑到嘴里,站起身来去接电话。她嘟嘟囔囔地与对方交谈了几句,就将话筒递给子衿。

年处长让你听电话……

年处长。年处长是谁?子衿朝医生慢慢走过去。他刚拿过电话,就听见话筒的另一端传来了一个苍老而嘶哑的声音。

刚刚有人向我们报警,说你遭到了两个身份不明的人的袭击……

我的耳朵被打裂了。

医生待会儿就会给你治疗的,年处长说,不过,他们总不会无缘无故地打你吧?

当然,世上没有什么事是无缘无故的。

是不是因为那种事?年处长问道。

哪种事?

你少装糊涂。即便你不愿意明说,我也能猜着个八九不离十。年处长说,这类事每天都在发生……

我现在不想谈它。

那我们就说点别的吧。上次我们跟你商量的事考虑得怎么样了?

我不明白你的意思。子衿说。

年处长嘿嘿地笑了两声:你小子又在装糊涂了吧?

我真的不知道你在说什么。

其实这事也没什么。年处长说,你不要有太多的顾虑。我们不会整天缠着你……不要再犹豫了……喂,喂喂……

子衿挂断了电话。

值班医生开始替他缝合耳朵上的裂口。她向子衿解释说,她并不是一个冷酷无情的人。校方对于违反综合治理条例的处罚是十分严厉的,甚至要超过一般性的医疗事故。这个条例是为了防止人们在受到伤害后不去报案。假如在暗中发生的事也在暗中结束,那么警察系统无疑就成了一件摆设。她说。

妹妹在一旁点了点头,表示她能够理解这一点。

可是子衿还在想刚才的那个电话。他记不起自己曾经答应过他什么事,甚至他怀疑是否见过这位公安处长。在这个散发着药棉气息的急诊室里,他觉得一切都变了个样。他的意识成了某种虚幻的漂浮物。冗长而滞重的寂静在暗中生长,蔓延。药线在他的耳廓上拉动,发出一片令人心悸的刮削之声,他感觉不到疼痛。他数了数,医生一共在他的耳朵上缝了七针。

妹妹抚弄着他的头发。他像个孩子似的紧紧依偎着她。他想一直这样靠着她。现在,我倒成了一个跟屁虫。

女医生缝完耳朵,又在他的前额上贴了块纱布膏药。随后她问他,还需不需要另外的治疗。因为她看见子衿两只手牢牢地护着裆下。

你不要不好意思。她说,这没什么,讳疾忌医,最后倒霉的还是你自己。把裤子脱下来让我瞧瞧。

她的声音听上去甜丝丝的,十分悦耳。

子衿顺从地解开裤带。他看见妹妹扭过头去,深深地叹了一口气。

医生蹲下来,轻轻地托起它,用一把镊子从瓶子里夹了一朵棉球。她小心翼翼地擦拭着它。怎么会这样?她问道。

他们在这儿踹了一脚。

医生抬头朝他看了看,诡秘地朝他眏了眏眼睛:现在你可不要瞎激动。

傍晚的时候,子衿博士躺在床上睡思昏沉。凉风带着一股雨意从窗口吹进来,令人想到残秋已尽。

正在这所高校举行的一个学术会议已临近尾声。子衿恍惚记得,后天下午,按照大会预定的议程,他将在图书馆二楼的报告厅作一个中心发言。可是他的发言稿还没有写出来。他还想到了更多的事,就像一道光把原本漆黑一团的房间依次照亮了。曾山在桌边修理他的闹钟。慧能院长与神学家唐彼得先生为宗教问题发生了激烈的争吵。导师贾兰坡先生。老秦和他的斜眼老婆。他嘴里的鸡屎味。还有那些记忆中的女人们……他们的脸从黑暗中浮现出来,像萤火虫一样地在他眼前飞来飞去。

他和妹妹将抓来的一只萤火虫放在油灯下仔细观瞧:一旦离开了黑暗,它就变得丑陋无比。就像一只褐色的苍蝇。妹妹说。它只能在夜里跳舞,发出蓝荧荧的光亮。它们只不过是黑夜的寄居者。

她坐在床边。身体被一层雾气笼罩着,她的脸看上去影影绰绰的,你怎么突然就到上海来了?子衿问她,假如你事先来个电报,我就可以去车站接你。

你又在说胡话了。妹妹说,她将他腋下的一只温度计取出来,凑到窗下看了看。三十九度七。子衿对妹妹说,等到他高烧一退,他就带她去江边看轮船。那是一片远离尘嚣的地方。大风从江面上刮过,大片大片的芦苇倒伏下来。高高扬起的浪花溅在他们身上。

有一艘轮船朝我们开过来了。

是汉阳号吗?

不,是茂生号货轮。

那儿多么的安静啊,就像台风的风眼。

妹妹将他脸上的一块湿毛巾取下来,转身进了厨房。现在,黑暗又回来了。她的身影消失了。窗外的树木沙沙作响。他能够听见楼上打麻将的声音,跺脚的声音,兴奋的尖叫。我胡了。不知谁家的收音机正播放着一个古老的曲子。《春天奏鸣曲》或者《图画展览会》。贾兰坡先生说,在这个时代听《春天奏鸣曲》就显得太奢侈了。

妹妹从厨房里出来,将冷毛巾敷在他的头上。他怔怔地看着她,妹妹也盯着他看。她摇了摇头,指着自己的鼻子问他:

这是什么?

鼻子。

这是什么?

耳朵。

她又指了指自己红红的眼眶:这是什么?

眼泪。

妹妹一边流着流泪,一边傻呵呵地笑了起来。还算好,你的脑子还挺正常的。她说。

第五章

早在两年之前，学术会议就开始了最初的酝酿。

1

在一个多雨的春天，张末和曾山在学校的招待食堂举行了简朴的婚礼。她的父母未能出席这个冷清的仪式，只是写来了一封短短的贺信。母亲在信中这样写道：事到如今，我们只能尊重你的选择……

在淅淅沥沥的雨声中，张末感到自己深陷在一片泥淖里。窗下的雨帘似乎将她和以往年月隔离开来，孤单和隐隐的忧戚一阵阵向她袭来。

她脸上流露出来的烦闷之色使曾山大为诧异。他从客人们的戏谑声中挣脱出来，走到她的身边，将一只手搭在她的肩上，问她是不是觉得哪儿不舒服。张末只是黯淡地冲他笑了一下,摇了摇头。

曾山的脖子上绑着一条俗艳的大红领带,脸上汗涔涔的,带着一种既不安又兴奋的神情。张末将他的手从肩上拿开,看了一眼他那粗短的手指,一度积满油泥的指甲如今被修剪得光秃秃的。这使她想起了童年时教她弹钢琴的那位音乐教师,想起了他写在圣诞卡片上的那句话:只要音乐还在继续,我们就永远不能说没有希望……

在散发着油烟气味的食堂里,她听不到门德尔松或者瓦格纳的音乐。她与音乐之间相隔的距离,正是眼下的现实与她的梦境存在的距离。

曾山的父亲早在二十多年前就已去世,他的母亲此刻也许正在西北的一个导弹发射中心画着设计图纸,因此,前来参加这个婚宴的客人除了贾兰坡夫妇之外,剩下的就是他在系里的几位同事:小说家宋子衿,老秦和他的斜眼妻子,工会主席……十几个人满满当当地挤了一桌。

他们的脸上泛着灰暗的青光,就像是窗外在雨中发芽的一排排杨树。他们照例谈论着哲学,中世纪意大利的修道院,圣徒自焚,斯宾诺莎和海德格尔。

借着浓浓的酒意,老秦死缠着贾兰坡教授不放,向他请教在哲学界一举成名的捷径。听曾山说,老秦在哲学系搞了几十年的庄子研究,可在学术界迄今湮没无闻,他似乎有些等得不耐烦了……

贾兰坡教授告诫他,如今的学术界已不再探讨什么真理,而是热衷于如何使人大吃一惊……贾兰坡每说一句,老秦的妻子就使劲地点一下头,好像贾兰坡的每一句话都击中了她的要害。她的眼睛一动不动地盯着张末,实际上她是在端详着桌上的一只屁股高高撅起的肥鸭。

曾山很响地喝着罗宋汤,不时地在桌布下捏一捏她的手。她的手既虚弱又潮湿,就像一绺动物的舌头。

这个令人乏味的婚宴也许只是一个借口,正如她所有的选择都是一个借口一样。参加这个婚礼的客人似乎已经将这场仪式变成了一个小型的学术讨论会。张末知道,她的丈夫与贾兰坡教授正在酝酿着一次全国性的哲学会议,只是由于一时筹措不到相应的经费,尚未提上议事日程。

这天晚上,张末梦见自己骑着一辆自行车跌入了一个黑暗而阴深的洞穴之中,身上沾满了粪便和腐烂的白菜叶,“我又在那儿跌了一跤……”她从床上醒过来,喘着气对丈夫说。曾山还没有睡,他正伏在桌上给一个名叫慧能的和尚写信。

他走到床前,摸了摸她的脸。张末看到他的鼻毛已很长时间没有剪过了。

她总是在同一个地方摔倒。那个在路面上翘起的井盖,那个半月形的洞穴就是她的宿命。她和曾山每次骑车经过那里,她的车把总是歪向一边,撞在河边的一棵树上……

曾山回到桌边继续写信,而张末则躺在床上再也无法入睡。她听着钢笔在纸上留下的沙沙声,听着曾山翻动辞典和书籍的哗哗声,它们最终溶入了窗外飒飒春雨的背景之中。这就是她的新婚之夜,一切都是那样的简单而又理所当然……

在这样一个晚上,假如你偶尔回想起许多年前的那个遥远的午后,想起自己梦中的爱情,想象着愿望如何变成呆板的记忆,你在震惊之中,也许只能感到自惭形秽。

在那个寂静的大雪之夜,她和曾山第一次做爱。她的梦幻就像窗外的一粒雪片,在他炙热的躯体中烤化了,消失得无影无踪。这个夜晚给她留下的仅仅是一片炫目的刺痛。他的身体粗壮而结实,就如一道厚厚的墙壁,又如一头笨拙而沉重的大象。她忍受着肉体的剧痛,泪流满面地问他,你好了没有? 曾山突然咧开嘴朝她笑了一下: 我真想把你一口吞下去……她不由得想起了他吃饭时的样子。即便是在读书,写作,甚至做爱的时候,他的嘴巴依然会像吞食一块排骨那样不可思议地努动着,咀嚼着,令人联想到古代神话中的青面饕餮。

可她又是如此的需要他,需要他身上淡淡的烟味,他的沉默寡言,温暖而羞怯的笑容,他所带给她的真实感……在曾山晚上去给学生上课那段时间里，她一个人待在房间里，总是感到坐卧不宁。她谛听着屋外寂静的门廊，希望听到他的脚步声突然响起来……

她不知道自己是如何陷入到这样一个泥淖中去的。即便是曾山紧紧的搂抱，也不能阻止她的身体不断地下沉。她又一次想起了曾经与同窗好友苏辛反复论辩过的那个哲学命题：

当你在面对不可能的时候，你所孜孜以求的就是一个简单的可能性——在这个荒唐的年代，她感到自己只是一个负担，她一心想着找个合适的地方，将它卸下来，或者交付出去——可是当可能性一旦来临，你所得到的恰恰又是不可能；你将一只皮球扔到墙上，它却不再弹回来。

2

张末毕业之后，被分配在学校的一所附属中学教书。短短的六个月一闪而过，而她却感觉到已经度过了整整六年。

坐在整洁而敞亮的办公室里，她除了偶尔翻看一下学生的作业，大部分时间都在阅读那本《卢布林的魔术师》。在这本书快要读完的时候，她又得到了一本艾略特的诗集。

我的开始之日便是我的结束之时,
阳光照耀空旷的田野,
却让那僻径隐在枝叶相掩的林荫里,
使午后变得一片幽暗。
……

眼下正是午后,雨还在下着。即便是在白天,日光灯管依旧发出嗞嗞的声音,它与窗外沙沙的雨声掺和在一起,折磨着她纤弱的神经。一切都是寂静而倦怠的;被风翻开的纸页,粉笔受潮的气味,一张张白纸一样虚幻而又衰隐的脸。

张末坐在桌边,长时间地凝视着门外的那棵湿漉漉的香樟树,不时眺望一下远处岑寂的、铺着黑色煤屑的运动场。在圆形跑道的正前方,有一道低低的红色围墙。通过一扇小门,一条幽僻的小径将运动场与大学的校园连在了一起。她的目光越过围墙顶端葳蕤的树丛,就能看见那条在阴霾中变得狭小的河流,河上卧伏的水泥拱桥以及河边锯木厂简陋的棚顶。在沉滞而郁闷的空气中,她觉得时间过得很慢,肚子咕咕地叫着。

窗户玻璃上一阵轻微的叩动使她不由得转过身去。张末朝那扇窗户看了一眼。随后她又看了一眼。她还是不敢相信自己的眼睛。一张扁平的脸紧贴在玻璃上,正朝她发出固执的笑容。

她从桌边站了起来,走到了门外,一边在晦暗的过道里辨认着他的脸,一边在怀疑自己是不是在做梦。

他没带伞。身上的衣服被雨水浇得透湿。一绺头发斜斜地耷拉在额前。看样子,他已经在门外站了好一会儿了,地上有一摊亮晃晃的水迹。

"你是怎么找到这里来的?"张末问他。她的声音带着惊恐和不安。心脏怦怦地跳个不停。

那个人抹了抹脸上的雨水,仍然微笑着看着她,仿佛在对她说,只要我愿意,我就能随时找到你……

"你怎么把自己弄成这副样子,连伞也不带一把……"张末忍不住笑了起来,"你们公司倒闭了吗?"

"不,"那个人一本正经地对她说,"我正在受到警方的追捕。"

自从他们一年前分手以来,张末一直没有得到邹元标的任何消息。她一度以为这个人从地球上彻底消失了。她与曾山结婚之后,曾对丈夫尝试着谈起他来,这并非是出于向曾山吐露隐秘的愿望,而是为了从此卸下积压在心头的沉重负担。假如你决定将一个人或一件事遗忘掉,你所应当做的并不是将它藏匿在心中,让它在记忆中发芽,而是必须让它在语言的磨砺中失去弹性……

可是，当邹元标一旦出现在她的眼前，张末还是压抑不住渐渐高涨的慌乱和兴奋，就像幼年时的那个药剂师，她一看到他站在昏暗的房门前，箱子上的那把铜锁就怎么也打不开了……

十分钟后，当张末和董事长邹元标打着一把小花伞，绕过中学的后门，来到苏州河边的时候，她已经忘了三点钟还要给学生们上一堂哲学课。

在金沙江大酒店七楼的一间包房里，邹元标当着她的面脱掉了湿淋淋的衣服，换上了一身紫色的睡衣。然后，他煞有介事地走到窗边，掀开厚厚的帘布，察看着酒店楼下的动静。

“你看上去倒真像是一名职业警探……”张末对他说。

“恰恰相反，我是一个亡命之徒。”邹元标说，“今天早上一下飞机就被他们发现了，差一点……我在这个酒店只能待三个小时。”

他看了一眼腕上的手表。

张末觉得，这个人依然像从前一样喜欢开玩笑。她喜欢他的玩笑。他们在一列开往南京的火车上相识，他一路与她说着笑话，将她逗得前仰后合。现在，当他在扮演一名被警察追捕的凶犯时，俨然就是一位受过专门训练的演员。

他给张末泡了一杯茶，挨着她坐了下来，然后一动不动地看着她的脸。

“假如一个人被警察追捕了两年,他最大的愿望是什么?”他向张末问道。

“逃跑。”张末说,“逃跑是罪犯唯一的逻辑。”

邹元标摇了摇头,点上了一支烟。

“你一觉醒来,却发现自己做了一场噩梦,什么事都没有发生……”张末说,“我在遇到烦心的事情时,总是向梦境求援。”

“可我不习惯幻想,”邹元标说,“寄希望于幻想会使人最终忘掉世界的残酷……”

“那你现在最大的愿望是什么?”

“被他们逮住。”邹元标严肃地对她说,“无论怎样的游戏都会让人厌烦的。”

张末笑了起来:“那么你现在就可以去派出所自首……”

“可是,我还有一件大事没有做完。”

“什么事?”

“你说呢?”邹元标反问道。他夹着香烟的手指不停地颤抖,使张末多少感到有些吃惊。

她还想说什么,邹元标突然将她的手扭到背后,亲吻她的脸。他的一条腿紧紧地压住她不断起伏的腹部。他的动作急促而鲁莽。当他猝不及防地把手伸入她的领口时,她衬衣的一颗纽扣高高地崩弹起来,落在了黄褐色的地毯上。

我做梦都想闻到你身上的气味。邹元标说。你就像一个婴儿,身上有一股淡淡的奶味。当我在逃亡途中东躲西藏时,你身上的气味就是我梦中的天堂。

张末感到一种熟悉而陌生的眩晕感再次向她袭来。她仿佛正置身于波涛汹涌的大海上,随着翻卷的波浪飘向远方。她忽然想起今天是自己的生日,早上临出门时,曾山说他要去替她买一个蛋糕,一束鲜花。雏菊。月亮花和满天星。

她恼怒而沮丧地推开他。不行。她没头没脑地说了这么一句,站起身来去寻找那颗丢失的纽扣。

“我身上正来着例假……”她说。

“你每天都在来例假吗?”邹元标脸上带着一丝嘲讽的表情。

“每天。”张末说。可她怎么也找不到那个纽扣。

“那么,你至少得先去洗个澡,你的身上有一股铁锈味儿。”最后,张末这么对他说。她知道,她在这么说的时候,实际上已经在寻找机会离开这儿了。

浴室里响起了哗哗的水声。雨下得越来越大。她悄悄地拉开房门,来到了楼下。

在大堂的服务台前,两名全副武装的警察正向一位小姐焦急地询问着什么,那位小姐呆呆地看着警察手中的照片,显得十分惘然。

3

张末从酒店回到曾山的单人宿舍。曾山和他的师兄子衿博士正在房中抽着烟。一看到张末,子衿就开玩笑似的对她说:“你要是再不回来,我们就要去报案了……”

“你们的教导主任将电话打到了我的教研室里。”曾山说,“下午的哲学课你怎么没去上?”

张末将雨伞搁在脸盆架上,从门后取下一块毛巾擦脸。她冲他们笑了笑,没有说话。

这时,子衿从椅子上站起来,打算告辞。

张末对子衿没有什么很深的印象。尽管他们彼此见面的机会很多,可每次见面都像是一次告别。他是一个行踪不定、飘飘忽忽的人。

这还不能算是一个家。张末环视着这个熟悉的房间,它虽然在几天前被粉刷一新,此刻依然显得简陋而寒碜。一条碎花布帘将房间一隔为二,窗户上缺掉的两块玻璃也已补齐,她甚至还在水泥地板上刷了一层橘黄色的油漆。这个狭小而杂乱的房间就如一面镜子,她随时都能从中看出自己憔悴的面容。一个人就是一个破败的神祇。她不由得想起曾山常爱引用的爱默生的那句名言。

“你到底去了哪儿?”曾山将子衿送走之后,这样问她。

“你真想知道吗?”张末拢了拢耳边湿漉漉的头发,坐在桌边看着他。

曾山的眼睛在暗中突然亮了一下,旋即就像一盏灯似的熄灭了。他似乎不太喜欢凡事刨根问底。

他递给张末一把钢叉,然后揭开了蛋糕的纸盖。

今天是张末二十四岁的生日。曾山特意给她买来了一只大蛋糕。还有一束鲜花,它就插在一只乳白色的长颈花瓶里,花朵和枝叶上都沾满了雨水,在白炽灯耀眼的光亮中显得生机勃勃。

“你花了多少钱?”张末叉起一块蛋糕放在面前的盘子里。

“半个月的工资,”曾山说,“假如我们用它来买书的话……”

听他这么说,张末对盘子里的蛋糕突然感到了腻味。她似乎闻到了一股纸浆的味道。仿佛她将要吞食的并不是一块蛋糕,而是纸币或书页。

曾山无意中说出的每句话对她而言都构成了某种障碍。假如一个人蓄意使另一个人感到不快,挖空心思想出来的冷嘲热讽也不过如此。

自从她与曾山相识以来,她感到未来的一切都是自明的,不言而喻的,可以预料的。正如一道掌纹那么确凿、清晰、不可更改。他们之所以会结婚，那是因为婚姻是爱情的契约，饭桌上之所以会出现蛋糕和鲜花，那是因为今天是她的生日。为什么她总是喜欢独自一人坐在办公室里眺望那片足球场？为什么她早上临出门时会感到兴致勃勃，因为她期待着某件事情的发生。此刻她又为何感到厌烦和乏味？那是因为她想象中的蛋糕就搁在她的面前，还有那束鲜花：雏菊、月亮花和满天星。她没说让他买酒，饭桌上果真就没有酒。于是，她渴望中的东西就这样褪了色，褪了又褪……

随着时间的推移，他们的脸都会在时间的销蚀中变得黯淡无光，他们工资单上的数字会像温度计那样缓缓上涨，追逐着物价飞升的指数；他们很快就会有一个孩子。如果参考一下珊珊那副早熟而抑郁的面容，她就会立刻觉得不寒而栗。他们将衰老，就像一块抹布那样，散发着难闻的气味，成为一个不知名的物件（他们用的抹布是曾山的一条背心，可是许多年之后有谁还会认出它原先是一条背心呢？）。是谁在替她预先安排下这一切？生活从什么时候起变成了一场永无休止的徒刑？

昨天晚上，张末犹豫了很久，将自己满腹的忧虑告诉了曾山。她希望从他那儿听到一些完全不同的解释。曾山一边听着她的倾诉，一边专心致志地吃着鳊鱼，然后他抬起头来。没错，你说得一点也没错，就是这么回事。生活本来就是徒刑。

问题是……

“你吃饱了吗?”曾山用那条背心擦了擦满嘴的奶油。

“吃饱了。”张末放下钢叉。可她几乎什么也没吃。

曾山的一只手绕过桌腿,伸到她的裙子下面。他的手上沾满了抹布中的油渍。张末坐在那儿,看着墙上的一幅挂历发愣。

“你怎么啦?”

她又想起了那个浑身给雨水打得透湿的人。想起他在她的耳边说,在我逃亡的途上,你身上的气味就是我梦中的天堂……她喜欢他的神秘感,以及他们一起时,她所感到的晕眩。只有在晕眩中,你才会觉得自己来到了一个陌生而未知的世界。当她回忆起酒店大堂里的两个警察,不禁出了一身冷汗。当两名警察冲上七楼的包房,他也许还在浴室里洗澡……或许还吹着口哨。

“你怎么啦?”曾山又问了一句,随后就搂住了她的肩膀。

她紧紧地拥抱着他,尽力使自己忘掉心中那个疯狂的念头。在她与曾山的搂抱中,她感到两个人的身体之间存在着一片巨大的虚空……

曾山将她抱到床上。她听见自己的肚子里发出一阵马桶抽水般的声响。接着,她听到了曾山解开皮带搭扣的声音。

“别忘了明天到贾先生那去一次。”曾山提醒她。他最近总在劝说张末报考贾兰坡的研究生。

“你跟我一起去吗？”

“不，我明天要去中山公园和女儿见面。”曾山说。

他将自己脱得一丝不挂。然后拉灭了电灯。黑暗浮上了她的额头。

4

贾兰坡教授说：“我其实一点也不快乐。岂止是不快乐？简直可以说是很糟，很糟。你无法想象……”

“您指的是学校要将哲学系取消这件事吗？”张末问道。

“不，我指的是个人生活……”

他们俩隔着一条书桌坐着。贾兰坡大口大口地吞吸着香烟，似乎很难控制住自己的情感。屋子里烟雾缭绕。通向阳台的门敞开着，她能看见阳台门上贴着的一幅京剧脸谱，以及阳台上那簇刚刚浇过水的瓜叶菊。

“今天真是一个难得的机缘，或者不如说是一个借口，”贾兰坡教授说，“我可以与你谈谈几十年前的一段往事。一个秘密在心里积压的时间一久，它就不知不觉地长成了一头怪兽，根本由不得你去做主……”

“师母知道这件事吗？”

“当然，她是当事人。”贾兰坡笑了起来，露出了满口的黑牙,“你不介意我谈论这件事吧?”

“不介意。”张末说。

“那好。”贾兰坡说。他斜靠在一张软皮沙发上,立即说起了几十年前的那段往事。

时间回溯到一九四六年的冬天,当时他正在燕京大学读书。一天下午,他刚刚从北海溜冰回来,碰见学校的总务长正领着一位陌生的客人四处找他……

张末突然怔了一下。她感到贾兰坡教授的一只脚在桌子底下踩住了她的布鞋。她的脚尖一阵发麻。她想将脚抽出来,试了两次都没能如愿。她面红耳赤地看了贾兰坡一眼,也许他是无意的。张末这样想。只是当她感到贾兰坡在暗中增加了踩压的力度,她才觉得有些心慌意乱。难道……

“你好像有点心不在焉……”贾兰坡停止了他的讲述,微笑着望着她。

张末咬着嘴唇,不知道怎么回答他。

“看得出,你对我说的事并没有什么兴趣,”贾兰坡说,“这也难怪。有谁愿意听一个老头子絮絮叨叨地谈论旧事呢?其实,没有任何人重视别人的谈话。通常,我们在聊起一件事的时候就好像在谈论另一件事。用维特根斯坦的话来说,语言本身就意味着欺骗……”

他的眼睛亮晶晶的,身上有一股浓重的香水味。他仍然没有将他的脚挪开。

张末的心头掠过一阵淡淡的不快。曾山干吗一定要让自己报考贾兰坡的研究生呢？此刻，他也许正在中山公园与女儿一起玩碰碰车，也许，他根本没有去公园，而是径直去了前妻的家……

张末对贾兰坡教授说，她的确有些心神不宁。因为她昨天下午缺了一堂哲学课，她一直在担心下午怎么去向教导主任解释。

“用不着向他解释，”贾兰坡安慰她说，“我待会可以给他打个电话……”

他的声音听上去软绵绵的，就如耳语一般，光滑而黏腻，她的身体不安地战栗起来。她坐着的竹椅发出一连串轻微的吱呀之声。

“在暗中发生的事，就让它在暗中结束……”贾兰坡说道。

张末惊讶地看着他。她不明白贾兰坡先生为何这么说。

“昨天下午，在苏州河边，我看见了你们。”贾兰坡柔声细气地对她说，“我的出租车恰巧从那儿经过……”

张末很快就想起来，昨天下午她与邹元标刚刚走出附属中学的后门，就被一辆蓝色的奥迪车挡住了去路。司机不断地按着喇叭，等待着筑路工人将路障搬开。她看见车里有一张苍白的脸正在打量着自己，只是玻璃上的泄水使它难以辨认。她拉了拉邹元标的衣袖，对他说，出租车里有一个人看上去很面熟……邹元标笑了一下：你总是疑神疑鬼……

“你不用担心，”贾兰坡说，“我不会将这件事传扬出去的，不过……”

“我们只是一般的朋友。”

“一般的朋友？”贾兰坡煞有介事地摇了摇头，“你不太诚实。”

张末哆嗦了一下，却无意间将那只脚抽了回来。麻酥酥的感觉顺着她的四肢一直上升到额头。她松了一口气，贾兰坡现在踩着的只是一只布鞋。不过，他的自我感觉看上去依然十分良好。

“我们之间并没有发生什么事……”张末犹豫了一下，这样说道。

贾兰坡哈哈大笑：“上个月，地理系的一位副教授强暴了他的保姆，你知道他为什么只判一年刑吗？那是因为保姆那天恰好来了例假……”

张末低着头，手里撕绞着桌上的一张硬纸片。当她发现那是贾教授写着哲学词条的卡片时，它早已成了一绺纸屑。她什么都明白了。她居然差一点成了他的研究生……

“你是不是在担心我会把这件事告诉曾山？不会的。”贾兰坡斩钉截铁地说，“这种事我能够理解。只不过，你与曾山才结婚不到三个月，婚礼上的誓言犹在耳畔，真是让人匪夷所思。既然如此,你当初干吗非得与他结婚呢?"

钥匙在锁孔里转动的声音将他们两个人都吓了一跳。师母拎着一只湿淋淋的塑料袋走了进来。

她一见到贾兰坡,就喜滋滋地对他说:"瞧,它有多肥……"

"哪来的鸭子?"

"工会发的,"师母兴冲冲地将两只肥鸭塞到冰箱里,"五一节快到了……"

师母转过身来,看到张末正趿着鞋从书房里出来。

"曾山呢?"她问道,"他怎么没来?"

张末说,他一大早就出去了。

"那你赶快去系里代他领鸭子,去晚了,肥的都让人拣走了。"

这时,贾兰坡就向师母介绍说,他与张末谈得十分愉快,她还真有那么点哲学天分……

师母拉着张末的手,语重心长地对她说:"那你可得好好复习。要珍惜这次机会。"

5

张末从贾兰坡教授家中出来,没有回自己的住处,而是一个人在空寂的校园里四处游荡。她对独自一个待在那间单人宿舍里有一种说不出来的恐惧。

她沿着河边慢慢地往前走。她想到了曾山曾经跟她提起过的一段往事。他的父亲,一位著名的篮球教练在弥留之际,竟然当着他的儿子和邻居的面,将妻子的手强行拉到他的生殖器上,那么的固执,那么的不顾一切。她在听丈夫讲述这件事的时候,一度感到十分恶心。但它还是像一道楔子一样深深地打进了她的记忆里。

那个垂死的人与贾兰坡教授完全是一类人。这个世界就是如此简单。正是它所蕴含着的这种简单的真实让人震惊,它就像辛格笔下的那位衰老的魔术师,面对厌倦的观众,已经变不出什么新奇的花样了。

她的脑子里乱糟糟的。贾兰坡会不会把他在雨中看到的一切告诉曾山？考虑到今天上午他与自己的那场暧昧的谈话,他这样做的可能性很小。她也许依然对自己最终会成为他的研究生抱有不切实际的幻想。可是,随着邹元标的被捕,他也许会在警察的追问下将他们之间的事和盘托出……当然,在一般情况下,他没有必要这样做,因为,他只是一名经济案犯。

张末这样想着,忽然意识到她对于曾山有一种深深的依恋。她害怕失去他。除了曾山,她在这个世界上毕竟已一无所有。

今天早上,曾山很早就离家外出了。她一人躺在床上,心里空空荡荡。她想到了王映霞。她与郁达夫之间的婚姻最终破裂,也许是因为郁达夫与前妻旧情未断。他常常偷偷地溜出杭州,赶往富阳与前妻幽会。那么,曾山每月一次的对女儿的例行探望也很难说不是一个借口。他屡次向自己提起,他不太喜欢那个总爱躲在箱子里睡觉的女儿。可他临出门前,还是认真刮了胡子,换上一件新衬衫……

张末在图书馆边的一个公用电话亭前站住了。她突然产生了这样一个大胆的念头:往曾山的前妻家中打个电话。假如电话没人接,那就说明,他果真去了中山公园……

张末犹豫不决地拨通了电话。不一会儿,话筒里就传来了一个女人悦耳的声音。张末的心猛地往下一沉。

"你找谁?"对方问她。

"曾山在不在? ……"张末绝望地问了一句。

"曾山? 这不是曾山的家。"那个女人说,"你是谁?"

她的声音听上去十分熟悉。

"你是张末吧,喂……"

这时,张末才如梦初醒地想起来,她刚才拨错了电话。她将电话打到了她昔日的同窗好友苏辛的家中。

"对不起,苏辛,"张末说,"我将电话打错了……"

苏辛嘿嘿地笑起来:“你这个人整天心事重重的……你在哪儿?”

张末说,她在图书馆边上的一个公用电话亭里。

“那你马上到我这儿来,马上。”苏辛还像从前一样热情奔放,“今天上午工会发了一只鸭子,我们可以在一起吃顿午饭……”

6

苏辛毕业后,被分配在学校的国际交流处工作,不久前已跟一位澳大利亚人结了婚。这位头发谢顶的外国老头有两个和苏辛差不多年龄的女儿。可是苏辛说,这并不妨碍他们几个人在一起和睦相处。

她说她之所以会跟一个澳大利亚人结婚,是因为她十分喜欢澳洲的一种珍稀动物:考拉,澳大利亚树袋熊。

她目前正在加紧办理去澳大利亚定居的手续。她是一个无忧无虑的人。她说她很少想到一个月以后的事。想象力就是幸福最大的障碍。

十分钟后,张末来到了苏辛所居住的女教师宿舍里。

苏辛懒洋洋地靠在门边的一张软椅上,手里拿着一本张末十分憎恶的流行小说:《我的财富在澳洲》。可是苏辛喜欢这本书,她的嘴角挂着一丝意犹未尽的笑容。

她们一见面,依旧显得像从前那样亲密。张末问她是不是很快就要离开中国了。

“也许还没那么快,”苏辛说,“要等到新盖的图书馆大楼竣工之后。”

她用红铅笔在墙上的一张澳洲地图上留下一个记号,随手将那本小说合上,扔到床头。

张末知道,苏辛是香港援建的图书馆工程的中方联络人。她们很快就聊起这座现代化的图书馆,它的微机阅览室,电脑搜索编目系统,可容纳一千名听众的大型会议报告厅……

“你的脸色不太好。”苏辛搂着她的肩膀,“是不是怀孕了?……”

张末摇了摇头。她说她刚从贾兰坡教授家中出来。

“还是为报考研究生的事?”

“我现在不打算报考……”

“怎么又变卦了?”苏辛紧紧地盯着张末的脸,“是不是那个老头对你动手动脚?”

“你怎么会知道?”

“他是一个性变态者,”苏辛说,“曾山早就应当提醒你这一点。”

苏辛接着说,一个月前,贾兰坡曾约她去家中见面,让她为酝酿中的一次学术会议筹集赞助资金。“可是我们刚刚在书房里坐下来,他就在桌子底下踩我的脚……”

“那你怎么办?”

“我开始还以为他是无意中踩到了我的脚,怎么说他还是一位德高望重的大教授嘛。”苏辛说,“可是后来,他竟然一口咬定我与澳大利亚人的婚姻不太幸福,接下来照例是昏话连篇,我就在他的脚上狠狠地踹了一脚……”

张末笑了起来。

“我这一脚踩得他七窍生烟。”苏辛得意地说,“可是他居然忍着没有叫出声来,只是脸上的肌肉跳了两跳。末了,他满脸狐疑地对我说,‘怎么,你原来当过运动员吗?’”

张末笑得在床上滚作了一团。

“你现在是不是觉得大仇已报?”

……

7

母亲每月都要给张末寄一次钱。张末收到汇款后,总是立刻原封不动地寄还给母亲。可是到了下个月,再下个月,那些钱还是源源不断地从南京寄来。

她很少给家里写信,也不打电话。她与母亲之间所有的联系都包含在这种拉锯式的游戏中：寄钱——退钱。两个人都是那样执拗，那样信心十足。彼此心照不宣，不作任何其他的解释。

在张末看来，母亲给她寄钱只是为了羞辱她，为了用一种曲折迂回的方式对她与曾山的婚姻表示不满。她仿佛看见母亲穿着宽大的睡袍，在客厅里骄傲地来回走动的情景。她与药剂师私通的那些日子里，她看着自己的眼神显得既暧昧又复杂。一方面是她对女儿泄露自己的秘密感到恐惧，另一方面却又是按捺不住的炫耀与夸饰。

考虑到母亲那个年龄的女人所特有的生活习性，她也只能向女儿显示她的优越感，夸耀她的快乐。张末曾经作过这样的推测：母亲从女儿身上得到的满足远远超过了她与药剂师偷情的快乐。

她进而又得出了这样的结论：肉体的快乐与心理上的满足与优越感相比是多么的微不足道！

张末从幼年时起就渴望得到一条背带裤。一条墨绿色的灯芯绒背带裤。她与曾山结婚后，两个人跑遍了南京路和淮海路上大大小小的服装店，每一次都是空手而归。到了后来，曾山不得不让自己正视这样一个事实：张末永远不会买下那条背带裤。用她本人的话来说，我知道它在那里，挂在玻璃橱窗里……

对张末而言,快乐意味着被无限延搁的欲望。一束鲜花在她想象中就是一片春日的盛景,可是当它插在了白色的长颈瓶中,就立即变得索然无趣,毫无生气。她生活在词语中,生活在对词语的贪婪的想象中。

当她独自一个坐在家中那幢古老的宅院里,在房檐的阴影里想入非非,未来的爱情就是一棵洒满阳光的动人的树,或者,它是一群在稻田的上空低低飞行的白鹭。它像一颗露珠那样晶莹,透亮,完好无损。

现在,她静静地躺在丈夫的身边,爱情就是一道密不透风的墙。他的肌肤粗糙而燥热,她一度觉得他的身上长满了厚厚的鱼类的鳞片。

她曾多次向丈夫谈到,并企图向他证明:幻觉和想象并不是某种虚无缥缈的无用之物,它是真实的,就如空气一样……

那么,曾山喜欢幻觉吗?这个连给一个和尚写信都要查阅几十种参考书的哲学系讲师,需要幻觉吗?

曾山挨着她躺在床上。他的一只手正小心翼翼地摸索着,从她脸部开始,顺着她的脖子慢慢下滑。遵守着某种千篇一律、固定不变的程序,脖子,肩膀,乳房,另一个乳房……就如将一匹皱巴巴的布用熨斗烫平,将揉搓成一团的纸张重新展开。

张末让他捏她的耳垂,他的手就移向那个位置。她让他说些什么,他就反反复复地对她说:我爱你,我爱你……或者:我是多么爱你呀,我真想……他的嘴里有一股牙垢和芹菜的混合气味。

张末沮丧地将他的手挪开,一阵针刺般的灼痛使她发出深重的叹息。她不断地踢着被子,一心想跟自己过不去,直到她将被子踢到了地上。

有很长的一段时间,他们俩在床上赤条条地躺着。五月的风从窗口吹进来,挟带着一股氧化铁粉的甜味。

“说点别的什么吧。”张末对他说。

曾山的脸在黑暗中有些辨认不清。他想了一会儿,给张末讲了这样一个故事。

一天下午,在奥地利内卡河畔罗腾城堡,广场上正举行着骑马射击比赛。公爵夫人梅希蒂尔德应邀前去观看,她站在一间专门替她预备的小屋里,欣赏着广场上的马术。不多久,一位名叫维特·冯·埃埋斯霍芬的年轻人悄悄地走了进来。还没等公爵夫人反应过来,他早已从她身后撩开裙子,轻而易举地在她的巢穴安营扎寨了。受到突然袭击的公爵夫人勃然大怒,她高声问道:谁在背后攻击我?同时,她扭过头来。当她看到袭击者是一名英俊的骑士,便怒气全消。她笑了一下:啊,原来是你呀,快,请您接着干吧……

张末笑了起来。她侧过脸,睁大双眼瞪着自己的丈夫。

她难以相信曾山会跟她讲述这么一个故事。

她模模糊糊地意识到，她与曾山之间的那个危险的游戏已经悄悄地拉开了序幕，凭着一线肉体的直觉，曾山完全知道他所应扮演的角色。

她闭上眼睛，开始了轻轻的喘息。她让曾山将那个故事再讲一遍。曾山果然又重复了一遍。她的身体不可思议地变得柔软潮润。她紧紧地抱着他，不断地问他，后来呢？后来怎么样？公爵夫人怎么说……她不在乎他的回答，也顾不上隐隐约约的羞耻感。肉体要求专注的强大力量足以摧毁一切的顾虑。她与曾山结婚以来，还是第一次激动得泪流满面，心中发出默默的哀告和央求，让她高涨的快乐就停留在这一刻。

曾山轻轻地推开她，他的手在枕头底下摸索着，抽出一叠手纸。

“我要拉屎……”曾山说。

他急急忙忙地穿好衣服，拉开门朝厕所奔去。

等到曾山从厕所里回来，张末已经穿上了睡衣，拉亮了房间的日光灯。曾山向她解释说，今天晚上的鸭子吃撑了。张末没有搭理他。她不敢看他的脸。

她的手里拿着一本书，那是她刚刚买来的一本艾略特的诗集。由于有了这本诗集，她说她可以放心地将辛格的那本小说读完了。

定时的四季更换，
斗转星移。
定时的男女交合，牲畜交媾。
脚抬起来又落下，
吃，喝，拉屎和死亡。

8

从那以后，曾山就变换着花样给她讲述那些粗俗的故事。她的想象力凌乱而芜杂，就像阴沟边的野草。他是一个魔术师，他起先从魔盒中变出一只蝴蝶，然后观众就要求他变出鸽子，然后是马，骆驼，一群花枝招展的少女……

正如一个注射可卡因上了瘾的人，为了重现绚烂的幻景而不得不加大溶液的浓度和剂量。张末眼看着那些偶尔获得的新奇经验如何变得寒碜而丑陋，在黑暗的寂静中褪尽了颜色。很快，一切都变得陈旧、乏味：夜色、墙壁、兴奋和难以忍受的耻辱感、窗外的树声、语言中的海市蜃楼……它已经被挥霍一空。于是，魔术师沮丧地向失望的观众摊开双手：没有了，再也没有了，我变不出新奇的花样，演出到此结束。

她又想到了路面上的那个被人撬开的井盖，那个半月形的洞穴。由此，曾山对她所有的误解都获得了圆满的解释。

可是现在，她从夜间的床榻之畔，从丈夫绞尽脑汁所编造的一个个淫秽不堪的故事里，却看到了一个令人震惊的事实：她对于这个与她夜复一夜同床共眠的人其实一无了解。

原先横亘在她面前的是一道厚重的墙壁，如今它已变成了一面镜子，她第一次从中看到了自己的身影。

在白天，曾山是一个才华横溢的哲学系讲师。他的周围聚集着一群忠实的追随者。他们谈论着斯宾诺莎，克尔恺郭尔，尼采和王国维，谈论着卡夫卡和里尔克。忍耐。失去耐心是人类被逐出伊甸园，失去回归之路的首要原因。只能在地狱中寻找天堂……

他在哲学系批判老秦的会议上替他的同事仗义执言，甚至不惜公然对贾兰坡教授忤逆不逊；他转遍了所有的儿童用品商店，为他的女儿购买变形金刚；他帮助小说家子衿安排人工流产的医院，但这并不妨碍他们之间永无休止的争论：我们只剩下了爱情……或者，强行征用爱情。他在撰写一篇冗长的论文《阴暗时代的哲学问题》，为酝酿中的学术会议筹措经费。我们都是拾垃圾者。与垃圾作战会使自己最终成为一堆垃圾吗？

他在水房里唱歌。

可是，到了夜间，他又是怎样一副情景呢？

他睡不着觉。

为了不至于影响张末的睡眠，从五月份开始，他像一个幽灵一般，躲在阳台上写作。他伏在一只装电视机的纸箱上，小心翼翼地翻书，抽烟，咳嗽。

一天深夜，当夏季的一场暴雨将张末从梦中唤醒，她发现房间里漆黑一片。她叫了他一声，但没人答应。

她从床上起来，走到阳台上。她看见纸箱上有一摊碎纸屑。曾山痴騃地望了她一眼，就像他不认识她似的。他只穿着一条背心。背心上缀满了小洞，仿佛一面破碎的旗帜。过些日子，桌上的那块抹布就可换一换了。张末这样想。

“你把论文撕掉了？”张末问他。

黑暗中有双眼睛突然亮了一下。

张末按亮了阳台上的一只塑料台灯。丈夫本能地举起双手遮住了他的脸：“不要开灯……”他咕哝了一句。张末看见雨水顺着钢窗的缝隙流到了地上的一堆吸剩的烟头上。

“你怎么啦……”张末温柔地摸了摸他的头发，可语调却是冷冰冰的。

曾山抬头看了看她，突然对她说了一句：

“真无聊啊……”

他在这么说的时候，张末发现她的丈夫并不是一堵厚重的墙，不是大象，甚至也不是一面镜子，只是一堆碎纸屑。一条千疮百孔的抹布。这个在白天逢人就谈论忍耐的人，到了晚上就露出了本相。

“你干吗要把论文撕掉?”

“连我自己都不会相信……”曾山说,“既然……”

“怎么会这样?!”

与其说是抚慰,不如说是责问。她被自己的声音吓了一跳。

曾山朝她笑了一下。“你去睡吧。不用管我。”随后他又笑了一下,“其实没有任何人会去关注别人的内心。我这样说,并没有责怪你的意思……”

张末问他,如果待会雨停了,是不是到楼下去走一走。

“你这样说,就好像这场雨果真会停下来似的……”

她感到自己的神经在飒飒的雨声中变得像发丝一般纤细,脆弱。

大约一个小时之后,他们来到了楼下。到处都是积水。河水已经涨满了。食堂里亮起了灯。伙房的排风扇嗡嗡地叫闹着,预示着新的一天已经开始。他们绕过一排铁栏杆,来到了学校的田径场上。

保卫处的几名巡夜者在大雨过后对田径场看台下的遮棚发动了突袭。他们穿着雨衣,手里拿着电筒,将那些惊恐万状的情侣们从遮棚下拉了出来。张末数了数,一共七个。

“怎么会是单数……”张末有些纳闷。

离他们不远处的一片草丛里有一只猫在叫。

张末想象不出应当与曾山说些什么。重要的是她什么也不想说。她有些后悔提出了散步的建议。这场雨还真的停了……

在椭圆形的运动场上,两个沉默不语的人沿着跑道朝前走,不免显出几分滑稽和乖张。她走得那样快,与散步的初衷已相去甚远。她的心里此刻只有一个念头:我需要一个借口。需要一个借口。她只是默念着这句话,其实她自己也不知道在想什么。

张末和曾山在跑道上走了一圈之后,突然听见有人在叫着丈夫的名字。

旗杆下远远地站着一个人。在雨后蒸腾的雾气之中,红红的烟头一闪一灭。

他们刚一站住,那个人便迈开大步朝他们走过来。

“我已经观察你们好半天了,”小说家子衿对他们说道,“一开始,我还以为是两个深夜苦练的竞走运动员呢……”

张末突然夸张地笑了起来。声音听上去十分刺耳。

“你怎么这么晚还在外面转悠?天都快亮了……”曾山对他说。

“我睡不着。”子衿说,“你们呢?”

“你也失眠吗?”张末问道。这是她第一次与小说家说话。

“岂止是我?”子衿笑道,“今天晚上,这个城市里至少有两万人失眠。”

“真让人难以置信……”

“这没什么好奇怪的。”子衿解释说,“假如你不去一下假肢厂,你就永远也不会知道这个城市里有多少缺胳膊断腿的人。”

9

桌子上摆着刚刚煮好的早餐。两片烤面包,两只鸡蛋,一碗稀粥,一碟咸菜,令人想起毕加索早期的一幅油画:《清冷的一餐》。屋子里飘散着一股淡淡的煤油味。

张末独自吃着早餐,不时地转身朝阳台上瞥上一眼。曾山手里拿着一个日记本,正把昨夜撕碎的论文手稿在纸箱上慢慢铺开。他飞快地在日记本上记录着什么。看上去,他在做着一个复杂而滑稽的拼图游戏,又像是一个颇为内行的古董鉴赏家。

曾山带着他的日记本来到餐桌边,张末已差不多吃完了。她将一只剥好的鸡蛋放在丈夫的盆里,随后对他说:“你怎么一时兴起就把论文撕掉了?”

曾山含糊其辞地说了句什么,既算是回答,又不愿意让她听清。

"你的手颤抖得厉害,"张末说,"吃完饭你得好好睡上一觉。"

曾山抬头看了她一眼,随后将那只手藏到了桌布底下。

"神经官能症……"

"是吗?"

"你一定是得了神经官能症。"张末用一种权威的口气宣布道,"没错……"

曾山喝一口稀粥,就看一眼桌上摊开的日记本。张末说:"你喝粥的样子使我想起了你的母亲……"

"就像你真的见过她似的。"

"你跟我提起过,"张末犹豫了一下,仿佛在考虑要不要说下去,"她坐在你父亲的病榻边,一边安慰着他,一边看着床上摊开的那张导弹图纸。"

曾山愣了一下,他吃惊地盯着张末的脸,嘴角慢慢地露出了笑容。它带着明显的嘲讽和疯狂的意味,凝结在他的脸上。他的面容在一刹那间变得有几分狰狞。她还没有来得及感到害怕,就看见丈夫冷静地从果盘里拿起一把水果刀,照着他的手背狠狠地扎了一刀。

在接下来的这段时间里,他们就这样彼此对望着。目光中充满了敌意。

一切都再清楚不过。不需要再作尝试和挣扎。我只要一个借口。张末这样想着。母亲曾看着未来女婿的照片,轻蔑地对她说,我说的话不会错,你嫁给的这个人是一个幽灵。

她来自于医生之家,她知道止血的方法,知道如何包扎伤口,可她坐在桌边一动不动。她静静地看着那只不断抽搐的巨大手掌,看着手指上的血在桌布上缓缓流动,淤结,洇散,仿佛它只是从一只打翻的杯中流出的水,或者说什么也不是。

曾山的眼睛红红的,眼中噙满泪水。他的胡子也在颤动。

一句不经意的话怎么会使他勃然大怒?她不安地想着。他的母亲,家庭,他在江西九江插队的经历,他的女儿珊珊,躲在暗处的前妻与我有什么关系?他的失眠,撕碎的论文,背心上的小洞,受伤的手指与我又有什么关系?

她清晰地看到了自己内心的冷漠。它好像是与生俱来,不可更改的。我知道爱情是怎么回事,在它不可企及的廊柱的阴影下,我只能自惭形秽。她深深地叹了口气,从桌边站起来,打开抽屉寻找药棉和纱布。

这天下午,张末所在的附属中学举行了一个隆重的庆功会,欢迎在国际奥林匹克化学竞赛上载誉归来的两位高中生。

她是一位哲学教师,并不一定要参加这个仪式,可她还是在那个热闹场合一直待到仪式结束,还应邀发表了一通即兴演说。接下来照例是一顿酒宴。

她的食量大得惊人。当她靠在墙上,摸着圆圆的胃部发出粗重的喘息声,她已在不知不觉中吞下了两块牛排,一只鸡腿,四只鹌鹑蛋,四只叉烧包。可她还在一个劲地朝自己的碗里夹着空心菜、土豆丝和猪大肠……中学校长优雅地咀嚼着,不时朝她投来吃惊的目光。

张末提前结束了这顿晚餐之后,在剩下的时间里只是在发愣。她看着墙上的一幅居里夫人画像,看着玻璃橱窗中大大小小的长颈瓶,试管和烧杯,一直在揣摩着下午在办公室里作出的那个可怕的决定。它就像扩散的肿瘤在她的体内蔓延。

一个面容白皙、身穿西服的少年彬彬有礼地来到了她的身旁,亮开正在发育的嗓子对她说:“张老师,你是不是想家了……”这时,她看了看他手中抓着的一把扫帚,才知道宴会已经结束。

她拍了拍他的肩膀,朝他点了点头。是想家了。她说,奇怪的是,她发现这位少年眼中也满含着泪水。

这天晚上,张末和曾山躺在床上,回想起早上的一幕,她替自己的冷漠作了这样的解释:“我一直觉得你和我是一个人,因此,桌上的血也是从我的身上流出来的……”听她这么说,曾山就激动得浑身哆嗦,紧紧地搂住了她。早晨的阴影烟消云散了。

“那么,你怎么会突然在自己的手背上扎上一刀?”

曾山说:“你使我想到了我的母亲……她一心盼着的就是父亲早死。我还想到了父亲的那只手,我当时就想在他的手上扎上一刀。”

张末没再说什么。她在想,丈夫是不是在向她作出这样的暗示:她与曾山的母亲并无太大的区别?或者说,人人都一样?她不敢再想下去了。

过了一会儿,曾山问她今天晚上为什么这么晚才回来。

“你真想知道吗?”

“我想知道……”曾山说。这一次,他倒一点也不含糊。

她用轻松的语调将晚上的酒宴向丈夫描述了一遍。

当丈夫终于说出“我想知道”的时候,她却没有必要撒谎。她为此暗自庆幸。但她知道,她还是撒了谎。一个弥天大谎。

曾山很快就心满意足地进入了梦乡。他没有想到,这个平常的夜晚距离他们正式办理离婚手续只有三个星期的时间了。准确地说,只有二十一天。

10

这是秋末的一天。张末从午睡中醒来,已经是三点钟了。她一连三次梦到同样的场景:曾山在吃早餐的时候,用一把水果刀在她的手背上狠狠地扎了一下……这个梦境的源头可以一直追溯到曾山的父亲,那个垂死的篮球教练:少年的曾山举起刀子刺向他那青筋暴突的手掌,却落到了她的手背上。

透过白色的窗幔,她可以看到远处的一抹苍翠的山峦。山脊上的一道旧城墙蜿蜒远去。也许是因为秋雨不断,城墙上的游客纷纷打开了红色、黑色或黄色的雨伞,令人想起庞德的著名诗句:黑色的枝条上湿漉漉的花瓣。

张末在恍惚中记起来,一个重要的学术会议此刻正在三百公里外的上海举行。几天来,她一直为自己是否前去参加这次会议举棋不定。她知道,犹豫不决对她来说,已不是一种简单的心理波动,它是某种痼疾,最终可以导致她的彻底瘫痪。

她从卧室里出来,坐在客厅里的一张沙发上。她的母亲抬头看了她一眼。她正借着门外的光线,在一张茶几上玩着一个古老的扑克牌戏。她将那些纸牌砌成一个宝塔,然后按照一种奇怪的方式依次翻开一张张纸牌。

那架聂耳牌钢琴依旧摆放在窗前。她已经有很久没有弹过它了。但每次看到它,心里还是悠然一震,浮想联翩。那个手指粗短、身上沾满油漆的音乐教师在她的记忆中也已日渐稀薄。她想起那个艺术家模样的人第一次在琴键上弹出美妙旋律时,她正在厨房里洗碗。她怔怔地站在水池边,希望音乐不要停下来,直到母亲打着哈欠推门进来……还有他从伦敦寄来的那张贺年片:只要音乐还在继续……很难说它不是一个空洞的、无法兑现的承诺。

当她拽着那只沉重的皮箱从上海回到南京,母亲再次来车站接她,就像是欢迎一位载誉归来的英雄。她们都流了眼泪。母亲告诉她,她早就在等着这一天了。“你肯定会离开那个幽灵,回到我们的身边……”她说。考虑到张末所学的荒唐专业,母亲已事先替她找好一门教书的职业。“假如你当初听从我们的意见报考医大,你现在已经是护理部主任了……”

就这样,她轻而易举地将张末近五年来苦苦的挣扎一笔勾销了。充其量,它只能算是一场悲壮的失败。

张末觉得母亲处处在显示她的优越感,她的料事如神,她非凡的洞察力,而她自己仅仅是一头迷途知返的羔羊而已。

回到南京以后,母亲曾替她介绍过一位仪表非凡的年轻人。他刚刚从美国回来,并已取得了美国国籍。他的踌躇满志使张末感到自惭形秽。“你打算在哪儿举行婚礼?是在旧金山，还是夏威夷？”他们一见面，海外赤子就急不可待地向张末这样问道。

张末对他的回答是一记响亮的喷嚏，并将唾沫溅了他一脸。

从那以后，潜在的求婚者被一劳永逸地挡在了门外。母亲似乎也没再提起过她的婚姻。

她在退休之后老得很快。在张末看来，她的急剧衰老与那位药剂师过早的离世有关。一株水仙因为失去滋养而枯萎。她迷上了单调乏味的牌戏，还有股票。除此之外，她对一切都失去了兴趣。

有一天，一个邻居来家中串门，言谈中偶尔问到张末的婚事，母亲只是极为冷淡地说了句：“这可怨不得我……”母亲这样说，张末又感到她也许在骨子里并不希望自己重新结婚。

父亲下班回来了。

他一边脱下白大褂，一边将手里的一份《扬子晚报》扔给母亲。母亲立刻放下手中的扑克牌，摊开报纸，察看当天的股市行情。“又跌了。怎么回事？”她朝父亲看了一眼。

父亲笑了一声，转身走进了卫生间。在张末的记忆中，父亲与母亲很少交谈。双方都似乎在竭力维持着一种夸张的亲密。这是从什么时候开始的呢？

早在二十年前，父亲为了在单位给计划生育工作做出表率,主动做了绝育手术。他的胡子掉光了,喉结随之消失,嗓音变得纤细而柔和。其他方面的生理变化,张末却不得而知。母亲逢人就夸赞父亲的勇敢和自我牺牲(他的这一举措使母亲的生殖系统得以完好保留),却在暗中将他称之为司马迁。

这段家庭内部的隐秘长期以来被张末忽略了,她一直认为自己的家庭十分美满,并为此感到骄傲。

母亲让张末过去。

“你来读读这篇文章。”她对张末说。

她懒洋洋地走到母亲身边。母亲亲热地搂着她。这是一篇介绍台湾地区婚姻状况的专栏文章:女人独身在台湾渐成时尚……“独身其实也挺好。”母亲对她说。

张末读着这篇文章,眉头慢慢地皱了起来。她注意到,报纸的右下角有一则简短的新闻。在全国性哲学会议举行前夕,著名教授贾兰坡坠楼身亡。原因尚在进一步调查中。

她从母亲手中拿过报纸,将这则新闻一连读了两遍。伴随着贾兰坡教授那张虚幻的脸,她的眼前出现了两个迥然不同的画面:贾兰坡坐在阴暗的书房里,在桌子底下踩着她的脚。另一个画面是,在贝多芬第三交响曲的音乐声中,贾兰坡在电影院里泪流满面……

这个世界上又少了一个懂得欣赏音乐的人。张末这样想着,将报纸扔在了一边。

这天晚上，在父母熟睡之后，张末伏在卧室的桌上，给曾山写了一封长信。在这一刻，她又回到了与曾山离别前的那个晚上。在睡梦中，她听见楼下食堂的玻璃一块块地被砸碎了。一切都在分崩离析。到处都是碎裂之声。随后，她听见了一声低沉的呼号，接着又是一声，整个晚上一直萦绕在她的耳畔。

11

曾山问她是不是明天就走。张末朝他点了点头。“我已经买好了明天上午的车票。”

曾山又问她，明天一早，他是不是可以去车站送她。他的语调十分勉强。

“不用了，”张末说，“反正我只有一只箱子……”

曾山转过身去，趴在桌上，凑近一只蓝色的塑料台灯，专心地修理他的那只闹钟。张末第一次来到这个房间，他的桌子上就摆着这么一只闹钟。他没事总爱摆弄它。拆开又装上。桌子上还有一叠刚刚打印出来的论文。《阴暗时代的哲学问题》。假如第二机械制造厂的那笔赞助费能够落实下来，曾山准备在稍后举行的学术讨论会上宣读它。不过，一般来说，这样的可能性很小。

哲学早就成了某种奢侈品。用母亲的话来说,哲学家无疑是一群疯子。她不明白大学里为什么一定要有哲学系这个专业。她的看法与学校官方的意见可谓不谋而合。校方一直在试图说服贾兰坡教授,将哲学系作为一个研究所纳入法政系。他们的理由看来十分充足:自古以来,哲学就是可有可无之物。因为没有哲学家的帮助与指导,人们也能妥善解决围绕着他们的一切问题。

曾山对哲学的前途似乎也没有多少信心。撕碎的论文就是一个很好的说明。他常常这样对张末说,哲学对于通常意义上的生活并无任何助益,相反,它只是一种障碍。我们借助于它的光芒,只能更确切地感受到绝望或废墟的性质。它是一个陷阱。"纵然你看到了绝望,你也没有什么理由将它通知给世上的每一个人。因为至少从表面上看来,哲学所照亮的东西也正是人们试图遗忘的东西。"

曾山说,他只有在与慧能院长通信时,才会觉得自己多少还像个人。

张末知道,慧能是南京某佛学院的院长,既是僧侣,又是哲学家。从他刚刚认识曾山的时候起,他们就开始了频繁的通信。假如酝酿中的学术会议能够顺利举行,他们不久之后将在上海再度见面。

除了对这位和尚毫无保留的尊敬之外,曾山对于他们多年的书信往来也存有某些疑惑。张末曾不止一次地听他谈到，慧能院长似乎对贾兰坡教授抱有浓厚的兴趣，他写来的每一封信都会提到他，并不厌其烦地询问他的近况。很多枝节早超出了学术的范畴。

既然如此，他为什么不直接与贾先生联系呢？

慧能和尚是他们固定不变的话题。张末曾开玩笑似的对丈夫说，慧能和尚是他们婚姻的黏合剂。

和红色的结婚证书不同的是，离婚的证书是墨绿色的。人类或动物对于红色有一种天然的恐惧。用于驱除邪魔的桃符和楹联是红色的，刻在岩洞石壁上的符咒是红色的。交通信号、海关通道的红色标志意味着限制和阻抗。红色是流血的象征物，代表着禁忌和危险，而绿色则代表着安详和自由。

离婚证书是绿色的，它预示着她得到了自由。张末坐在床边，翻来覆去端详着手中的这张证书，脸上有一种怪异的笑容。对她来说，它仅仅意味着一个小小的讽刺——几年前，她带着全部的梦想到了这个喧闹而陌生的城市，现在，当她将要离去的时候，只有这么一个俗艳的证书将一路陪伴着她。

它是消失的时间和生命结出的一枚酸涩的青果。她看着它，感到头晕目眩，不知所措，而它则对张末宣布：你自由了。

张末终于理完了那只箱子，她将它靠在墙边。她将自己脱得一丝不挂，在屋子里走来走去。当她心中第一次跳出离婚这个念头时,她对离别之夜早已开始了不安的想象。

曾山对做爱没有表示出什么热情。他对张末说,既然是最后一次,有和没有已无关紧要。而且,它会使人联想到死囚在上绞架前的那顿丰盛的美味,或者基督徒在临终所吞食的圣餐。

她一次次将手臂绕在他的脖子上,眼中噙满泪珠,曾山一次次将它拿开。他就是《堂吉诃德》里的那个安塞尔模,他要使自己幸福的花瓶经得起摔打。

张末躺在曾山的身边,像个孩子似的偎着他,身体嗦嗦打抖。曾山在临睡前服用了四片利眠宁。他一心盼望的就是这个夜晚尽快过去。

现在虽然已是初夏六月,可张末觉得,这个夜晚与他们第一次做爱时的情景是何其的相似。那天晚上下着大雪。积雪在窗台上堆了厚厚的一层。炉火熄灭后,她也能看到窗外那片银灰色的雪光,它将房间照亮了。雪片无声无息地坠落。她怎么也无法入睡。她想起了《卢布林的魔术师》中的一句诗:

> 我是你的,
> 我的梦也是你的。

她只为这句话而流泪,并将它抄在了自己的笔记本上。

曾山很快就发出了鼾声。她听见楼下食堂的玻璃被什么东西砸碎了。一块、两块、三块……她推了推曾山。你听,好像有人把食堂的玻璃打碎了,统统打碎了。曾山翻了一个身,将厚厚的背脊转向她。接下来她又听到了人群在奔跑的声音,校园里一片嘈杂,其中还夹杂着一两层遥远的呼喊。她拽了拽曾山的胳膊:好像发生了什么事。他睡得十分香甜。在玻璃的破碎声中,她觉得自己的心脏也随之炸裂,就如一只成熟的石榴。

第二天早上,张末很早就从床上爬了起来。她故意将桌椅弄得乒乓作响,她拉开窗帘,让阳光照到他的脸上。可是曾山还是没有醒来。张末不知道为什么要将他弄醒,假如他作出挽留的表示,她还会留下来吗?

她在床边坐了十分钟,一动不动地盯着他的脸。他的鼻毛依旧很长,脸上依然油汪汪的,眼角上堆满眼屎。可是它不再像从前那样令人生厌。

她拖着沉重的皮箱下了楼。户外的阳光刺痛了她的眼球。在她去车站的路上,那张脸一直在街道两侧浮现,注视着她的离去。一个小时之后,它才在车窗外掠过的小河和村庄的背景中渐渐模糊,并最终消失。

12

正像我们已经知道的那样，张末从上海回到南京还不到一个月，就给他寄去了一封信。她受不了那个令人心碎的场面：她独自一人拖着沉重的皮箱前往车站，而曾山却躺在床上呼呼大睡。

他们多年来的爱情和婚姻看上去就像是为这个场面所做的准备。可是当它来临的时候，还是显得不伦不类。它甚至都不能算作一次真正的离别。

张末在信中承揽了失败婚姻的所有罪责。她在信的末尾这样写道：假如让我重选择一次的话，我也许会考虑留在你的身边。

她这样说，并不是为自己离婚的选择感到后悔，也不是试图安慰对方。它至多说明了内心纷乱不安的状况而已。

在等待回信的那些日子里，她再次品尝到了初恋的激动。一切都乱了套。也许曾山说得对，我们的确处于一个空前混乱的时代。你无法对任何事作出判断，不知道自己究竟想要什么，弄不清哪儿出了毛病，只是在时间的挤压下慢慢地变了形。

葡萄变成了酒，酒又变成了醋。

她没有收到曾山的回信，却在一天晚上突然接到了他从车站打来的电话。

张末一听到曾山在电话中的声音，离别后所积蓄起来的眷恋顿时消失得无影无踪。她的语调再次变得冷冰冰的，暗示着对方的唐突和鲁莽。

“我只是想给你写封信。”张末解释说，“仅仅是写封信，没别的。”她没法自圆其说。

他们在新街口的一家通宵咖啡馆见了面，在那儿坐了两个小时。他们的沉默不语使彼此都觉得厌恶、烦躁。曾山说，他打算第二天下午离开南京，因为他还想去紫金山的一座寺院看看慧能院长。

最后，他问张末是否愿意去他的住处。他在车站附近的旅馆里订了一个房间。张末觉得自己的肌肤上结了一层厚厚的鳞痂。

在七月的溽暑之中，在旅店排风扇的喧闹声里，他们在一张简陋的钢丝床上做爱，吞食着对方嘴里吐出的热烘烘的气流。只是他们的身体毫无反应。“我要完蛋了，完蛋了。”曾山对她说。他赤裸的躯体就像一段映入雨帘的枯枝。

张末冷漠地鼓励着他，让他再试一次。

他们徒劳地重复着这一单调的进程——犹如海浪的泡沫，一次次卷向岸边，又一次次在沙滩上隐匿不见。

随着时间的延续,她给曾山写信的次数在渐渐减少。而曾山也只是在新年或者重大的节日才会给她打上一个电话。她逐渐适应了一个人的生活。

她白天在职业学校教书,讲授马克思主义哲学。下班后就陪母亲上街买菜,与那些蓬头垢面的小贩大声地讨价还价。她不再将在公共场合放屁视作耻辱,倘若洗澡的时候想撒尿,她会毫无顾忌地将它撒在浴缸里,用水一冲就完事。

她走路的步子明显地加快了,一天到晚不停地在学校和家中来回穿梭。她的身体微微有些发胖。大半个夜晚,她陪父母坐在电视机前,一边嗑着瓜子,一边对当下的时事发表一通不得要领的评论,被肥皂剧中粗俗的对白逗得哈哈大笑。

时间一长,母亲就会说:我们的张末比从前开朗多了。父亲的夸赞之辞还停留在六十年代,他的说法是:末末进步了。对此,张末本人也有自己的看法,她在内心不断地劝说自己:这样的生活其实也挺好。

她已经悄悄地与南京的几个基督徒开始了尝试性的接触,一旦她认为有必要,就会将自己无条件地托付给上帝。她甚至不再听贝多芬,勃拉姆斯,她把床头的几盒磁带换成了童安格和张学友,打定主意与过去告别。直到有一天,她接到了一个从广州打来的长途,她愈渐平静的内心才突然乱了方寸。

13

电话是邹元标打来的。

他告诉张末,他第二天要来南京,希望晚上能见上一面。

“你不是已经被捕了吗?”张末听到他的声音,半天才反应过来。

“暂时还没有。”邹元标说。他的语调听上去既兴奋又虚假。

“怎么证明你不是一个骗子?”张末笑了起来,“那天你装出一副随时会被警察抓住的样子,我差一点信以为真……”

“在我的计划最终完成之前,他们一时还抓不住我。”

“又在骗人。”

“是真的。”邹元标认真地说。

“那么你有什么计划?”

“你知道。”

“我不明白。”

“你在装糊涂。”邹元标说,“想想看,你曾经答应过我……”

张末的脸一下就红了。她沉默了一会儿,才对他说:“我们之间的事已经结束了。”

“这只是你的看法,”邹元标很有耐心地说,“我知道你近来的心情不太好。你离了婚……”

“你怎么会知道?”

“我知道的还不止这些。”

“你还知道什么?”

“你的丈夫正在筹划一个学术讨论会,他需要一笔赞助……”

“这与你有什么相干?”

“我可以出这笔钱。”邹元标说,“说起来,我对哲学问题还很有那么点兴趣,比方说,是先有鸡,还是先有蛋……”

张末吃了一惊。这个自称董事长的人居然对她的一切都了如指掌。她还是忍不住笑了起来。

“明天晚上七点,我们在金陵饭店门口见面……”邹元标嘿嘿地笑了一声,“这一次,你总不会又来例假吧?”

张末放下电话,心脏突突地跳了起来。她坐在电话机旁,脑子里乱成了一锅粥。看上去,她还在为明天的约会犹豫不定,但她知道,一切都已无法挽回。

14

金陵饭店,这座南京城最高的建筑矗立在一片璀璨的灯火之中,它的光亮使附近的树林和民居变得愈加黯淡而模糊。张末从一辆公共汽车上跳下来,绕过一段灰暗城墙,远远地看见邹元标正站在饭店门口的廊柱下等她。

"我还担心你不会来,结果你比预定时间提前了一刻钟。"邹元标微笑着对她说。

他们在电梯里就开始接吻。一切都是那么的自然。自从他们在玄武湖边的一座凉亭里分手之后,她已经很久没有过这样的感觉了:他紧紧地搂着她的腰,她的脊椎骨被一阵气浪所震断,她的肠子像一团乱糟糟的麻线纠缠在一起。

他们很快就分开了。电梯停在了九楼。一名饭店的服务员推着餐车走了进来。电梯在快速上升。她感到自己的身体如同一片树叶,飘向遥远的一个什么地方。她神思恍惚地看着邹元标。餐车上的玻璃杯和酒瓶轻轻地摇晃着,发出似有若无的磕碰之声。

在饭店顶层的一间圆形咖啡厅里,他们找个靠窗的位置坐了下来。邹元标问她喜欢喝什么牌子的酒,张末回答说,她已经醉了。

不过她还是要了一包土豆条,一碟开心果,一瓶意大利的金巴瑞。酒的颜色像玫瑰一样呈深红色,有一股淡淡的苦艾味。

天已经完全黑了下来,窗外乱哄哄的喧闹市声离她十分遥远。她能看见玄武湖沿岸的灯光,湖边寒碜的火车站以及广场上蝌蚪般的行人。湖心的一座座凉亭在黑夜的衬托下已成了一簇簇幽暗的剪影。

这个夜晚,与她一生中无数个夜晚一样,只是一个可以忽略的瞬间。假如你此刻正在安眠,那就意味着什么事都不会发生。她坐在窗前,喝着酒,偶尔又会想到曾山,以及他那颗哑铃般的头颅。她不只一次地闪现过这样的念头:为什么药剂师的身影一旦出现在她的房门前,她对于音乐教师的眷恋就失去了重量?直到现在,她依然找不到任何答案。她觉得自己的腹部藏着一个精灵,它从来不受意志的支配。

“在你愁苦的忧容之下,掩盖着一个渴望快乐的心灵。”邹元标对她说,“我一直在担心你也许不会来,可是你却提前了足足十五分钟。”随后,他发出了一阵爽朗的笑声。

他就用这样的方式开始了最初的调情。他凑向她的耳边,悄声地对她说,他在火车上第一眼看到她,就被她身上那种超凡脱俗的气质迷住了。他怔怔地看着她的腰,她的腿,她胸前的V字领衬衣,一路上与她说着令人开心的故事。

“我在想,假如你什么都不穿,会是怎样一副动人的情景……”他将手放在她的腿上。张末听到了自己丝质的裙子在摩挲中发出的静电之声。她觉得邹元标用这种放肆的方式与语调与她说话,其实也没什么不好。她喜欢他所说的每一句话,喜欢他低沉而清晰的嗓音。在她的身体里,自有一种情感呼应着它的节拍。她能够明白,为什么药剂师在饭桌上随口说出的一个笑话都会使母亲哈哈大笑,她浑身的肉都在颤抖。

邹元标的瞳孔亮晶晶的。她的整个身心都浸透在他温暖的注视之中,沉浸在一片虚幻的光影里。他每看她一次,她的身体就如被风吹动的树木一样摇荡不已。

张末一口接着一口地喝着酒,同时谛听着邹元标的喃喃低语,她的疯狂的渴望已不可动摇:无论邹元标要她做什么,她都会遵从他的意志。一杯再苦的酒,她也打算喝下去。这样想着,从昨夜开始就堆积在她心头的犹豫和惶恐随之就消失了。

她忽然想到了她与曾山的离婚。它至多不过是一个借口而已。而现在她得到了这样一个借口。这个念头使她吓了一跳。放纵与疯狂,它是肢体的一个小小秘密,是她与生俱来的好奇心所培植起来的秘密。同时,它又是那个甜蜜梦境的一个部分。你什么也不会失去,不会……只要你想象它是圣洁的,它就始终是圣洁的。

“我怎么也没有想到,为了得到你,足足等了三年时间。”邹元标说,“你知道三年来,我为什么没有被警察逮住吗?”

张末以为他又在开玩笑,她摇了摇头。

“完全是因为你……”邹元标低头抿了一口酒，继续说，“这些年来，我就像一只被猎犬追逐的兔子一样，疲于奔命，四处躲藏，不过，现在我感到它还是值得的。”

邹元标随后告诉张末，他明天一早就动身去上海，“与那帮知识分子开个玩笑。”

“你真的要给学术会议提供赞助吗？”张末不安地问道。

“那当然。”邹元标略微停顿了一下，又接着说，“我是一个罪犯，但还懂得信守诺言。不久之后的学术会议就是我的墓志铭。我对逃跑早就厌烦了。”

张末虽然已微露醉意，但还是被邹元标的一番话说得目瞪口呆。在她的印象之中，邹元标的话语中好像总有一种虚无缥缈的成分。她分不清他的哪些话是真实的，哪些是信口开河的玩笑。她原以为邹元标约她来谈赞助之事，只不过是随便说说而已。

“你到底出了什么事？”张末问道。

“现在谈论这件事，似乎已经太迟了。”邹元标长叹了一声，笑了笑，然后摸了摸她的脸，“小妹妹，我会永远记住你的。”

张末看见他的眼中噙满热泪。

他从张末手中拿下酒杯，彬彬有礼地站起身来：“我们该走了。”

第六章

会议闭幕。还发生了另外的事。

1

在学术会议即将闭幕的前一天，曾山收到了一封张末从南京写来的信。从邮戳上的时间来看，这封信在哲学系的信箱里已经耽搁了好些天了。

在这封信的开头，张末就忧心忡忡地提到，给这次大会提供赞助的邹元标是一名在逃的经济案犯。她担心，假如这个人在大会进行过程中因行迹败露而被捕，那么这个酝酿已久的哲学讨论会即便算不上一个恶作剧，也会给人以荒诞的滑稽感。

她的推测与疑虑看来并非杞人忧天。只是，由于赞助商在三天前已被警方拘押，而且，警方在随后的侦讯中向曾山出示了张末与邹元标一同出入金沙江大酒店的照片,他对于这个迟到的讯息并不觉得过于震惊。相反,这封信所带给他的是一种印证或补充,一种难以排遣的阒寂之感。

问题在于,张末是如何认识邹元标的?她又是从何得知邹元标的罪犯身份?还有,作为南方一家制药企业的老板,邹元标怎么会突然出资赞助一个哲学会议?

对于这些方面的疑点,张末在信中没有作出任何解释。

在这封信的开头部分,她的字迹十分潦草,语句艰涩,生硬,似断若连,仿佛她是忍受着巨大的痛苦,闭着眼睛写下了这些文字。而一旦过渡到下一个段落,她的字迹又恢复了往昔的工整,娟秀,从容不迫。读着这些字句,他的眼前,又浮现出她穿着蓝色的裙子,从文史楼前的草坪上走过时的情景,或者,她和苏辛抬着一只巨大的花篮,在小礼堂外的楼道里踟蹰不前……

曾山没有急于往下看,而是让他的目光长久地停留在开头的那些纷乱、芜杂、模糊不清的字句中间,就像一个炼金术士,面对着一堆粗糙的矿石一时不知如何下手。你不能一看到缀满水珠的柠檬就联想到女人的乳房,一想到女人的乳房,就会出现自己妻子与别的男人交合的画面……他忽然想到了那个心理系的女博士曾经对他说过的这番话。他觉得自己就是《尤利西斯》中的那个面容忧郁的布卢姆。他还想到了那些春药,张末假如吃了这种药……不安的遐想就如一尾毒蛇一样吞噬着他的神经。我对它真是上了瘾。

接下来,张末用了大段的篇幅向他描述了不久前的一段奇遇。它虽然是一件不起眼的小事,却差一点使她重新燃起对这个世界的信心。“也许你读了之后,会认为它根本就不值得一提……”

2

……

前些天,我骑车去新街口的唱片店买 CD,在经过一条狭窄、潮湿的街巷时,我看见弄堂口的水泥路面上有一朵玫瑰花。

那是一段刚刚绽放的玫瑰花枝,一定是哪个从花店买花的人从这儿经过,不小心掉落了一枝。

我当时首先想到的就是将它捡起来。因为它毕竟是一朵完好无损的玫瑰。可是,一个奇怪的念头使我没有立刻这样做。我忽然想到,街巷里自行车川流不息,人群拥挤嘈杂,而这朵玫瑰既未被行人踩踏,也未受到自行车轮的碾压。

如果这枝花是在两分钟前刚刚落下来的,它也许还说明不了任何问题——十分钟后,有谁能够担保它不会变成一堆花泥呢?

我在旁边的一个水果摊前站了差不多有一个小时,只是为了验证一个预感。在十二月的阳光之下,花朵显得沉甸甸的,在破败不堪的水泥地上是那么的触目。行人匆匆走来,匆匆离去,神情专注地赶往一个个不知名的地点。没有人朝它看上一眼,也没有人弯腰去拾起它。但它始终是一朵完好、鲜艳的玫瑰,没有遭到任何践踏。所有从那儿经过的人、自行车都奇迹般地绕开了它。

我想起了埃里蒂斯笔下那朵童贞的雏菊:人们没有践踏它,也许只是出于一种本能。女人容易被一种简单的事实所打动。对我来说,此刻,这个午后,在潮湿路面上的一朵玫瑰已经说明了一切。它不慎失落,却无形中受到了呵护。我还为此流了泪。

我甚至觉得,这个世界的丑陋似乎被我们夸大了,有着木乃伊般空洞眼神的南京居民给人以一种温暖的亲切之感。在这一瞬间,世界又变得传说中的那般美好……

可是,这个念头只是在我脑子里一闪而过。我很快就发现,在我蹲在地上远远注视着那朵花枝的过程中,放在自行车筐中的一只皮包早被人用锋利的刀片划了一个长长的口子,里面装着的五百元钱不翼而飞。在那一刻,在街道拐角处消失的一个个背影又显得那样的可疑,粗俗,令人憎恶。我怔怔地站在那里，脑子里一片空白。

我从地上捡起了这朵玫瑰，把它带回了家中。现在，它就插在一只白色的玻璃瓶里，放在我的写字桌上。我一边朝它看上一眼，一边给你写信。我丢失了五百元钱，却得到了一朵别人失落的玫瑰。如今，它已经快要枯萎了。

我不知道这朵花对我来说意味着什么，只是想到应该写信告诉你这件事。也许它说明不了什么问题。多少年来，我一直感到了生活中两种相反力量的挤压，一些事牵扯着另外一些事，你理不出头绪，丧失了判断力。也许歌德说得对，人世间的一切挣扎，在上帝的眼中，只不过是永恒的寂静而已。

妈妈回来了。她的声音听上去显得很兴奋。二纺机和爱使电子又分别上升了七个百分点，我要陪她去买菜了。晚上再接着写。

3

下午一点钟，曾山匆匆赶往师兄子衿博士的住处，约他去专家楼，为一位来自沈阳的代表送行。两年前，他和师兄去沈阳开会，曾经得到过这位代表的热忱款待。

尽管学术会议要在第二天才告结束，可是沈阳朋友却已早早订好了这天下午五点的机票。飞机预计在空中飞行一个半小时，假如正点起飞，他将于晚上六点半抵达沈阳机场。这样，他有充裕的时间赶往体育中心，观看辽宁队的一场足球比赛。他是一个超级球迷。昨天晚上，他与另一位代表在小组会上吵得面红耳赤。争论的焦点是，是荷兰球星古力特伟大，还是苏格拉底伟大……

止痛片的药性在曾山的体内悄悄发作了。除了大脑的麻痹和钝滞之外，腹痛并没有丝毫的减轻。像是有人用一把长长的铁钩将他的肠子往外钩拽。他打算一俟会议结束，就去第六人民医院做一次胃镜检查。在子衿居住的宿舍楼前，他看到了水泥地上、垃圾筒上溅满了斑斑血迹。

一个陌生的姑娘替他开了门，手里拿着一只温度计，子衿躺在床上发着高烧，但他没有忘记将他的妹妹介绍给曾山，他的额头上贴着一块膏药。

"怎么样，我没有说谎吧？"

子衿皲裂的嘴唇咧开来，朝曾山露出晦暗的笑容。他的声音听上去显得虚弱无力。曾山知道，师兄已明显地感到了自己对他的不信任，总要找机会证明他的真诚。曾山不禁有些惘然若失。

"我告诉过你，我的妹妹要来，"子衿再次补充说，"我没有撒谎……"

曾山在他床边坐了下来。他问师兄明天下午的大会发言要不要取消。“看来,你病得不轻。”

子衿满不在乎地摇了摇头。他说他已经写好了发言稿。“我要告诉你一个秘密,”子衿随后对他说,“明天下午,将要发生一件惊天动地的大事……不过,我暂时不能让你知道具体的内容。”

他的妹妹沮丧地看了他一眼。他又在说胡话了。他烧到了三十九度二。他总在说话。曾山又问他头上的膏药是怎么回事。“你又和人打架了?”

子衿说:“你看这块膏药像不像一面旗帜?”

欲望的旗帜。它一个劲地上升。就如桅杆上鼓满了风的船帆。子衿的声音渐渐就有些模糊不清了。

从子衿的楼上下来,曾山总觉得哪儿不对劲。在沉寂的校园里,曾山回想着师兄面无表情地对他说:明天下午要发生一件大事……他的眼神真让人感到恐惧。学术会议眼看就要结束了,还会有什么事情发生呢?在前往专家楼的路上,曾山实际上已经看到了那个可怕的结果,只是一时还不敢加以肯定。

越过那排稠密的枇杷树丛和围墙上的铁刺卫矛,曾山远远地就可以看到专家楼别致建筑的拱顶。为了迎接这次学术讨论会,校方对这幢古旧的建筑进行了翻修,屋顶上的红色洋瓦一律作了更换,墙壁粉刷一新,整幢大楼在秋末冬初的阳光下熠熠生辉。

由于学术会议临近结束,代表们大都上街购物去了。院廊里显得冷冷清清。

院中的草坪泛出一片枯黄,上面落满了树叶。正对着大楼服务台的空地上停着一辆棕色的丰田牌轿车。在轿车的旁边,一张白色的躺椅上坐着一个人。他正在读书。

曾山很快就认出来了,他是这次学术会议上唯一的一位外国代表,神学家唐彼得先生。他显然被书中的情节深深地吸引住了,一会儿皱眉,一会儿涨红了脸兀自窃笑。

一个身穿裙子的女人正站在轿车旁,摆出姿势让人照相。她的脸上显露出心满意足的神情,令人联想到她对这辆轿车和洋房的归属问题产生了空洞的幻觉。

唐彼得先生为了更好地品味书中的内容,他抬起头来朝这个女人投去意味深长的一瞥,似乎正在欣赏着她裙子上的缤纷的拼花图案。在贾兰坡的追悼会上,曾山曾经见到过这个女人。假如记忆没有出现失误,她应该就是导师去世前调入系资料室的那位纺织女工。

给她照相的那个人正是唐彼得的中国秘书。她的脸色不太好。她半跪在洁净的草坪上,举着照相机对准了资料员,仿佛正向她举枪射击。

看见曾山从院门里走进来,唐彼得就暂时合上书本,站起来与曾山说话。他脸上的表情同样复杂。

“什么样的书逗得您暗自发笑?”

曾山朝他走了过去,用德语对唐彼得说道。唐彼得依然沉浸在书的情节中,脸上流露出意犹未尽的愉快神情。

“《贪欢报》。”唐彼得说,“它的另一个中文书名叫做《欢喜冤家》。”

曾山知道它是一本遭到毁禁的清代小说,只是一直未能有机会读到它的全本。

“这是一本十分有趣的著作。”唐彼得向曾山诡秘地眨了眨眼睛,“它让我第一次真切地见识了中国人的幽默感和文化的博大精深。我几乎舍不得一下子将它读完。在对身体隐秘快乐的探索上,D·H·劳伦斯和色诺芬又算得了什么?”

唐彼得接着对曾山说,他这次来上海,参加了一个令人乏味的冗长会议,不过却在无意中得到了这样一部奇书。“用中国话来说,这叫做,失之东隅,收之桑榆……”

此刻,照相的女人互相更换了一下位置。中国秘书将照相机递给资料员,自己拢了拢耳边的长发,站到了轿车前。

由于缺乏必要的摄影常识,资料员似乎对傻瓜机以外的摄影器材感到十分畏惧。她不断地摆弄着手中的尼康3100,一时不知如何下手。她的紧张是显而易见的。即便她找不到可以按动的快门,她也不太可能向女秘书求教。

女秘书将这一切看在眼里,嘴角上挂着一丝阴毒的冷笑,好像在说:我倒要看看你将如何折腾……鉴于资料员的中途卷入,女秘书和唐彼得先生的关系受到了潜在的威胁,而现在,这架复杂的尼康相机正在帮助她重新获得某种自信和优越感。机会一旦出现,就要紧抓不放。

在她身后,曾山的那位沈阳朋友已经拎着行李出现在服务台前。他正在办理退房手续。

"我要去机场送个朋友。"曾山对唐彼得说。同时,他听到了清脆的"咔嚓"声。

4

曾山从机场回到宿舍里,腹部和大脑的疼痛依然没有减轻。他服用了一片阿司匹林,正准备去学校的公共浴室洗个热水澡,就听到有人在敲门。

他打开门,看见会务组的老秦挽着他的斜眼妻子站在门口的过道里。老秦穿着一件蓝色的风衣,头戴一顶红色的绒线贝雷帽,脖子上挂着一条青灰色的羊毛围巾,这副装扮使他看上去与以前的邋遢判若两人。

"我们是来向你告别的。"老秦一进门就对他说。

“你们要出远门吗?”

“去青海。”

在这之前,曾山已经隐约听说,老秦经过频繁的活动,有意调往西北的一所高校。对方答应给他三室一厅的公寓住房,副教授的职称,两万元的科研启动费。妻子的户口也一并解决。

只不过,原先在校园里传得沸沸扬扬的哲学系要被取消一事已被证明是无稽之谈。在这样一个全国性的学术会议期间,这一传闻使得这次会议实际上已变成了一个人才交易市场。它不仅干扰了正常的会议程序,同时也极大地损害了学校在全国哲学界应有的声誉。因此,学校的一位官员亲临哲学系,主持全系教职工大会。他声色俱厉地指出,哲学系要被取消的传言纯粹是某些高校别有用心的捏造,“其目的是想挤垮我系的教师队伍,进而争夺二十一世纪学术中心的学科地位”。他对于商业竞争手段染指教育界感到十分愤慨。他暗示说,由于哲学系古代哲学史专业新增了一个博士点,加之贾兰坡先生的去世空出了一个博导名额,哲学系不仅不会压缩,相反还要引进必要的师资力量,最后,这位官员不无讽刺地提到:“我听说,哲学系的某些教师已经在暗中与其他高校签订了调动意向书,并想以此要挟本校有关部门,在住房和职称上讨价还价……”

“你们打算什么时候动身?”曾山说。

“明天早上七点钟的火车。”老秦说,“我们打算先去西宁看看,然后再作决定。”

他的妻子面容忧郁地望着丈夫:“我不想去青海……那个地方天高地远,与流放有什么区别?”

“那还不是因为你?”老秦绝望地瞪了妻子一眼。

“这与我有什么关系?”他的妻子反唇相讥,她一着急,眼睛越发斜得厉害,“你什么事都赶不上趟儿……”

“我们不谈这个。”老秦悲哀地说。他顺手从曾山的桌上拿起一只电动剃须刀,兀自刮起了胡子。

“不知怎么回事,五十年来,我几乎就没有做对过一件事。我好不容易替自己找了一份待遇优厚的工作。可哲学系又不取消了。那我干吗要……”他终于忍不住,还是唠唠叨叨地抱怨起来。

“照你的意思,假如哲学系真的被取消了,你现在就心满意足了?”曾山微笑着对他说。

老秦的脸微微泛出潮红。他低着头,拨开电动剃须刀的金属网罩,将须末吹得四处纷飞。

稍稍停了片刻,老秦像是突然想起了一件事来,他的眼睛闪闪发亮。他再次提到了贾兰坡教授去世前的那则日记。

“贾兰坡教授自杀一事很快就将水落石出了。”老秦这样说,又重新振作起精神,“也许明天……”

“我们现在还不知道这篇日记究竟写了些什么。”

“用不着知道日记的具体内容。”老秦说,“有些十分明显的线索常常容易被我们忽略。我们搞哲学的人不能一味拘泥于事实,而要依赖逻辑的力量。”

“什么逻辑?”

“我也是直到最近才悟到了这一点。贾兰坡的死虽然还不能说是他杀,但至少与他周围的一个神秘人物有关。”

“你指的是子衿博士吗?”曾山被自己的话吓了一跳,他的眼前又浮现出师兄躲躲闪闪的眼神,想起他对自己说:明天下午要发生一件大事……

“不,是慧能院长。”老秦阴郁地笑了一下,看上去就像一个受过专门训练的职业侦探。

“你的导师叫什么?”老秦问道。

“贾兰坡。”

“那么慧能院长呢?”

“我曾听你说起过。不过现在已经忘了。”曾山感到自己的心脏怦怦直跳。

“你不该忘。”老秦煞有介事地深吸了一口气,接着说,“慧能院长出家前的真实名字叫贾竹山……”

“你是说,慧能院长与导师原来就已认识?”

“岂止是认识。他们是一对孪生兄弟!”

在室内明亮的灯光下,曾山神志恍惚地盯着桌上的一面圆镜,一度怀疑自己是不是在做梦。他想起了导师常爱说的一句名言:夜幕之下浮现出多少张脸,这个城市就有多少桩不为人知的秘密……

“你还记得那个追悼会吗?”老秦继续分析道,“慧能院长朝师母走过去与她握手,可她居然装作没有看见……”

曾山点点头。

“还有,研究生院的汪院长曾经说过,他在与贾兰坡去郊外钓鱼的路上,贾先生跟他提起过一段十分可怕的往事……”

曾山再次点了点头。他期待着老秦说下去,却不料老秦的分析已经到此结束了。

“事情不是明摆着了吗?”

“您的意思是……”

“点到为止,点到为止。”老秦摆摆手,从椅子上站起来,“我们该告辞了。还得回去收拾一下行李。再见!”

5

这是学术会议的最后一天。按照大会的既定程序,今天下午，在小说家子衿博士的发言之后，将要进行理事会的选举。

不到一点钟，代表们便早早地来到了图书馆二楼的报告厅。在正式的选举开始之前，利用午后的这段闲暇彼此沟通一下情感是必不可少的。昨天晚上老秦在临走前交给曾山一只信封，让他代为投票。他一再嘱咐曾山不要自行拆阅，这使曾山忽然感觉到，老秦也许在选票上写下了他自己的名字。

曾山在事隔很多天后，回想起这个午后发生的一切，依然战栗不已。如果说，这次大会从开幕的那天起就几经周折，怪事不断，那么这天下午的情景则提供了一个充满象征意味的注脚。

从早晨开始就一直在下着雨。不过在临近中午的时刻，灿烂的阳光很快就将厚厚的阴云荡涤一空。图书馆楼前的积水淹没了一部分草坪。到处都是落叶。

风向偏西，空气像绸布一样抽紧，预示着初冬的到来。园林科的工人站在高高的长梯上，正在给梧桐树剪枝。少女们穿着牛仔裤在校河的拱桥上结伴走过。图书馆主楼上垂挂下来的大会开幕标语已经为画展的条幅所取代。一切都是那么的阒寂，虚静，有条不紊。

在下午的会议开始之前，曾山在报告厅的门口遇到了他的师兄。他正在给人签名。也许是因为高烧刚退，他的脸色略显苍白。额上的膏药已被揭掉,露出了粉红色的、尚未愈合的伤口。

子衿博士看上去心情很好。他很有耐心地接过读者们递过来的小说集,写下自己的笔名,或者留下一两句例行的劝勉之语。

等到簇拥在他身边的人群渐渐散去之后,师兄朝他走了过来,用力握住了曾山的双手,眼睛里闪耀着激动的泪花。

"漫长的等待终于过去了。"子衿对他这样说道。

在那一刻,曾山并不知道他一直在担心的那件事已经出现了最初的征兆,他只是不明所以地朝他笑了一下。他不清楚子衿在说这句话时的真实用意,因此,他有理由保持沉默。

子衿博士随后说出的话更让人感到费解:"当你心如死灰,万念俱灰的时候,荣誉这头怪兽却冷不防从阴暗的角落蹿了出来。不过,对我来说,它毕竟太迟了。用艾兹拉·庞德的话来说,理解来得太迟……"

"什么荣誉?"曾山问道。他的大脑感到了一阵尖锐的刺痛。他的身体像一片树叶那样抖动了一下。

"的确令人难以置信。"子衿接着说,"当年聂鲁达和他的妻子躲在一个别人找不到的地方,差一点错过了那个历史性的机遇。他实际上是害怕了。而澳大利亚的怀特则不同,新闻记者在他家门外守候了整整一夜,他就是不开门。他首先想到的就是好好睡上一觉。你看他是多么的从容,噢对了,你知道美国的威廉·福克纳吗……"

"当然。"曾山说。

"他兴奋过度,竟然将金质奖章遗失在皇宫外的草丛里,他和女儿在草丛里找啊找啊,最后在一只木桶边上看到了它……"

这时,曾山看见几天不见踪影的慧能院长出现在报告厅的走廊里。他来到签名处,在留言簿上写下了自己的名字,正打算找个空位坐下来。

子衿叫住了他。

"秃驴……"子衿朝他喊道。

慧能院长像是猛然间遭到了重重的一击,他的背影像被风吹动的河水一样晃动了几下,然后缓缓转过身来。鹰隼似的目光中透出几分尴尬不安。

好在大厅里人声嘈杂,没有人注意到子衿刚才的那声怪叫。

"你还没有祝贺我呢。"子衿对慧能院长说道。

慧能院长两眼一动不动地盯着子衿。曾山突然想起来,在许多天之前,他们三个人在临河的咖啡馆里,慧能院长曾经说过一番意味深长的话。

慧能勉强地笑了一下:"好吧,我祝贺你,我一直在期待着你精彩的发言给本次大会以一个圆满的结局。”说完，慧能院长兀自摇了摇头，走开了。

主持这次会议的是研究生院院长汪秉昆先生。他幽默而简短的开场白引动了一片欢快的笑声。

梯形报告厅里十分拥挤。除了会议的代表们之外，大厅的后排站满了慕名而来的中文系和哲学系的学生。

在麦克风嗡嗡的回声之中，只有曾山一个人感到了无名的恐惧和焦虑。他呆呆地站在墙边的一只灭火器旁，竭力试图从师兄刚才纷乱的话里理出一个头绪。他用了差不多两分钟的时间排除了恶作剧的可能，尽管他的师兄平常深谙此道。

最后，当他终于明白过来将要发生什么事的时候，时间已经来不及了。大厅里骤然响起了一阵暴风雨般的掌声。曾山看见师兄像是换了一个人似的，风度翩翩地走向主席台，朝听众们挥手致意。

他从口袋里掏出一份预先拟就的发言稿，将它平铺在桌面上，很有礼貌地对主持人和坐在台上的系主任点了一下头，然后就开始了他的发言。

“在我开始考虑今天下午对诸位该讲些什么的时候，我只想对瑞典文学院给予我这一崇高的荣誉表示感激。然而，要充分表达谢意并非易事：我的职业是运用语言，而此刻却超出了我运用言语的能力。

“假如仅仅表示自己意识到了获得一个文学家所能获得的这个最高国际荣誉，不过是重复人人皆知的事情；如果声明自己不够资格，那么便会使人怀疑文学院的才智；倘若颂扬文学院，又可能会使人们以为我作为一个文学评论家，赞同承认自己应该得到这一荣誉。所以，是否让我恳请大家理解这一人之常情：我感受到了获悉此奖后任何人在此时此刻可能会产生的狂喜和虚荣的一切正常感情，在一举成名之后一面陶醉于一片赞扬声，一面对因此带来的打扰感到恼火。假定诺贝尔奖和其他任何奖性质相似，只不过在程度上更高一级的话，我尚可找到一番感激之辞。可是，由于它与其他奖有着质的不同，要想表达我的感受绝非语言所能胜任了。

“因此，我必须绕点弯子……”①

在子衿博士刚刚开始发言的时候，主持人汪秉昆院长坐在一旁静静地喝着茶，并不时地与坐在他身边的系主任喁喁耳语一番，脸上始终挂着笑容。可是，他听着听着就变了脸。那是一张疑窦丛生、神思恍惚的脸。他侧过身来看了子衿一眼，飘忽的目光立刻弹了回来。他端着茶杯的那只手索索打

① 这实际上是T·S·艾略特1948年的获奖演说。——作者注

抖,他根本无法控制它的颤抖,杯中的茶水随着他身体的晃动不断地泼洒在桌面上。

而坐在他旁边的哲学系主任却很不得体地站了起来,好像他也要说上一两句什么话。他摸摸自己灰色中山装左边的口袋,又摸摸右边。最后,他索性把衣兜翻了出来。他不停地重复着这个可笑的动作,就像他突然意识到自己的钥匙丢了。

会场上出现了一阵轻微的骚动。大家都凝神屏息地彼此对望着,空洞的眼神频繁地交流、询问:怎么搞的……

坐在曾山前排的一位代表手忙脚乱地从口袋中摸出一支烟来,将它倒放在嘴里。他划亮了火柴。火苗将海绵过滤嘴烧焦了。香烟仍然没有点着。

“多么奇怪!”他扭过头来,狐疑地看着曾山,“我的香烟怎么点不着?”

在整个会场上也许只有一个人表现了应有的冷静,他就是慧能院长。他叹息了一声,走到曾山的面前,用不容置疑的口吻对他说:“精神分裂……”

他提醒曾山,应当迅速制止他那疯狂的讲演。他朝大厅里那些惊悸不安的听众扫视了一下,再次重申了他那著名的观点:

“精神病是可以传染的。”

在前往精神病院的路上，曾山又见到子衿的妹妹。两天前，她刚刚从乡村来到这座城市。她在不住地流泪。她说她一直为自己有这么一个哥哥而骄傲。“他是我精神上的唯一依靠，没想到他却发了疯……”

她回忆说，直到昨晚九点多钟，子衿的高烧才退。他出了很多汗。额头上凉津津的。他从书架上搬下一大摞书，放在写字桌上，然后开始修改第二天下午的发言稿。

很快，他的脾气变得异常暴躁。写不了几个字，就把稿纸揉成一团，扔进了桌边的废纸篓。

她想，也许他在写作时不希望有人待在边上，她就离开了那里——在学术会议举行期间，学校的招待所全部住满了会议代表，她只得在学校对面的弄堂里找了一家简陋的旅馆住了下来。

第二天早上下起了大雨。等到雨过天晴，她匆匆回到子衿的宿舍时，实际上已临近中午。她一进门就惊呆了。废纸扔得满地都是，桌上玻璃缸中的烟蒂已经满了。她看见子衿手里拿着一把裁布用的大剪刀将蚊帐剪成了碎片。她问他为什么要把蚊帐剪掉，子衿就笑嘻嘻地对她说：

“冬天到了，还要蚊帐干吗？”

那时，她已经知道，他多半是发了疯。

她的第一个反应就是往医院跑。当她冲进医院的一个门诊室时,大夫们正准备下班回家。她操着浓重的乡下口音对大夫们说:“我的哥哥疯了……”

诊室里的大夫起先是愣了一下,随后就哈哈大笑。

她又把刚才的那句话重复了一遍。医生们笑得更欢了。

这时医务科的科长恰巧从那儿经过。他把脑袋伸进门来,向他的同事们问道:“你们在笑什么?”

“她说她的哥哥疯掉了……”一个女医生回答道。科长也大声地笑了起来。尽管他笑得比谁都厉害,末了还是耐心地询问了她哥哥的名字、住址以及发病时的症状。

“你们帮她给精神病防治中心打个电话,让他们派辆救护车来……”科长说。随后他就走开了。

子衿博士躺在一张底部装有轮子的挂架床上,身上绑着帆布带。由于刚刚注射了一针镇定剂,他此刻已安静下来。一名女护士手里拿着一只电筒,翻开他的眼皮照了照。

曾山的两条腿一刻不停地跳动着,就像正为某事而感到洋洋得意。他的神经系统对两腿失去了约束。

“你的腿怎么啦?”那名护士用异样的目光盯着他的脸。

“我没事,只是轻度的神经官能症。”曾山慌乱地替自己辩解说。

护士笑了起来。

救护车呼啸着绕下了高架公路,趄入了一条幽僻的街巷。

6

下午四点钟,也就是哲学学会开始理事会选举的同一时刻,一个护士带着曾山、子衿和他的妹妹朝住院部二楼的病房走去。护士说,根据子衿的病情,他至少得在这儿待上三个月的时间。

在半明半暗的走廊里,来回逡巡的精神病人纷纷举手向护士小姐致意。让我们看看你的 X 怎么样?一个白发苍苍的老头淫荡地对她怪叫了一声。

子衿的病房被安排在走廊的顶端。房间里闲坐着七八个病人,他们或者在床上读书,或者凭窗眺望远处的夕阳。他们一进门,坐在窗口的那个人就神秘地对他的同伴们说:“你们看,犹大来了……”

假若不是因为这句话,曾山一度觉得这个房间与普通的医院病房本来没有什么两样。透过那扇老式的钢窗,可以看见院外那些四季常绿的高大乔木和园圃植物。一座灰红色的烟囱耸立在棚户区低矮建筑的屋顶之上。曾山已经回忆不起来,那座烟囱是不是属于火葬场焚尸炉的一个部分。

“晚上七点之前,你们必须离开这儿。”护士对曾山和子衿的妹妹说。她还交代了另外一些事项,不过曾山一句也没有听进去。

他的视线搜寻着病房内的一切。他在意识深处一直极为恐惧的就是这个地方。现在他置身于它的核心地带,和疯子们挨得很近,呼吸着这里的沉滞而郁闷的空气。他甚至觉得这个病房是那样的熟悉,就好像他不久前刚刚到过这里一样。

贾兰坡和师兄子衿,分别代表着死亡与疯狂的两极,就像弗兰兹·卡夫卡笔下的猫和捕鼠器。而曾山本人就是一只畏葸的老鼠,一片游移其间的光影。

护士小姐刚刚离开,那个在床边读书的人就摇头晃脑地朝曾山走过来。

“犹大,耶稣基督究竟什么时候才来?”他向曾山问道。

“也许快了。”曾山回答说,“不过我也说不准……”

曾山知道,眼下在众多的基督徒中间,有一个隐秘的消息在悄悄流传:基督,天上的父,将于一个缀满露珠的黎明降临尘世,带领他的信徒踏上返回伊甸园的旅程。随着橄榄树枝变绿,天空将再次变得清澈而纯净,生命河流明亮如水晶,从神和羔羊的宝座里流泻出来,河边的生命树结出十二个甘甜的果子,不再有黑夜。

“我们每天都在祷告,白天黑夜呼唤着他的名,可是天父迟迟不露行迹,我们虽然都很有耐心,但……”

“什么基督不基督,”坐在窗边的那个人打断了读书人的话,“佐西马长老一死,他的尸体照样臭不可闻……”

他这样说,曾山又觉得他的神经系统十分正常。

“顺便问一句,犹大,”读书人对曾山说,“当初祭司长给你的三十枚银币最后派了什么用场?你是不是用它去炒了股票?”

曾山不知如何是好。他不停地搓着两手,坐在了子衿的床边。他看见读书人继续在读着那本《圣经》。

很快就到了吃晚饭的时间。曾山发现房间里的病人们从各处聚集到门前,在走廊里排队。等到开饭的铃声一响,便敲打着饭盆,朝楼下的食堂走去。

曾山感到自己的神经就像在风中呼啸的高压电线一样震颤不已。不能在这儿再待下去了。他体内藏匿的那个精灵在悄悄地提醒他:必须马上离开这个地方,马上……

他正准备起身告辞,师兄突然朝他冷笑了一下,冷不防抓住了他的手。曾山大叫了一声,将子衿的妹妹吓得从椅子上反弹起来。他的那只手是那样的固执,有力,曾山怎么也不能挣脱它。

“你去给张末打个电话怎么样?”子衿说,“让她到上海来一趟。她不能老是躲着不肯见我……”

哥哥又在说疯话了。子衿的妹妹不停地擦着眼泪。

“要么让曾山来一趟也行,我有话要对他说。”

“我就是曾山……”曾山苦笑了一下。

“你不是，”子衿摇了摇头，“我原来一直以为你是曾山，可我刚刚听说，你只是一个冒充基督的犹大。”

“你说得对，我是犹大。”

“你知道巴尔扎克笔下的巴兹上校吗？”子衿终于松开了曾山的手，“我就是那个巴兹上校。”

曾山说，他从未读过巴尔扎克的小说。

“你应当去读一读。”子衿说，“巴兹上校为了掩饰他对朋友妻子的非分之想，差一点发了疯。你明白张末为什么要跟曾山离婚吗？”

“不知道……”

“作为局外人，我看得一清二楚。”子衿接着说，“因为她真正喜欢的人是我。”

说到这里，子衿的眼珠悠然一亮。他从床上坐起来，凑到曾山的耳边，轻声地对他说：“我要告诉你一个秘密。但你得答应我不要告诉曾山。我不想使我们之间的友谊遭到任何损害……”

“我不会告诉他。”曾山说，他感到自己的眼泪不知不觉地流了下来。

“她常常穿着一件蓝色的裙子去文史楼前的草坪上看书。我站在栏杆边，看着草坪四周的树，天上的云。实际上我是在看她的小腿。”子衿嘿嘿地笑了两声，接着往下说道，“我其实只想看到她，闻到她身上的药棉气味。可是她却从不屑于和我说话。即便是在毕业论文答辩的时候，她连看都不看我一眼。我差一点上了她的当。女人的冷漠和拒绝又何尝不是一种鼓励呢？你不能被假象迷惑住。唐彼得先生说得对，上帝惩罚约伯，日后给他的将更多。张末也一样。她后来所给予我的快乐早已超出了我的梦想。与真正的快乐相比，人类的想象力是多么的贫乏，多么的苍白。她将我带到一个堆放药品的仓库里，让我坐在盘尼西林药箱上，然后她就撩开裙子坐在了我身上。在那一刻，我在想，漫长的等待终于结束了。她放荡地对我说，你瞧，我现在把你吞没了。接着她就开始喘气，大声喊叫，快，快，快摸我的乳房……”

7

大街上暮色渐浓。白天的一场大雨到了晚上就蒸腾起一片迷蒙的水汽，被杏黄色的路灯衬照着，在街道的上空汇集成了一条毛茸茸的雾毯。

曾山从精神病防治中心的大门里出来，在那条挤满了货栈的时装街上越走越快。他听到了江面上传来的轮船汽笛低沉的鸣叫。他不知道自己应该往哪儿去，只是被内心的一个危险的意念驱使着：一直走下去，不要停下来。一粒种子被风吹起来，仍旧是一粒。可他觉得自己只是一粒尘沙，风把它吹向哪里，他就落在哪里。不要停下来。他不止一次感到了类似的冲动，仿佛一心要折磨自己。疯狂的轮子越转越快。

在马路边的一座建筑工地上，在打桩机的轰鸣声中，吊车的长臂拽着一条长长的水泥板不断地升高，令人想到贾兰坡教授那具吸饱了雨水在空中打转的尸体。在海关钟楼的顶端，蝴蝶牌缝纫机的巨幅广告将远方阴霾的天空照亮了，空气中飘散着一股布匹、尘土和汽车废气的混合味。

商贩们蜷缩在简陋的货栈里，一边看着电视，一边玩着扑克。街面上冷冷清清，看不到什么行人，只是在路旁的一个肮脏的馄饨摊前，坐着一个抱小孩的妇女。曾山朝她打量，她也打量着曾山。

他不知道在那些蛛丝般阴湿的马路上闲荡了多久，最后，他在一处红色的公用电话亭前站住了，犹豫着要不要给张末打个电话。他一旦遇到了难题，首先就会想起她，就好像他们从未分离。

从某种情形上来说，他对于这个已经结束的学术讨论会寄予了过高的期望。仿佛长期以来一直围绕着他的所有问题都能由此得以解决。他想象着自己在一个甘甜的梦中刚刚醒来，就看到张末拎着沉重的皮箱像一阵风似的来到了他的床前。

多少次，曾山站在寓所的窗前，眺望着楼下的那片空空荡荡的网球场，他看着张末提着水瓶朝他走来时的样子，正如注视着她默默地离去。

张末离开上海的那天早晨，在安眠药的作用下，他的眼前有一团模糊的光影在闪烁，他听见她在叹息。水壶里的水烧开了，发出嘭嘭的气浪声。等到他从床上醒过来，张末已经离开。墙上的挂历被风掀动着。她，还有那只棕色的皮箱都不见了踪影。只是在她刚刚用过的洗脸毛巾上似乎还残留着一丝香皂的气息。他来到了窗口，楼下的一辆出租车尾灯闪烁，在林荫道上渐渐走远。

地上到处都是玻璃碎片。

张末在最近的一封来信中说，两周前，她差一点就来了上海。她已经买好了车票。可她并没有来。差一点儿。她也没有说明具体的理由。可是她却不厌其烦地谈到了那朵花，那朵玫瑰，它被人遗弃在弄堂口。她蹲在地上看着它，忘了去买唱片。她说，假若不是她的钱包被一枚锋利的刀片划开，她差一点就与这个乏味的世界达成了和解。又是差一点。她说她什么事也想不明白，难题从过去延续至今，纠缠在一起，就像一团乱糟糟的街巷。如果有一天你老了，坐在墙根，在冬日的阳光下回忆往事，你所能回忆起来的就是这么一团乱糟糟的景象,除了炫目的不安、惊悸之外,还能剩下什么呢?

曾山拨通了长途。张末的母亲接了电话。她说张末正在洗澡,让他等一会儿再打进来。随后她就把电话挂了。

他听着电话里嘟嘟嘟嘟的声音,接着突然咧开嘴来笑了一下。

因为他忽然发现,他打电话的地方是那么的令人熟悉。实际上,这个电话亭与他前妻的住所只隔着两条弄堂。越过少年宫的围墙,他就能看见前妻家那座灰色洋房建筑的尖顶。

五分钟之后,他来到了那幢晦暗的楼房前。他看见女儿珊珊正和邻居家的几个小孩做丢手绢的游戏。在一排垃圾筒的边上,几个大人聚集在一起议论着什么。他们看见曾山就都不作声了。

他没有叫住女儿,而是穿过天井,沿着一条陡仄的木板楼梯来到前妻的房门前。他敲了几下门,里面没人答应。他听见房中的录音机里正播放着一支艳俗的曲子。他的前妻很喜欢这支曲子。

楼道里像往年一样堆满了杂物:纸箱,煤饼,自行车和装满垃圾的塑料袋。

一个老太婆端着一脸盆刚刚洗好的猪大肠,步履蹒跚地朝这边走过来。

“屋子里有人，”老太婆低声对他说，“你得使劲敲……”

受到老太婆的鼓励，曾山果然用力敲了起来，直到楼道里传来一阵女人的窃笑声，他才感到有些怅然若失。他似乎明白了什么，沮丧地走下楼来。正在楼下水池边洗菜的一位中年妇女看了他一眼。

“我们这个楼里还从来没有出过这种事。”她说。

曾山来到门外，看着那群孩子在垃圾筒边做游戏。丢呀丢呀丢手绢。蒲公英打开了它的小花伞。听着他们童稚的声音，曾山的心里掠过一阵微微的震颤。

天已经很冷了，可珊珊还穿着一件薄薄的花褂子，它看上去脏兮兮的，似乎很久没有洗过了。

曾山朝珊珊走了过去。在同一时刻，珊珊也看到了他。即便是在光线幽暗的晚上，他也能看见她的眼睛在翻动。它是那么的黑，那么的白。

“你想去外滩看轮船吗？”曾山蹲下身体，抚摸着她瘦瘦的肩胛。

“想。”珊珊说，她抬头看了一下天空的流云，“可天已经黑了……”

“没关系。”

“我们坐出租车去吗？”

“好，我们坐出租车。”

珊珊开心地笑了起来，露出了残缺不全的一排小黑牙。曾山还是第一次看到女儿这样笑。

“现在就去吗？”珊珊又问。

“现在就去。”

曾山说着，抓住了女儿的那只小手。

在这个十二月的夜晚，在这座有着天堂之称的城市的一隅，曾山拉着女儿的手，沿着灯火通明的街道，朝前慢慢走去。

尾　声

会后……

邹元标

一个罗慕罗斯大帝或者戈尔巴乔夫式的人物。他被捕的部分原因是由于他与追踪他的警方进行了合作,其背后的心理动机,据他对张末解释,是出于对生活,或游戏的厌倦。

在他所出资赞助的那个学术会议结束后的第二个月,他被绑赴刑场,执行枪决。

在囚车上,他对押送他的几名刑警说,他将半小时后的枪决看成是一次真正的自杀,只不过他与贾兰坡先生采取了迥然不同的方式。刑警回答说,你怎么想都可以,反正结果不会有多大的不同。

只是,当呼啸的囚车因交通堵塞停在了那所他熟悉的大学门外时,他才感到了一丝恍惚。他从囚车的车窗里放眼望去,此刻的校园还沐浴在晨曦之中,金属栅栏大门紧紧关闭着,林荫道上,树木都掉光了叶子,树下的一绺绺积雪依稀可辨。

他想到了哲学上的那个基本命题：是先有鸡,还是先有蛋?

对于这个问题的严肃思考一路将他带往法场,也使他忘记了死亡的恐惧。

他站在一片陌生而空旷的草地上,面对着红色的围墙,听到了附近农舍里传来的报晓的鸡鸣。他忽然觉得那个问题仿佛有了答案,但具体的逻辑程序我们却不得而知。

唐彼得

上海的学术会议闭幕之后,他立即登机北上,赶赴兰州,出席另一次会议。兰州会议的议题是后现代主义与中国传统文化。这次,唐彼得先生是作为一个后解构主义大师出现的。

他在会议上还遇到了老秦并与他展开了激烈的争论。

以前一直跟随着他的那位中国秘书已经不见了踪影。陪伴着他的是贾兰坡教授去世前调入哲学系资料室的那名资料员。不久,他们就结了婚。她于次年在柏林产下一个漂亮的混血男婴。

这个纺织女工简直不敢相信命运的安排。当她一觉醒来,发现自己已经置身于柏林郊外的一幢别墅里,红色和黄色的小鸟在树林里啁啾不已,窗外的草坪上停着一辆崭新的梅赛德斯牌轿车,私家游泳池碧波荡漾……她相信她所来到的这个地方正是天堂。

她总是向唐彼得不厌其烦地提出同一个问题,这是真的吗?或者,这不会是做梦吧?她偶尔也会想到贾兰坡,想到那个患精神病的小说家。为了彻底斩断自己与这些幽灵的联系,她毫不犹豫地加入了德国国籍。

慧能院长

在这个颇具传奇色彩的僧侣身上,我们也许得多花一点笔墨。因为在这次学术会议上,他一直被人看成是一个神秘人物。包括曾山在内的很多人都在猜测,贾兰坡的猝然死亡与他有着潜在的关联。甚至,老秦曾干脆断言,慧能与贾兰坡原本就是一对孪生兄弟。

会议结束后的第三天,慧能院长再次来到这所著名的大学,与曾山作最后的话别。

他们见面的地点是学校临河的那间简陋咖啡馆。窗外的阳光纷乱而缜密,宛若处子的肌肤,河水被风吹起一圈圈涟漪,将树叶和败枯的水葫芦卷向岸边。河道对岸矗立着一幢明亮的玻璃建筑,学生们正在上体操课。在会议开幕前夕,曾山，子衿博士，慧能院长曾在这里首次见面。当时，慧能似乎已从子衿的脸上看出了精神崩溃的迹象，但后者没有提供机会让慧能指出这一点。随着会议结束，这个预兆在季节的更替中终于变成了现实。

按照曾山和慧能院长的口头约定，慧能把自己出家前的所有经历对曾山讲述了一遍。最后慧能院长补充说，他自己的经历虽然艰辛坎坷，但对曾山并无多大益处，因为“我当初遇到的难题，你如今也遇到了……”时间在奇怪地重复。五十年前的事可以毫发不爽地发生在今天，就如祖父的脑袋长在了他孙女的脖子上。

尽管慧能院长妙语连珠，可曾山对他的故事多少有些失望。因为单从他的经历上来看，它与贾兰坡教授并没有多少联系，当然也不能说完全没有联系。

为了澄清心中的疑惑，曾山决定单刀直入。他一口气向慧能院长提出了十来个问题。比如说，慧能与贾兰坡名字上的相似性；汪秉昆院长提到的钓鱼路上的密谈；慧能在追悼会上想与师母握手，可她却装着没有看见；慧能写给曾山的信。他在信中多次打听贾兰坡的近况与日常琐事，已超出了对他的学术思想的一般关注……

所有这些诘问，慧能院长没有费什么力气就使它一一化解。他就像是一个高明的太极拳师，尚未与对方交手，便早已胜券在握。

慧能解释说,他与贾兰坡的姓名的确容易给人造成原是兄弟的联想。他提到,在理事会的选举结束之后,学校保卫处的年处长居然在图书馆门外冒失地拦住了他,要查验他的身份证。“这太可笑了,我当然一口拒绝。”在一个事实与另一个事实之间,假如人们执意要让两者发生联系,它们果然就能互为因果,或者彼此参证。

慧能院长举例说,在贾兰坡先生的追悼会上出现的那个微小细节,在那些凡事喜欢想入非非的人看来,就足以构成某种桃色事件的充分证据。

“其实,那天下午,你的师母也许过于悲伤了,以至于黯然失神……”

他希望曾山不要在这样的事情上追问下去。“你得不出任何答案。在暗中开始的事,就让它在暗中结束……”

这句导师生前的名言出现在慧能院长的口中,在曾山看来也许是意味深长的。他的目光与慧能院长触碰在一起,双方都觉得有些吃惊。

人们很难忍受实际生活中的空虚,乏味,无聊,他们的智力就被驱赶到了幻觉和想象的领域。通常,他们一旦觉得无路可走,想象力和虚构的愿望就会像野草一样生长。

“而梦境、时间、冥界、幻觉都属于同一类事物,在由它们所主宰的汪洋大海中，世俗的金钱、权力、女人只不过是一座座灯塔，或者说，一些不辨形状的标志而已。”

慧能院长的语调里渐渐透出一丝苍凉的忧戚之感。

他说，他在寺院里修行了将近五十年，可依然是一个可笑的人，生活在一个日益浅薄的时代。在这个时代，就连自杀都失去了起码的庄严感。

“你们的导师从十六层的阳台上往下纵身一跳，在很多围观者的眼中，它充其量只能算是一场高难度的滑稽表演……自杀和疯狂，它们才是一对真正的孪生兄弟。”

说到这里，慧能兀自苦笑了起来。

曾山一直在听着慧能院长侃侃而谈，仿佛那次学术会议仍然在这间咖啡馆里延续。

慧能院长站起来与他告别。曾山一直将他送到学校后门。

这名长年蛰居幽深寺院的睿智老人最后留给曾山一句临别赠言：

生活在真实中。

这是否可以算作他对自己五十年的修行生活所做的总结？或者说，一个讽刺？

慧能院长伸出了他那只纤长、白皙、略嫌肥胖的手。曾山握住它，就像抓住了一块吸饱了水的海绵。

慧能表示,他随时欢迎曾山到他南京的佛学院做客。他们寺院的禅房里如今已经装上了空调和淋浴设备。“除了肉食之外,你在其他任何方面都将受到最好的款待。”

师　母

虽然贾兰坡已经去世,可死者生前的许多惯例都被保留了下来。其中包括,每逢重大节日,师母就将贾兰坡门下的诸多弟子召到家中吃饭。

其实,贾兰坡的弟子们内心十分清楚,师母如此热衷于请他们吃饭,也许只是一个借口,她忍受不了寂寞。不过,他们照例应约前往,满腹而归。

师母变得爱唠叨了。她反反复复地向他们讲述着贾兰坡自杀的那个大雨之夜,这不免让人产生这样的幻觉:贾兰坡依然生活在他们之中。

在饭桌上,他们有时也会谈到小说家子衿。用师母的话来说,那个白痴是自作自受。师母不能容忍的是,他在发疯之前,居然还忙里偷闲地杜撰了一则师母雨夜溜出大礼堂与情人幽会的新闻。“真是伤天害理,我毕竟是快六十岁的人了……”

师母将子衿称作白痴。后来又在白痴前加了很多前置成分来修饰它,连起来就是,那个卑俗、下流、无耻、撒谎成性的白痴。其冤屈与仇视之深可见一斑。

她所在的那个教工合唱团在全市工会系统的歌咏比赛中获得了两个第一名。她把其中的一张奖状私自拿回家中,裱入镜框,与贾兰坡先生的遗像并排挂在了客厅的墙上。

老秦

如今已经是秦教授。博士生导师。青海省有突出贡献的专家。

他之所以能够一举奠定自己在学术界的地位,还得归功于他在兰州会议上发起的“终极价值”大讨论,这场讨论很快波及全国。

在这次会议上,他对唐彼得的西方中心论所展开的不遗余力的攻击,也颇有斩获。至少他在学术领域内捍卫了民族文化的尊严。当地的一家报纸认为,他的大会发言,“标志着新一代的学术领袖已经诞生……”

他已在暗中酝酿着下一个计划,一旦条件成熟,他要在西宁举行一次规模更大的学术会议……

在假日和平时的闲暇之中,他一有机会就去青海湖观赏鸟类,去敦煌看壁画,去果洛洗温泉澡。

老秦也有自己的苦恼。

尽管他很快就让自己的老婆当上了学校的工会主席(从

这一点来看,他在自觉地模仿贾兰坡教授),尽管她仍然像从前一样,将大部分精力花在老秦的论文誊抄、编定目录等琐碎的工作上,可是他们之间的谈话在显著减少。她烧的菜总是一个味道。这让老秦感到十分恼火。

看着自己门下的六七个充满活力的女弟子进进出出,他老婆的斜眼越来越让他憎恶。在过去的生活中,他居然觉得她是那么的美丽,雅致,楚楚动人。老秦百思不得其解。

俗话说,庄稼汉多收了三五斗,便思易妻,可老秦早已是名播海内外的著名学者了呀。但就在这个节骨眼上,他的妻子偏偏又怀了孕。他只得暗暗打消了离婚的念头。

他常常当着妻子与研究生的面,逢人就谈论灵魂的痛苦。他现在有了一个口头禅,多半用来对付那些登门求教的青年学生:“没有痛苦,你来搞什么哲学?!”

他这样说着,脸上陡然生出凄苦绝望之状。面目十分狰狞。

他的确觉得自己痛苦无比。

子　衿

他在精神病院住了六个月,而不是护士小姐所预料的三个月。

校方经过周密的考虑,原打算将他安置在哲学系的资料室,以接替远嫁德国的那位纺织女工,但子衿的妹妹却固执地把他带回了乡间。她对知识的恐惧和仇视是可以理解的。

按照当地一位巫祝的建议,他恢复了原来的名字:宋富生。他起先在村里的一个民办小学代了几节语文课。但不久就被校长委婉地辞退了。

他一旦离开了药物,病情便会再度复发。他的妹妹除了暗暗流泪之外,多少也感到了一丝后悔:当初还是应该采纳医生的方案,一劳永逸地给他施行电疗手术。

无论是子衿,还是宋富生,它们注定了要在岁月的流逝中被人遗忘。对于乡间的那些讲究实际的农民们来说,这两个名字都过于别扭,还不如疯子一词更为贴切,更为简洁明了。当子衿赤身裸体地在村中晃荡的时候,没有人知道他曾经是一位哲学博士,名重一时的小说家。

村里的妇女们很快就适应了他的裸露癖。只有那些观念特别古旧的男人才会想到去向他妹妹提出抗议,他们认为,还不如用一根铁链将他锁在家中。

当然,在一年的大部分时间中,只要他按时服药,子衿看上去完全正常。他常常去妹夫承包的池塘边钓鱼。有时,他也会独自一人悄悄地来到江边,在高高的堤坝上坐上一整天,看着江中过往的船只发愣。

不过,他已看不到大片的芦苇。

张 末

正如我们早就知道的那样,张末在上小学的时候,就开始了对未来爱情的憧憬与遐想。那时,她与父亲居住在南京郊外的一幢老房子里。在屋檐下筑巢的燕子,在稻田上空低低飞过的一群鹭鸶,残破的院墙和天井都给她的遐想带来了浪漫的氛围。那些想象中缤纷的色彩与线条最后被深藏在这样一幅宁静的画面之中:午后时分,她坐在院廊下读书(或者什么也不做)。她看见院门被推开了,一个男人向她走来,一声不吭地抓住了她的手,将她带回了家……

这个梦想暗示了她心中潜藏的一个愿望,对于张末来说,她的爱情就如深秋时节被雨水洗刷后的一片山林,清新,爽净,简朴而悠远。没有沉思,没有犹豫,她只需要一种简单的打动。

在前往车站的路上,她再次深深地沉入到这个古老的梦幻中,她忘记了自己是如何走出了深夜的家门,忘记了她将要去哪里,唯有玄武湖轻柔的涛声一路陪伴着她。

她从报上知道了小说家发疯的消息。这也许又是一个借口。另外一个借口是曾山在一周之前打来的电话。她当时正在洗澡。母亲轻轻地推开浴室的门对她说:那个幽灵又打来了电话……她的嗅觉总是格外灵敏。

大街上行人稀少。火车站悠长的汽笛声仿佛一声声冗长的召唤,在车站晦暗的拱顶上空飘向不知名的远方。

从她家到车站不到十五分钟的路程,她走了整整一个小时。除了口袋中的那张车票之外,她没有携带任何行李。她只是模模糊糊地被一种意念所驱使。

她想起了音乐教师、药剂师、邹元标和曾山,想到了他们身后过于复杂的尘世布景,除了惘然、战栗和无所适从之外,她还是什么都想不清楚。

她来到车站广场外的湖边,坐在一张绿色的长椅上,凝望着远处的一道灰蒙蒙的城墙雉堞,它隐没在一片稠浓的黑暗之中。现在已经是冬天,湖水和水鸟的叫声都透出一股冰凉的寒意。

怎么会这样?她一遍遍地反问着自己。

在学术会议开幕的前夕,当她躺在床上为该不该去上海而夜不能寐的时候,她就开始了这样的诘问。

命运并不理解,
湖水的愿望。
但最为盲目的,
还是神祇的婴孩。
记忆保留到最后,
只是各有各的限制。

因为灾难不好担当，
幸福更难承受。
而哲人们却能够，
从正午到夜半，
又从夜半到天明，
在宴席上酒兴依旧
……

她默念着这首不知名的小诗，反复端详着手里的那张皱巴巴的车票。

这算怎么一回事呢？张末这样想：一个离家出走的孩子因为走投无路而被迫回到家里，回到她一度遗弃的生活中，就如曾山的那篇论文，晚上撕碎了，到了第二天仍要小心翼翼地将纸屑拼接在一起。

她忽然有了一种将车票丢入湖中的冲动。长期以来蛰伏在她体内的那头怪兽正用清晰而有力的节奏敲打着她的腹部，并在她的耳边悄悄地提醒她，让她放弃挣扎，放弃抵抗……

她觉得自己就是这样一张皱巴巴的车票。生活所留给她的全部馈赠，始终不过是自惭形秽而已。

当她离开湖边的长椅，沿着车站前的一排铁栏杆通道走向候车大厅的时候，还是克制不住地流下了忧伤的泪水。

图书在版编目(CIP)数据

欲望的旗帜/格非著.—杭州：浙江文艺出版社,2020.1
ISBN 978-7-5339-5815-2

Ⅰ.①欲… Ⅱ.①格… Ⅲ.①长篇小说—中国—当代
Ⅳ.①I247.5

中国版本图书馆CIP数据核字(2019)第200307号

策划统筹：曹元勇
责任编辑：李　灿
封面设计：人马艺术设计·储　平
责任印制：吴春娟

欲望的旗帜
格非　著

出版：浙江文艺出版社
地址：杭州市体育场路347号　邮编：310006
网址：www.zjwycbs.cn
经销：浙江省新华书店集团有限公司
印刷：上海中华商务联合印刷有限公司
开本：850毫米×1168毫米　1/32
字数：190千字
印张：10.75
插页：4
版次：2020年1月第1版
印次：2020年1月第1次印刷
书号：ISBN 978-7-5339-5815-2
定价：56.00元(精装)